第一話　北狼州の少

その場所では、国中から集められた花が咲き乱れ、美しさを競っている——。

それは、有名な物語の書き出しの一文だった。

華信国《かしんこく》では、若い娘を中心に『後宮小説』が大流行していた。

後宮を舞台にした物語全般を指す言葉だが、そのほとんどが、下級妃が帝を振り向かせるために奮闘する話や、平民出の女官《にょかん》が帝に見初められる話など、恋にまつわるものだった。

閉ざされた場所での熱く燃えるような色恋沙汰。

それが多くの娘たちを惹《ひ》きつけ、憧れを抱かせた。

ぱちりと目を開く。

明羽《めいう》は、見慣れない天井の模様をゆっくりと確認する。

枕元に手を伸ばすと、愛用の佩玉《はいぎょく》——腰帯につける玉飾り——に触れた。

後宮の百花輪❶

瀬那和章

双葉文庫

後宮の百花輪❶

瀬那和章

双葉文庫

目次

後宮の百花輪①

登場人物

明羽《めいう》……未明宮・來梨の侍女。飛鳥拳の使い手で〝声詠み〟の能力を持つ。
莉來梨《りらいり》……北狼州代表。引き籠り癖のある未明宮の貴妃。
慈宇《じう》……未明宮の侍女長。
小夏《シャオシイ》……未明宮・來梨の侍女。
炎《えん》紅花《ホンファ》……南虎州代表。武芸に秀でた孔雀宮の貴妃。
朱波《しゅは》……孔雀宮・紅花の侍女。
万《まん》星沙《シンシャ》……東鳳州代表。知性あふれる黄金宮の貴妃。
雨林《ユーリン》……黄金宮・星沙の侍女。
陶玉蘭《とうぎょくらん》……西鹿州代表。絶世の美姫と名高い翡翠宮の貴妃。
風音《フォンイン》……翡翠宮・玉蘭の侍女。
幽灰麗《ゆうはいれい》……皇領代表。溥天廟の巫女であった水晶宮の貴妃。
月影《げつえい》……水晶宮・灰麗の侍女。
白眉《はくび》……小さな翡翠の佩玉。〝声詠み〟の力で明羽と話せる相棒。
李鷗《りおう》……宮城内の不正を取り締まる秩宗部の長。
烈舜《れつしゅん》……禁軍を指揮する右将軍。
永青《えいせい》……後宮の警護衛士。
兎閣《とかく》……華信国皇帝。

そっと握り締めて、隣で寝ている同僚を起こさないように布団から抜けだす。それから、静かに戸を開けた。

目の前に広がる景色に、思わずため息を漏らす。

それは、故郷では決して見ることのない美しい眺めだった。

夜明け前、ほんのりと東の空が白んでいるような時刻。早朝の薄明かりに照らされて浮かび上がるのは、栄花泉《えいかせん》と呼ばれる広い人工池だ。

水は淀むことなく流れ、中央には睡蓮《すいれん》や蓮《はす》が群れるように浮かんでいる。岸辺は朱色の欄干《らんかん》で囲われ、池を囲む舎殿へと続く九曲橋が複雑に枝分かれして架けられていた。

栄花泉を囲む舎殿は、皇妃たちの住まう場所と決められている。いずれも競い合うように個性的な装飾がほどこされ、瑠璃瓦《るりがわら》が美しく朝日を浴びて輝いていた。

後宮。皇帝の妃たちが暮らす場所。

「本当に来たんだ。この場所に」

小さく呟《つぶや》く。

半年前までは『後宮小説』の熱心な読者であり、後宮に憧れを抱く田舎娘の一人だった。

明羽は、そっと佩玉に話しかける。

「ありがとう。私は今日から、後宮で働けるよ」

いつもは饒舌《じょうぜつ》な帯飾りは、なにも答えない。

後宮に入るのをずっと反対していた。まだ拗《す》ねているのかもしれない。

けれど、感謝を伝えずにはいられなかった。

明羽がここにいるのは、この佩玉のお陰なのだ。

そっと目を瞑《つむ》り、後宮に来るまでの日々を思い出す。

◆◇◆◇◆

華信国は、大陸の六割を国土に持つ覇権国家だった。

建国より二百年を数えるが、領土は拡大を続け、繁栄を謳歌《おうか》し続けている。

国境付近での小競り合いは絶えないが、それでも国が揺らぐことはなく、多くの民がこの先の二百年の太平を疑っていなかった。

華信国の広大な領土は、大きく五つに分けられる。

国土の中央に位置する帝都・永京《えいきょう》とその周辺地域の皇領《こうりょう》、皇領を囲むように北狼州《ほくろう》、東鳳州《とうほう》、南虎州《なんこ》、西鹿州《せいか》と四つの州に区切られていた。

明羽が生まれ育ったのは、北狼州の地方都市・邯尾《かんび》の郊外にある農村だった。

生家は、かつては名の通った拳法道場であり、明羽も幼いころから武術を習っていた。師範であった父が死んでからは、女であることを理由に道場へ入るのは許されなくなったけれど、それでも隙を見つけては鍛錬《たんれん》を続けていた。


気を静め、風を読め。

人が動けば風も動く。風が動けば、鳥は羽ばたく。


発《は》っ、という掛け声と同時に、掌底《しょうてい》を繰り出す。

明羽の声に驚いた鳥たちが、川辺の葦《あし》の茂みから飛び立っていった。

動きを止め、鳥たちが視界から消えるまで見送る。

飛鳥拳《ひちょうけん》。それが、明羽が受け継いだ拳法の名前だった。鳥が空を羽ばたく様子から生み出されたものだという。


『そろそろ水を汲《く》んで戻らないと、またぶたれるよ』

頭の中に、幼い少年のような声が響いた。

「いけない、そうだった」

明羽は頭の中の声に答えると、急いで川辺にしゃがみ込む。

しゃがんだ拍子に、水面に映る自身の顔が目に入る。

泥で汚れた顔の中で、気の強そうな目と真一文字に結ばれた口が目をひく。この顔のせいで、いつも無愛想だと言われ続けてきた。

「相変わらず可愛げのない顔。これじゃ、お嫁にはいけないね」

呟くと、右手に巻いていた佩玉から、再び頭の中に声が届く。

『なんだ。まだ結婚するつもりあったんだ』

「そんなわけ、ないでしょ。今のは、いかなくて済むって意味よ」

両手の小指で口角を持ち上げてみる。

それは、稲穂が垂れるのを支えるような不毛な作業だった。手を離すと、すぐに真一文字に戻る。

明羽は、十八歳になったばかりだった。

十八歳といえば、村の娘ならほとんど結婚している年齢だ。黙っていても親同士が勝手に縁談を決めてくる。子供のころ一緒に遊んだ幼馴染《おさななじみ》たちは、皆、どこかに嫁いでいってしまった。

明羽にも、そういう話がなかったわけじゃない。

けれど、ある事件がきっかけで、縁談の類は一切なくなってしまった。

「男はみんなろくでなしだよ。私は男の世話になんかならない。いつかこの村を出て、一人で生きていくの」

『村から出てどうするのさ。旅でもしたいの？』

「旅？　そんなのしてどうすんの？」

『そりゃ、色んなものを見て、知らない人に会う。人生でもっとも素晴らしい時間の使い方だと、僕の三番目の持ち主も言っていたよ』

「興味ない。私は、ちゃんと暮らしたいだけ。お腹がふくれるくらいご飯が食べられて、温かい布団で眠れて、それから、偉そうな男がいない場所で働きたい。それが私の夢だよ」

『呆れるね。夢ってのはさ、そんなささやかなものじゃない。もっと目をきらきらさせて語るものだよ。僕の二番目の持ち主は――』

「いい加減にして。私の恰好を見ればわかるでしょ。あんたのご立派な前の持ち主と比べないで」

明羽が身に纏《まと》っているのは、煤《すす》で汚れた襤褸布《ぼろぬの》のような襦裙《じゆくん》。その姿は、北狼州では禁じられている奴隷のようだった。

「それに、ささやかな幸せほど、得難いものはないよ」

『まぁ、君の今の生活には同情するけど。でも、この村から出られたとして、そんな場所がどこにあるっていうのさ』

「一つだけ、知ってる。後宮には、私が望むものが全部ある」

『……またその話？　小説にのめり込むのは勝手だけど、後宮っていうのは皇帝陛下の住居だ。農民の娘が関われるような場所じゃない』

「わかってるよ、そんなこと。言ってみただけでしょ。でもいつか、ぜったいに、この村を出てってやるんだから」

明羽はそう言うと、川の水でいっぱいになった水瓶を担いで、ゆっくりと歩き出す。

家から川まで五公里、重たい水瓶を運ぶのは若い男にとっても重労働だ。けれど、朝夕の水汲みは明羽に任された山のような仕事の一つだった。

明羽が十歳のときに母がこの世を去り、二年前に父も死んだ。今は兄夫婦とその子供たちと暮らしている。

二年前、父は郡主の命を受け、怪我を押して野盗討伐に参加した。明羽も兄も止めたが、武術家として生きて死ぬことしか頭になかった父は聞く耳を持たなかった。

師範であった父を失い、道場の運営はたちまち傾いた。

兄は道場を守ろうと、かねてより言い寄られていた役人の娘と結婚した。

けれど、兄嫁とその親族は、明羽の生活を地獄に変えた。

道場の看板は守られたけれど、役人お抱えの破落戸《ごろつき》が我が物顔で屯《たむろ》するようになり、元々の門下生たちは逃げ出し、女である明羽が入ることも禁じられた。

兄嫁は明羽に、無駄飯食らいの厄介者と厳しく接し、家事のほとんどを押し付けた。子供たちは母親の真似をして明羽を馬鹿にし、気の弱い兄は見ない振りをした。奴隷のように働かされ、言いつけを破ると折檻《せっかん》をされる。狭い村では役人の権力は絶大で、少しでも逆らうとお抱えの破落戸たちがやってくる。役人の娘である兄嫁に逆らうことなどできるわけがなかった。

水瓶を担いでよたよた歩いていると、村の中心部に人だかりができているのに気づく。皆が注目しているのは、立て札だった。役人が立てたものだろう。

水瓶を下ろし、立て札に近づく。

村では、読み書きができる人は多くない。明羽が、母親から文字を習っていたことを村人たちも知っていた。顔見知りに頼まれて音読する。

皇帝陛下の勅命にて、百花輪《ひゃっかりん》の儀が布告された。北狼州からは、邯尾の莉《り》家より、來梨《らいり》姫が後宮入りすることが決まった。ついては、來梨姫と共に後宮入りする侍女《じじょ》を募るものである。後宮の作法について熟知していれば身分年齢は不問とする。望む者は、以下の日に行われる選秀会に集まられたし。

それを聞いた村人たちの反応は様々だった。

自分たちには関係ないと興味を失くす者、後宮と聞いてはしゃぎだす娘たち。選ばれた場合には相応の支度金が支払われることが書かれており、自分の娘を出そうかと話し合う男たちもいた。

人々の話し声を聞きながら、明羽は水瓶を担ぎ直してそっと離れる。

今日だけは、家までの長い道のりも、水瓶が肩に食い込む痛みも気にならなかった。

掃除に炊事《すいじ》に薪割り、それに加えて畑仕事、一日が終わるころにはいつも疲労困憊《こんぱい》だった。

兄家族が食事を終えた後、台所の片隅で残飯をつつくのもいつものことだ。

けれど、今日はもう一つ、やるべきことが残っている。

晩飯を食べ終えると、明羽は兄家族が寝室に使っている大部屋の戸を叩き「失礼します」と言って中に入る。兄嫁は、呼んでもいないのに明羽が顔を見せたことに不快そうだった。

だが、ここで尻込みするわけにはいかない。

家事をしながらずっと考えていたことを告げる。

「後宮の侍女になる選秀会に、いかせてください」

兄は無言。兄嫁は、大声で笑いだした。

「はぁ。なに言ってんだい。お前みたいに汚い行き遅れの娘が後宮の侍女だって。笑わせるんじゃないよ。お前なんかが貴族さまに雇ってもらえるわけないじゃないか」

三人の子供たちも、汚い汚い、行き遅れ、と騒ぎ始める。

「そもそも、お前がいなくなったら誰が水を汲みにいくんだい。薪は誰が割るんだい。畑の世話は誰がするんだい、食事は誰が作るんだい」

「義姉《ねえ》さまは、いつも私のことを無駄飯食らいの居候《いそうろう》だとおっしゃっているじゃないですか。口減らしの良い機会です」

「口答えするんじゃないよ。お前みたいな愛想のない娘が、選ばれるわけないだろ」

「選ばれなければ、もう二度と口答えはいたしません。どうか、試験を受けるのをお許しください」

明羽は必死に説得した。なんとか試験を受けにいく許可をもらえたのは、支度金が高額だったからだ。

「どうせ無駄だけどね。まったく、なにを勘違いしたんだか。身の程を知らない娘ほどみっともないものはないね」

兄嫁の罵倒《ばとう》を受けながら、ありがとうございます、と頭を下げて部屋を出る。

明羽が寝泊まりするのは、家の外にある、今にも崩れそうな小屋だった。

鶏小屋として使っていたが、今年の春、兄嫁は鶏を売り払うと、明羽を家から追い出した。

とても人の住むような場所ではないが、明羽にとってはこの家でたった一つの落ち着ける場所でもあった。

中に入り、そっと自分の心臓に手を当てる。

立て札を見た時の、急に火がついたような胸の高鳴りは変わらない。兄嫁の嫌味など気にならない、かつてないほどに興奮している。

明羽はしゃがみ込むと、寝床にしている筵《むしろ》の下から包みを取り出す。その中には、何度も繰り返し読まれて擦り切れた一冊の本があった。

結婚して村を離れた友人から譲り受けたもので、題目は『後宮華伝《こうきゅうかでん》』。本は貴重品なので、兄嫁に見つかって売り払われないように大切に隠し持っている。それは、華信国中で流行《はや》っているという後宮小説だった。

この本を初めて読んだ日から、後宮に憧れていた。

明羽を夢中にさせたのは、皇妃たちの色恋沙汰よりも、本の中に出てくる豪華絢爛《ごうかけんらん》な描写だった。季節ごとに変わる美味《おい》しそうな料理に柔らかな羽毛の入った布団、絹や金糸でできた艶《あで》やかな服。宮廷の建物の豪奢《ごうしゃ》な装飾、庭園に咲き誇る珍しい花々、一年を通して行われる煌《きら》びやかな祭事、そして、そこで暮らす美しい皇妃や侍女たち。

本を右手で抱きながら、反対の手を懐《ふところ》に入れる。

取り出したのは、川辺で手に巻いていた佩玉だった。

赤い彩紐に小さな翡翠《ひすい》の玉がぶら下がっている。玉には丸まって眠る狐が刻まれており、眉にあたる部分だけが白濁《はくだく》している。

明羽がその佩玉を白眉《はくび》と名付けた由来だった。

そっと、手に握った白眉に話しかける。

「決めた。私、後宮にいくよ」

『聞いてたけど。やめておきなよ、あそこは明羽が思っているような場所じゃない』

「夢を持てって言ったのは、白眉だよ」

『明羽が求めるささやかな幸せなんて、あそこにはない』

「ちゃんと働けて、ちゃんと食べられて、温かい布団で眠れる。そして男はほとんどいない。私の望んだものが全部ある、そうでしょ」

『……だけど、それを謳歌できる人は少ないよ』

川辺で明羽の頭に響いていた声は、この佩玉のものだった。

明羽には、生まれながらに不思議な力があった。

手で触れた道具の声が聞こえる。

　全てというわけじゃない。

　声が聞こえるのは、長い年月、特別な想いを持って使われた道具に限られる。しかも、ほとんどは独り言のような呟きを発するだけ。会話ができるほどはっきりと喋るのは、明羽がこれまで触れた中で、白眉だけだった。

　明羽はこの力を〝声詠《よ》み〟と名付けていた。

　どうしてこんな力を持っているのかはわからない。

　幼い頃に両親に打ち明けても、武術以外に関心のない父親にはまともに取り合ってもらえず、母親からは二度と口にするなと言われた。

　村を治める役人が迷信を嫌っていたからだ。大雨を言い当てたせいで追い出された家族や、白い鳥が屋根に止まっただけで焼き払われた家があった。道具の声が聞こえる子供など、どんな目にあうかは簡単に想像できる。

　それ以来、〝声詠み〟については、誰にも話していない。

　白眉と話すのも、こうして周りに人がいないときだけだった。

『そもそも、よく考えてみてよ。邯尾中から、下手をしたら他の郡からも娘が集まるんだよ。高貴な身分の娘も、裕福な商家の娘もいるはず。選ばれるわけないよ』

「でも、私にはとっておきがあるでしょ」

『読み書きができるくらいじゃ、目に留まらないよ』

「わかってる」

『武術の心得があるなんて言わないでよ。後宮にそんなもの不要だからね』

「違うって」

『じゃあ、なに？』

明羽は、得意げに笑いかける。

「私には、後宮のことをよく知ってる相棒がいる」

『……ちょっと、待ってよ』

「お願い、白眉。私に後宮のことを教えて。いつも自分で言ってるじゃない。二番目の持ち主は、後宮の皇妃さまだったんでしょ？」

北狼州では子供が七歳になると、親から子へ贈り物を渡す風習がある。明羽が七歳の時にもらったのが白眉だった。邯尾の町の古物店で、母親が買ってくれたものだ。

白眉は自身が作られたのは二百年近く前だと語り、これまでに持ち主となった三人のことを事あるごとに話してくれた。その三人の名は、明羽ですら知っているような華信国の歴史に名を残す偉人たちだった。眠り狐の佩玉の言葉を信じるなら、二人目の持ち主は、華信国二代皇帝に寵愛《ちょうあい》されたという皇妃・翠汐《すいせき》だという。

初めは田舎町の古物店に売られていた道具の言葉など信じていなかった。話を聞くたびにまた冗談を言ってると笑っていた。けれど、数年後に後宮小説を初めて読むと、本の中に描かれていた建物や祭事は、白眉が得意げに語っていたものとことごとく同じだった。持ち主が翠汐だったのは冗談だとしても、後宮で使われていたことは疑いようもない。

『確かに、後宮の作法についてはよく知ってるよ。だけど、あそこに明羽を連れていきたくない』

「でも、ここにいても奴隷のように働かされ続けるだけ。それに、こんな小屋で冬が越せると思う? このままじゃ、凍えて死んでしまうよ」

今はまだ夏だ。鶏小屋で筵にくるまって寝ても風邪はひかない。けれど、冬になると厳しい寒さと豪雪がやってくる。鶏小屋では一晩も越せない。

「〝雪を知る者だけが、真の春を知る〟だよ」

『北狼州の州訓か』

州訓とは、各州がそれぞれの特徴や民の気質を定めた言葉だった。雪深く長い冬が訪れる北狼州の州訓は、北の民の忍耐強さを表したものだ。その州訓に詠《うた》われる気質は、明羽の中にもしっかり根付いていた。

「私が今の生活にじっと耐えていたのは、生きるのを諦めていたわけじゃない。長い冬の中で、春の風が吹き込むのを待ってた。今、この風にのらなきゃ、私の人生はずっと雪に埋もれたままだ」

『……わかった。仕方ない、協力するよ』

「ありがとう、白眉！」

明羽は眠り狐の佩玉をぎゅっと胸に押し付ける。

『よしてよ。やりたくてやるわけじゃないんだ。感謝なんてされたくないよ』

頭の中に響く照れたような声に、明羽はもう一度、小さな相棒を強く抱きしめた。

その日から、毎日の過酷な仕事をこなしながら、白眉に後宮の知識や仕来《しきた》りを教わることになった。それは、相変わらず仕事に追われる毎日の中で、明羽に確かに生きている実感を与えてくれた。

◆◇◆◇◆

邯尾の中央に位置する莉家の門前は、北狼州中から集まった娘たちで溢《あふ》れていた。

その中には、一日だけ特別に仕事を免除された明羽も侍女候補として交じっている。

そして、打ちひしがれていた。

見渡す限り、幼い頃から愛らしく美しくと育てられてきたであろう良家の娘ばかり。持っている中でいちばん綺麗な襦裙を選んできたが、他の娘たちと比べると襤褸布も同然だった。

門前では、莉家の使用人が集まった娘たちの身元を確認していた。明羽が邯尾外村から来たことを告げると、使用人は嘲《あざけ》るように笑った。

周りの娘たちも、明らかに場違いな農民の娘を見てひそひそと会話を交わしている。場違いなのは初めから覚悟していたけれど、こうしていざ一緒に並んでいると、白鷺《しらさぎ》の群れの中に迷い込んでしまった野鴨のような気分だった。

ようやく、莉家の門が開く。

中から現れた狐目の女官が、選秀会の開始を告げた。

「帝都より百花輪の儀が布告された。北狼州からは、当家の姫、來梨姫が後宮入りされる。これより、來梨姫の侍女として後宮入りする娘を決める選秀会を執り行う」

『大丈夫だよ、僕がついている。迷ったら僕を握って』

開始の宣言と重なるように、握り締めた佩玉の声が頭の中に響く。

相棒の言う通りだ。身なりや容姿で劣ってるからってなんだ。ずっと今日のために特訓してきたじゃないか。それに、私には心強い味方がついてる。

白眉は、帯飾りとして腰にぶら下げていた。こうしておけば、いざというときに握り締めれば助言をもらえる。

明羽は自らを奮い立たせながら、他の娘たちに続き、貴族屋敷に入っていった。

百花輪の儀。

それがどんな儀式かは、村の人たちが噂しているのを聞いた。

後宮では、皇后と皇太后が勢力を二分して諍《いさか》いが起きていた。その原因の一つが、現在の皇后・蓮葉《れんよう》が正室となってから十年が経《た》とうとしていたが、未だに世継ぎができないことだった。

皇帝は、皇后の他には上級妃として遇される貴妃を娶《めと》っていない。妃嬪《ひひん》と呼ばれる下級妃は何人もいるが、華信国の法では皇位継承権のある子供を産めるのは皇妃のみと決められていた。皇妃は、皇后や貴妃を含めた上級妃を指す言葉だ。

家臣たちからは側室として貴妃を迎えるように繰り返し勧められていたが、皇帝は頑なに拒んでいた。それは、皇后を慮《おもんぱか》ってのことだと言われている。

ついには、皇后・蓮葉が国の安寧《あんねい》のため、百花輪の儀を執り行うことを自ら進言し、皇帝もそれを認めた。

百花輪の儀とは、後宮にて新たな皇后を迎える際に行われてきた儀式であった。

華信国全土より、皇領、北狼州、東鳳州、南虎州、西鹿州からそれぞれ代表一人を後宮に貴妃として迎え入れる。その中で、もっとも寵愛を受けた貴妃が、百花皇妃となり皇后に選ばれるのだ。

蓮葉は、百花輪の儀で選ばれた者に、皇后の座を譲り渡すと宣言した。

各州より代表となる貴妃が選ばれ――そして、北狼州の貴妃として後宮入りが決まったのが、邯尾を治める貴族・莉家の姫だった。


「邯尾外村の明羽、前に出なさい」


狐目の女官に名前を呼ばれる。三十路《みそじ》は過ぎているだろうか。物腰は丁寧で落ち着いているが、静かな迫力のある人物だった。

最初の試験は、用意された碗《わん》で茶を淹《い》れることだった。

白眉から、後宮の作法はしっかり学んでいた。見る限り、他の参加者の中に、明羽が学んだ作法をきっちり守って茶を注いでいる娘はいなかった。

『みんなのやり方が間違ってるだけだよ。心配しないで』

佩玉に触れると、頭の中に白眉の声が力強く響く。

教わった通りに茶を注いで狐目の女官のところまで持っていく。

だが、女官は明羽の方を見もせずに、淹れた茶を庭に捨てると「次っ」と声を上げた。周りにいた順番待ちの娘たちから、嘲るような笑い声が聞こえる。

「これで、場違いだってわかったかしら。農民なんかが選ばれるわけないじゃない」

「あんな薄汚れた服でよく莉家の敷居を跨《また》げたものね。もう試験なんて受けさせずにさっさと追い返せばいいのに」

「さっきのお茶の作法を見たかしら、まるでなっていないわ」

じっと堪え、感情を微塵《みじん》も顔に出さず、頭を下げて退出する。

大丈夫。まだ、落ちたって決まったわけじゃない。

明羽は必死にそう言い聞かせる。さっきの態度は、貧しい出自や服装のせいだったのだろう。けれど、他の試験もすべて完璧にこなせば、認めてもらえるかもしれない。

『大丈夫、僕を信じて』

佩玉に触れるたび、頭の中に白眉の声が響く。言われなくても、信じる。歴史に名を残す偉人の持ち物だったというのは冗談だとしても、教わった後宮の作法に間違いはない。幼いころからずっと一緒に育ってきた相棒だ、信じて裏切られるなら本望だった。

科目は全部で五つ、お茶汲みの他に、料理の配膳、着物の色の合わせ方に関する試験、三つの香を嗅《か》ぎ分ける試験、それから詩を題材にした読み書きの試験だった。

これまでの特訓と白眉の助言のおかげで、明羽はいずれも失敗なくこなした。けれど、狐目の女官の反応はいずれも冷たく、周りから嘲りの笑い声が常につきまとっていた。

すべての試験が終わった後、娘たちは一ヶ所に集められた。

「選秀会の結果を発表する。名前を呼ばれた者はこの場に残り、呼ばれなかった者は去ること」

結局、狐目の女官の態度は最後まで変わらず、周りからはずっと嘲笑《あざわら》われ続けた。

そのせいで、やはりどれだけ完璧にできたとしても、農民から選ばれることなんてないのか、とすっかり意気消沈していた。

だが、予想外の声が耳に飛び込んでくる。

「邯尾外村の明羽、この場に残れ」

呆然とする頭の中に『だから、大丈夫だって言ったでしょ』と相棒の声が響く。

試験の間中、明羽を笑っていた娘たちが、恨めしそうな視線を向ける。

名前を呼ばれたのは、明羽を含めて、たった二人だけだった。

◆◇◆◇◆

選秀会の後、莉家の応接間に通された。

柔らかい花氈敷《かせんじき》の床に細やかな雷文が彫られた黒檀《こくたん》の椅子。普段、鶏小屋で寝起きしている明羽にとっては、別世界のような場所だった。

けれど、なにか裏があるのかもしれない、そんな不安が、素直に喜ぶことの邪魔をする。

応接間にはもう一人、選秀会の後に名前を呼ばれた娘が座っていた。その娘の存在が、明羽をさらに不安にさせる。

こちらも明羽と同じく、良家の娘ではなかった。着古された襦裙を纏い、外仕事で日に焼けた肌をしている。背が低く、並んで座っていても明羽よりも頭一つほど低い。そのせいかやけに幼く見えた。

娘も視線に気づいたらしく、人懐っこい笑顔を浮かべて話しかけてきた。

「名前呼ばれてよかったべな。わだす、おめさのこと最初っから見てたべ。そのなりでよく選ばれたな。わだすより襤褸を着た娘がいるとは思ってなかったべ」

表情からは想像できない、強い訛《なま》りだった。

北狼州では、北部にいくほど言葉の訛りが強くなる。おそらく、邯尾よりもずいぶん北から来たのだろう。

「そっちこそ、その言葉遣いでよく通ったね」

「あ、いっげね。安心したらつい、いつもの言葉にもどっちまったべ」

娘は手で口元を押さえ、大きく深呼吸をする。

「小夏《シャオシィ》と申します、留端《るたん》の狩人《かりうど》の集落で育ちましたの」

言い回しにわずかな癖があるものの、明羽が白眉から繰り返し教わった皇領の発音だった。

「留端か。ずいぶん遠いところから来たのね」

明羽は地図を思い浮かべながら呟く。北狼州の最北には、華信国の国境にもなる天狼山脈がある。留端はその麓《ふもと》にある町だった。

農耕には不向きな土地で、もっぱら狩りで生計を立てている者が多いと聞いていた。邯尾の町でも、留端でとれた羚羊《かもしか》や狐の毛皮が売られている。

「私は、明羽。邯尾の近くの村の生まれ。よろしくね」

「こちらこそ。一緒に働く人が、やさしそうな人でよかったです」

「ところで、私たち、本当に選ばれたのだと思う?」

「え、だって、名前を呼ばれたじゃないですか」

素直な性格なのだろう、小夏は嬉しそうに笑っている。けれど、明羽はまだ無邪気に受け入れる気にはなれなかった。

奥の戸が開いて、選秀会を取り仕切っていた狐目の女官が入ってくる。

二人は、道場に師が入ってきたときの門下生のように、ぴたりと会話を止めて姿勢を正す。

女官は正面に座ると、値踏みするように見てから告げた。

「私が侍女長となる慈宇《じう》です。あなた方と一緒に後宮に入ります。長い付き合いになると思いますが、よろしく頼みます」

二人は揃って、よろしくお願いします、と答えながら一揖《いちゆう》する。

「來梨さまが後宮に入られるのは、年が明け、帝都までの街道の雪解けを待ってからです。あなたがた二人は、それまでこの莉家に寝泊まりし、後宮の侍女として相応《ふさわ》しい立ち振る舞いができるように修業してもらいます。よろしいですね？」

明羽には断る理由などなかった。つまり、今年の冬は、鶏小屋で越さなくてすむということだ。

「なにか質問はありますか？」

隣で、小夏が手を上げる。

「寝泊まりは、今日からですの？」

「一度、家に帰ってもらって構いません。家族との別れも必要でしょう」

「それは、必要ありません。別れはすでに済ませてきましたの」

慈宇は頷《うなず》いてから、他に問うことはあるか、というように明羽に視線を向ける。

「どうして、私たちが選ばれたのでしょうか？」

「私の選考が不服ですか？」

「とんでもない。ですが、私よりも美しく家柄も相応しい方々がたくさんいたので」

慈宇の細い目が、明羽の顔をじっと見つめる。不愛想なのは生まれつきだけれど、よほど不満を持っていると思われたのか、いいでしょう、と呟いた。

「まず、貴妃に仕える侍女は醜《みにく》すぎても美しすぎてもいけない。美しいと貴妃を引き立てられない、醜いと貴妃の格が問われる。美しさでいうなら、あなたたち二人はちょうどよかった」

あまりの言われように、明羽と小夏は互いに顔を見合わせる。

「それだけで、選ばれたのですか？」

「まずは、すべてにおいて基本ができていたことは認めます。特に、明羽。あなたの所作は古来の後宮の伝統にのっとっていました。他の者たちは、北狼州の貴族の所作が体に染みついており、それらは後宮においてはひと目で見抜かれます」

明羽は腰の佩玉をちらりと見る。翡翠に刻まれた眠り狐の顔が、得意げに笑っているように見えた。

「ただ、私に言わせればまだまだです。これからの半年で私がみっちり仕込みますので覚悟なさい」

「はい、よろしくお願いします」

「それから、私が見ていたのは、科目がうまくこなせるかだけではありません。もっとも大事なのは心根です。侍女にとって大事な心の据わり方がわかりますか？」

明羽と小夏は、順番に答える。

「気が利くこと、ですか？」

「早起きでは……ないですの？」

慈宇は首を振ると、鋭い目で睨《にら》みながら続ける。

「もっとも大事なのは、主人への忠義心です。高慢な者や自分をひけらかそうとする者は向いていません。口の堅さも大事です。すぐに噂話をしたり、誰かを嘲笑ったりするのは論外です。度胸も大切です、後宮では恐ろしい貴妃もいますから。あなたは、私があなたの淹れた茶を捨てても顔色一つ変えなかった」

そんなこと、だったのか。

兄嫁の仕打ちに比べれば、淹れたばかりの茶を捨てられるくらい些末《さまつ》なことだ。まさか、兄嫁に感謝する日が来るなんて思ってもみなかった。

「もうよいですか。それでは、明羽、あなたはいったん村に戻り、三日以内に戻ってきなさい。小夏、あなたには部屋を与えますのでついてきなさい。二人とも、私の指導は厳しいですが、しっかり学ぶのですよ」

明羽と小夏は、二人揃って頭を下げる。

それから明羽は村に帰り、生まれ育った村で最後の夜を過ごした。

話を聞いた兄嫁は、お前が侍女に選ばれるわけないと怒鳴り散らしていたが、莉家から高額の支度金が届いた途端に人が変わったように快く送り出してくれた。これまで明羽がこなしていた仕事が自分たちに回ってくることには、まだ頭が回っていないようだった。

気の弱い兄は、兄嫁の目を気にしてかなにも言わなかった。けれど、妹が苦境から抜け出すのを喜んでくれているように見えた。

鶏小屋に戻ってから、相棒に話しかける。

「やったよ、白眉」

『明羽ががんばったからだ。でも、やっぱり、君を後宮へいかせたくないという気持ちは変わらないよ』

一緒に試練を乗り越えた相棒の声は、なぜか冴えなかった。水を差されたような気持ちになって、真一文字の口を不機嫌に曲げて尋ねる。

「前の持ち主と後宮にいたとき、嫌なことでもあったの？」

『嫌なものを、たくさん見た。君が好きな小説のような場所じゃないことはよく知ってる。僕は、小さいころからずっと君を見守ってきた。君は相棒と呼んでくれるけど、僕にとって君は、娘のような存在でもある。娘を危険なところにいかせたい親なんていないさ』

「でも、白眉が後宮にいたのは百年以上も前のことでしょ。今は違うかもしれないよ？　それに、今年の冬は莉家のお屋敷で暮らせる。凍えて死ぬことはない。まずは、そのことを喜んでよ」

『……そうだね。まずは、おめでとうって言うべきだったね』

翡翠に刻まれた眠り狐は、やっと明羽が望んでいた言葉を告げてくれた。

「ありがと、白眉」

ぎゅっと佩玉を握り締めながら笑う。

明羽は後宮小説を枕元に置き、白眉を抱きしめて眠りについた。

初秋の鶏小屋には隙間風が吹き込み、筵の寝心地も相変わらず最悪だったけれど、明日から新しい生活が始まると思うと苦にならなかった。

莉家での暮らしは、厳しいものだった。

慈宇の指導は、歩き方やお辞儀の仕方といった所作から、喋り方に字の書き方、配膳の仕方、貴妃の身繕いや寝所の整え方、歴史や詩や国の情勢などの侍女として最低限の教養まで多岐に渡った。

いつも短い鞭《むち》を持ち歩いていて、失敗するとピシリと手の甲に飛んできた。

「背中を腰にのせるようにして歩くのです。貴妃の侍女たるもの、所作の一つ一つが美しくなければなりません」

「代筆も侍女の仕事です。蛞蝓《なめくじ》が這《は》ったような字、帝都の子供たちにも笑われますよ」

「何度言ったらわかるのです。料理を盛るときは皿を持ち上げない、音を立てない。私は言葉のわからない猿でも選んだのですか」

明羽の手も、小夏の手も、修業が始まって数日で蚯蚓腫《みみずば》れで真っ赤になった。

大変な毎日だったけれど、ちゃんとした食事と寝床がある生活は、村での暮らしを思うと恵まれたものだった。なにより、この修業の先に憧れていた後宮暮らしが待っているのだと考えると苦になどならなかった。

◆◇◆◇◆

季節は巡り、木の葉が落ちる秋になる。

これまで明羽がやっていた仕事に耐えかねた兄嫁が「明羽を返せ」と言って怒鳴り込んできて衛兵に追い返されたことを聞いた。

けれど、明羽の心は少しも揺らがなかった。あんなに怖かった兄嫁は、もう遠い世界の人のように思えた。


やがて初冬になり、北狼州に長い冬の訪れを知らせる初雪が降る。

どんなに厳しい毎日でも、明羽は日課の飛鳥拳の訓練を忘れなかった。

それは、庭に雪が積もっても変わらない。拳法を続けることは、明羽にとってお守りのようなものだった。


冬が深まり、莉家の屋敷は深い雪に覆われるようになった。

毎朝の雪かきも明羽と小夏の仕事だった。

小夏は、豪雪地の育ちだけあって、雪の扱いはお手の物だった。明羽も一緒になって冗談を言い合いながら負けじと働いた。

梅が芽吹き、春の気配が感じられるようになったころには、明羽の手にも、小夏の手にも、蚯蚓腫れはなくなっていた。

真っ白い雪に覆われていた庭に穴が開き、あちこちから地面が見えだしたころ、慈宇が告げた。

「街道の雪解けが確認できました。三日後、帝都へ向けて出発します。二人とも、これまでよくがんばりました。今のあなたたちなら後宮でも、まぁ、悪目立ちしない程度には働けるでしょう」

明羽と小夏は「やったね」「やったべ！」と抱き合って喜んだ。

侍女の振る舞いとしては相応しくない態度だったが、この時だけは、慈宇の鞭も飛んでこなかった。

『いよいよか、長かったね』

佩玉に触れると、頭の中に白眉の声が響く。この半年、覚えきれないところは、寝床に入ってから何度も白眉に聞いて復習していた。ずっと支えてくれた相棒の言葉に、憧れていた場所が近づいてくるのを噛みしめる。

「今日は、これから來梨さまにお目通りします」

その言葉に、二人に緊張が戻る。それぞれに姿勢を正して座り直す。

自分が仕えることになる姫のことは、ずっと気になっていた。

白眉から、後宮に入ってからどのような毎日が待っているかは、仕える相手次第だと聞いていた。当たりの主か外れの主かで、すべてが決まる。

莉家に住み込みで修業を始めて半年、まだ一度も顔を合わせたことはなかった。

「來梨さまは、別邸で後宮入りのための修練を受けています。くれぐれも粗相《そそう》のないように」

別邸は、母屋を出て庭園を渡った先に建っていた。

広い母屋とは違って質素な平屋の建物で、明羽は一度も近づいたことはなく、ずっと倉庫だと思っていた場所だった。

中に足を踏み入れると、内装も外観と同じく質素だった。壁や天井に飾り彫りの一つもなければ、花氈も飾り棚を埋める装飾もない。明羽は、どうしてこんな場所に、後宮入りする姫がいるのだろう、と首をひねった。

姫の部屋の前までくると、中から声が聞こえてきた。

「來梨さま、どうか出てきてください。まだ途中ですよ」

慈宇は素早く、それでも音を立てないように戸を開ける。

机の上には書物が山積みになっているが、そこに姫の姿はない。奥にある押し入れの前で、教育係と思われる女官が声を上げていた。

すぐに、押し入れの中から声が返ってくる。

「体調が悪いのよ。だから、今日はもう終わりにして」

「そんなっ、お昼ご飯はあんなに召し上がったのに……お願いです。このままでは、私が御当主さまにお叱りを受けます」

「これ以上はなにも覚えられないわ。ちょっとでいいから休ませてちょうだい」

そのやり取りだけで、大体の事情を察することができた。來梨姫は勉強に耐えかねて、押し入れの中に引き籠ってしまったらしい。

慈宇が押し入れに近づくと、教育係の女官は慌てて体を引いた。

「來梨さま、なにをしているのですっ！」

慈宇の大声が響いた。

「わ、慈宇っ。いたのっ。いきなり大きな声を出さないでよ」

「いいから出てきなさい。出立までもう日がないのですよ。それとも、後宮入りを諦めるのですか？」

短い沈黙のあと、押し入れが開く。

明羽と小夏は膝をついて拱手《きょうしゅ》をしながら、控えめに主となる姫を見つめた。

少女のあどけなさを残してはいるが、美しい女性だった。

まず目に留まるのが、流れるような栗色の髪。今は簪《かんざし》一本で軽くまとめているだけだが、綺麗に結い直せば多くの人の目を釘付けにするだろう。

帝都では切れ長で強さのある目の女性が好まれるというが、來梨の目は丸く優しさが感じられるものだった。そのせいで頼りなげに見えるものの、均整のとれた目鼻立ちには愛らしい魅力がある。

ただし、普通に対面すれば感動したであろうその容姿は、たった今のやり取りのせいで台無しだった。

「今までなにも学んでこなかったのに、急にあれもこれも覚えろなんて無理よ」

「そんなことはありません。ここにいる二人は、ちゃんと、この冬のあいだに後宮の侍女としての作法を身に付けました」

「あら。ということは、この二人が私の侍女になるの？　名前を教えて頂戴」

來梨はするりと慈宇の横をすり抜けると、明羽たちの前にしゃがみ込む。

明羽と小夏は躊躇《ためら》った。高貴な身分の姫から同じ目線で話しかけられたときの作法など習っていない。

二人の侍女は、とりあえず拱手したまま問いに答える。

「邯尾外村の明羽です」

「留端の小夏です」

「見たところ、同じくらいの歳ね。私、生まれてから同じくらいの歳の友達なんていなかったの。だから嬉しいわ、仲良くしましょ」

「友達なんて滅相もない。私たちは、來梨さまが百花皇妃になれるよう全力を尽くさせていただきます」

明羽が答えると、來梨は寂しそうな顔をする。

「そんなに気負わなくたっていいわ。私が後宮にいくのは、小さな願いを叶えるためなの。皇后になれるなんて思っていないから」

「來梨さま、そのようなことっ」

慈宇が咎《とが》めるような声を出すが、來梨は悪びれた様子もなく続ける。

「だって、事実でしょう。みんな、私なんかが百花皇妃に選ばれるわけないってわかってる。それに誰も、そんなこと望んでない。だから、勉強するだけ無駄なのよ。後宮では目立たないようにひっそりと暮らすつもり。あなたたちも、そのつもりでいて」

來梨は、すでに諦めているようにへらりと力なく笑う。

仕える相手ですべてが決まると、白眉は言った。明羽は、外れの主に出会ってしまったような不安が膨らむのを止められなかった。

母屋に戻るまで、明羽と小夏は無言だった。

あれが、北狼州の百花輪の貴妃となる方。私たちが仕える主人。

初めての対面を終えた明羽の心を占めたのは、強い失望だった。

『後宮華伝』を読み、莉家にきてから華信国の歴史を学ぶ中で、感じたことがあった。

皇妃となる人は、美しいだけでは務まらない。信念があり、覚悟があり、成すべき志がある。けれど、來梨姫はそのいずれも持ち合わせていないように感じた。

百花輪の儀は、国の行く末を左右する儀式だ。それなのに、どうして北狼州はあのような姫を選んだのだ。

明羽の戸惑いを感じたのか、慈宇の小さなため息が聞こえる。

「あなたたちには、この北狼州と莉家の状況を話しておいた方がよさそうですね」

母屋に戻り、慈宇は來梨が選ばれたわけを二人に話した。

華信国は州郡制を導入しており、各州は州守と呼ばれる朝廷から派遣された上級官僚が管理している。だが、実際に土地を統治しているのは、州をさらに細分化した郡ごとに存在する郡主たちだ。

莉家は中流の家柄であり、本来なら百花輪の儀に関われるような力のある郡主ではなかった。

來梨が候補にあがった理由は、大貴族の中に後宮に入れるような年頃の娘がいなかったからだ。そしてもう一つ、莉家が大貴族の派閥に属していなかったからだ。

後宮に入り、さらに皇后に選ばれるようなことがあれば、その家の格は跳ね上がる。

百花輪の儀が布告されてから、大貴族たちの間では激しい権力闘争が起きた。

北狼州の名士である墨《ぼく》家はすでに嫁に出した年嵩《としかさ》の娘を離縁させて後宮に入れようと画策し、墨家と勢力争いを繰り広げている張《ちょう》家は分家をたぐって血縁の薄い娘を養子に迎え入れた。他の郡主たちのほとんどがいずれかの派閥に属しており、それを差し置いて名乗りを上げる家は皆無だった。

大貴族同士の諍いが起きることを危惧した州守や他の郡主たちは、墨家と張家のいずれの派閥にも属さず中立であった莉家に目を付けると、正統の北胡《ほくこ》族の血筋であり、容《よう》姿端麗《したんれい》で齢《よわい》十九の來梨を推挙した。墨家と張家も、渋々ながらそれを受け入れたのだった。

結果として争いは回避できたが、來梨の後宮入りは、北狼州の貴族たちからは歓迎されないものとなった。

「來梨さまは、莉家の三女です。当主さまからは期待されず、役目を与えられることもなく、これまで別邸にて引き籠って、ひっそりと過ごされてきました」

いつも厳しい慈宇の表情に、初めて情のようなものが浮かぶ。

「私が教育係として莉家にきたのは四年ほど前です。残念ながら当主さまは、來梨さまに高い教養を望まれませんでした。私がお教えできたのは、貴族の娘としての最低限の振る舞いだけ。それが、急に後宮入りとなったのですから、戸惑うのも無理もないことです」

明羽の中で、さっきの來梨の態度がやっと腑《ふ》に落ちた。まだ、皇妃となる実感もないのだろう。

「本当に、困ったものです。百花輪の儀とは、州同士の戦争なのです」

「戦争、だべか？」

思わず故郷の訛りで呟いた小夏が、隣で慌てて口を塞ぐ。

「ええ。皇后になり、さらには世継ぎまで授かるとなると、朝廷で大きな権力を持つことになります。それこそ、国の政《まつりごと》を動かせるほどの力です。それぞれの州は、自州の代弁者を皇后にすることで、自分たちに有利になるように政を動かそうとしている。そのため、後宮入りする貴妃には、州全体が後ろ盾となるのです」

「え……じゃあ、來梨さまは？」

「もとより北狼州は、冬になると雪に閉ざされるため郡ごとの独立心が強い土地です。さらには貴族同士が派閥に分かれ、足の引っ張り合いをしている。來梨さまを推薦した郡主たちも、莉家の御当主でさえ、來梨さまが皇后に選ばれ、莉家が力を持つことを望んでいない」

そこまで聞くと、來梨が不憫《ふびん》にさえ思えてきた。

なんの後ろ盾もなく、それを補う才覚も教養もない。

手ぶらで戦場にいくようなものだ。

「でも、それならそれで良いのではないですの？　北狼州が、來梨さまが皇后になることを望んでいないのであれば、先ほど來梨さまご自身で話されていた通り、後宮で慎ましく暮らしていればよいだけですよね」

小夏が、ちょうど明羽が疑問に思っていたことと同じ問いを口にする。

「身を引くといったところで、権利がある限り、他の貴妃は放っておいてはくれません。それどころか、弱みを見せれば、様々な手段で害しようとしてくるはずです。後宮とはそういうところです」

明羽は、後宮は怖いところだ、と白眉から繰り返し聞いたのを思い出す。慈宇の話が始まってから、その佩玉は黙ったままだった。それが余計に不安を膨らませる。

「百花輪の儀では、後宮内に連れていける侍女は三人と決まっています。交代も補充もできません。つまり、私とあなたたち二人だけです。そのため、私たちが來梨さまをお守りしなければなりません」

初めて聞く話だった。明羽と小夏は、思わず顔を見合わせる。

「たった三人であれば、どうして私たちなのですか？」

「それも大貴族の嫌がらせです。私が、かつて後宮で侍女をしていたのは伝えましたよね」

明羽は頷く。四年前まで侍女として後宮にいたと聞いていた。

「私を除いて、後宮に仕えた経験のある女官たちは大貴族によって押さえられてしまいました。後宮で働くには、後宮の仕来りを知っていなければなりません。北狼州の仕来りが体に染みついた莉家の女官たちを連れていくよりは、自ら素質のある侍女を選び、教育して連れていきたい。私が御当主にそう進言したのです」

「それが、選秀会だったわけですか」

「その通りです。あなたたちは曲がりなりにも、私が素質があると見込んだ侍女です。いいですか、明羽、小夏。後宮で來梨さまをお支えできるのは、私たちだけです。來梨さまを守るために、共に戦ってください」

慈宇は、明羽と小夏に頭を下げる。

明羽は、慈宇が厳しい指導をしてきたのは、すべて來梨のためであったことに気づいた。

この人は、來梨さまのことを心から案じている。

來梨さまがどういう人かは、まだわからない。けれど、この半年の間、慈宇には様々なことを教わってきた。育ててもらった恩義もあるし、信頼もしている。

この人のために、働こう。それが、私を選んでくれた慈宇さんへの恩返しだ。

明羽はぎゅっと佩玉を握る。胸の中に、後宮への憧れとは別の熱い炎が灯るのを感じた。
だから。
『……たった三人の侍女。五人の貴妃……なにか嫌な予感がするね』
その時、頭に微かに響いた相棒の呟きも、気にならなかった。

街道の雪解けが確認されてから三日後。
大勢の邯尾の人たちに見送られ、來梨姫は後宮に向けて出発した。
七日間の長い旅の後、帝都・永京に到着し、後宮に入ったのだった。

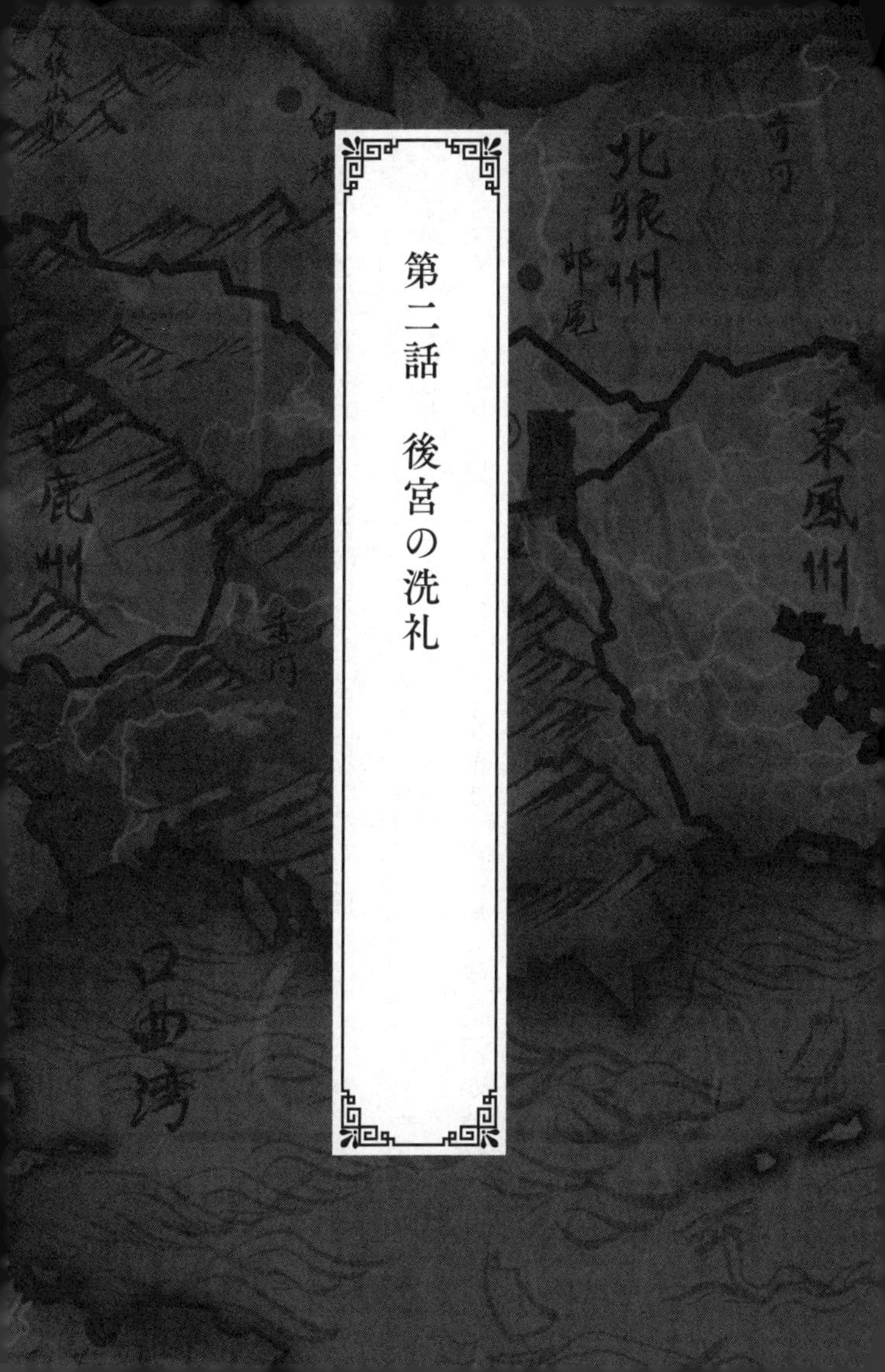

第二話　後宮の洗礼

後宮入りしてから五日目。

明羽《めいう》は憧れの場所で、夢に描いていた日々を送っていた。

「お肉とお魚が同じ膳にのってるなんて贅沢すぎるよ。これ、鶏肉の蜜蒸し？　小説に出てきたやつだっ。夕餉《ゆうげ》にいつも点心がついてくるなんて罰《ばち》が当たらないの？」

「翡翠に瑠璃に金細工、庭には蠟梅《ろうばい》に白木蓮《はくもくれん》。本当になにもかもが鮮やかで、歩いているだけで幸せになれるよ」

「こんなふかふかの布団で眠っていいの？　半年前まで鶏小屋で寝てたのが嘘みたい」

『後宮華伝』で読んだものを実際に目にするたびにはしゃいだ声を上げ、時には気持ちを抑えきれずに感涙した。そのたび、白眉《はくび》に頭の中に響く声で呆れられ、小夏《シャオシィ》に大げさだと笑われた。

その場所では、国中から集められた花が咲き乱れ、美しさを競っている。

有名な書き出しの一文。明羽には、目に映る世界すべてが、まさにその通りに見えた。

仕事は忙しいけれど、村での日々に比べれば大したことはない。

朝は、部屋の掃除と朝餉《あさげ》の準備から始まる。

慣例に従えば、貴妃が食事をするあいだ、侍女は総出で給仕をするものだ。けれど來《らい》梨《り》は「たった四人しかいないのだから、一緒に食べましょう」と言い、慈宇《じう》が説得するのも受け入れず、朝夕は全員で食卓を囲むことになった。

朝餉が終われば、來梨の身の回りの世話だ。服の着付けや化粧や髪を結う手伝いをし、頼まれごとをこなす。

昼前になると、後宮勤めの女官たちが住まう飛燕《ひえん》宮から、女官たちが手伝いにくるため仕事はうんと楽になる。それでも、洗濯や針仕事をしたり昼夕の食事の準備をしたりと大忙しだ。

昼餉《ひるげ》は北狼州の伝統を受け継ぎ、具材のみ日替わりの饅頭《まんじゅう》と決まっている。特に忙しい時間帯なので、明羽と小夏は交代で休憩を取りながら食べる。

昼を手軽に済ませる分、夕餉はたくさんの品数が並ぶ。季節のものを使った湯菜《タンツアイ》にご飯、涼菜《リヤンツアイ》と熱菜《ローツアイ》と点心がそれぞれ最低でも二品ずつ。貴妃の夕餉としてはこれでも質素らしいが、海老《えび》や鰈《かれい》などの魚介も、家鴨《あひる》や豚足などの肉類も、蜜煮や煮凝《にこご》りといった調理法も、すべてが明羽にとっては初めてで、むせび泣きながら天帝に感謝を告げたくなるほどのごちそうだった。

夕餉の後は寝所の準備。

皇帝から夜渡りの連絡でもあれば、舎殿の一番奥にある宝玉《ほうぎょく》の間を開き、香を焚《た》いて湯を沸《わ》かし、夜伽《よとぎ》用の寝具を出してと大忙しになるらしい。

けれど後宮では、皇帝の子であることを確かなものとするため、輿入《こしい》れしてから数ヶ月は夜渡りをしないのが仕来りだった。百花輪の儀において皇帝が律儀に仕来りを守るのかは誰も知るところではないが、今のところ渡りの兆《きざ》しはまるでない。

來梨はというと、莉《り》家で暮らしていたときと同じように、慈宇に小言をもらいながらも怠惰に日々を過ごしているだけだった。

「後宮といっても、朝の食事は莉家とそう変わらないのね。あ、そっか。これって内膳《ないぜん》司《し》じゃなくて、あなたたちが作ってるんだっけ？　つまらないわね」

そんなことを言いながら朝餉を食べ、

「せっかく帝都に来たのに、後宮の外に出られないなんて窮屈よね。帝都をお忍びで歩いてみたいわ。ねぇ、今度、こっそり抜け出してみない？」

仕事中の明羽や小夏に他愛もないことを話しかけ、二人が忙しそうにしているのを見てはつまらなそうに口を尖《とが》らせ、

「どうせ皇后に選ばれっこないんだから、こんな勉強に意味あるのかしらね」

と慈宇に渡された書物を寝転がりながらつまみ読みし、そのまま寝てしまっていた。

そんな態度を見るたび、明羽は思わず叫びそうになるのを堪えるのに必死だった。

皇后になるつもりなんてなくても、貴妃になったのだ。

いきなり後宮入りさせられた経緯には同情するけれど、もう少し、相応しい人間になろうとしたらどうなんだ。

けれど、そんなことに苛立《いらだ》つのも、明羽にとっては些事《さじ》だった。

後宮で見聞きし口にする全てが、体を満たし、心を浮き立たせてくれた。

北狼州に伝わる民謡に、羊飼いが牧草地を求めて旅する様を詠ったものがある。今、明羽はとびっきり居心地のよい牧草地を見つけた羊飼いの気持ちだった。

それは紛れもなく、明羽が望んださささやかな幸せだった。


『安心するのは早いよ。君はまだ、たった一度しか舎殿を出ていないからね』


明羽が嬉しそうに語っていると、水を差すように頭の中に声が響いた。

五日間の夢のような日々を思い出していたのを、すとんと現実に引き戻される。

「それは、そうだけどさ」

『本当に怖いのは、これからだ。あの貴妃さまじゃ、先が不安すぎるよ』

「でも、私はこの暮らしが気に入ったよ」

『そりゃあ、食べるものと寝る場所は、君の村での生活よりずっといいけど。あれは人の暮らしじゃなかったからね』

明羽が座っているのは、來梨が暮らすことになった舎殿の近くにある庭園だった。東側を鬱蒼《うっそう》とした竹林、西側を後宮通路の築地塀《ついじべい》に囲まれた寂しげな庭で、その見た目通り竹寂園《ちくじゃくえん》と呼ばれている。中央には石畳の広場と亭子《あずまや》があったが、明羽が見つけた時は長らく訪問者がいなかったようで落ち葉に覆われていた。

後宮に入ってから、明羽は肌身離さず白眉を身に着けていた。なにか困ったことがあれば、白眉を握り締めれば助言をくれる。けれど、会話をしようと思うと発声しないといけない。

人目につかない竹寂園は、白眉と話すのにはもってこいの場所だった。時間を見つけては手入れをし、昼飯時の休憩場所として利用していた。

「一つ大事なことを言い忘れてる。ここには、偉そうにする男がいない」

指摘すると、相棒は無言になった。

明羽が男嫌いになったきっかけは、白眉も知っていた。

十四歳になったばかりのときに、同じ村の男との縁談があった。十歳以上も年上でろくに話したこともない相手だったが、村ではよくあることだった。初めの印象は、そこまで悪くなかった。だが、二人きりになると、男はいきなり荒っぽい言葉遣いになり、乱暴に抱きついてきた。

武術家の父の元で、幼い頃から鍛《きた》えてきたはずだった。

けれど、男の欲望に滾《たぎ》った目を見た途端、恐怖で動けなくなった。

押し倒されそうになったところでやっと体が動いた。無様に金切り声を上げながら手足をばたつかせ、それがたまたま相手の顔に当たって怯《ひる》んだ隙に逃げ出した。

縁談はもちろん破談となったが、相手の男は、明羽を狂暴な女だ、自分はなにもしていないのに殴られたと言いふらした。そのせいで、明羽に次の縁談が持ち込まれることはなかった。

あの日から、明羽は男という生き物が怖くて仕方なかった。

男の欲望に滾った顔、近くで感じた鼻息、摑まれた時の腕の強さ。

今でも、思い出すたびに息ができなくなる。

明羽を笑いものにした村の男たち、偉そうにしているくせに小狡《こずる》い役人たち、道場に屯していた破落戸たちはいつも舐《な》め回すような視線を向けてきて、いざという時のために刃物を胸に忍ばせていなければいけなかった。武術家として大成することのみに固執し家族を顧みなかった父も、義姉に奴隷のように扱われる妹を見ない振りした兄も、みんなみんなろくでなしばかりだ。

男という生き物は糞《くそ》だ。身勝手で卑怯な肥溜《こえだ》めだ。

それが、明羽がこれまでの人生で得た教訓だった。

後宮に憧れた理由の一つは、男と関わることが少ないからだった。

白眉が黙ったままなのを気にして、明羽は話題を変える。

「それにしても、いつになったら舎殿の外に出られるんだろうね」

『状況がわからない以上、仕方ないことだよ。侍女長の判断は正しい。皇后さまの言う通り、あの人が北狼州の救いだ』

「すごい人だっていうのは、後宮に来てからよくわかったよ」

慈宇からは、後宮に到着してすぐに勝手に舎殿から出ないように言い含められた。

「これから数日かけて、後宮内の力関係や警戒すべき相手を調べ上げてきます。それまで、私がいない時は、この舎殿から出ることを禁じます。あなたたちには教えなければならないことがたくさんありますが、まずは後宮での暮らしに慣れることに努めてください」

慈宇は侍女長としての仕事を完璧にこなす傍ら、あちこちの宮に出かけて情報を集めているようだった。かつて後宮で働いていた時に培《つちか》った人脈は今も生きているらしい。

明羽が舎殿の外に出たのは、昨日、皇后の元へ挨拶に出かけたときの一度きりだった。

後宮がどれほどの広さなのかも、他にどんな皇妃や妃嬪が住んでいるのかも知らない。

「それにしても、蓮葉《れんよう》さまは本当にお綺麗だったなぁ。小説に出てくる皇妃さま、そのものだったよ」

明羽はうっとりとした声で呟く。

手放しで喜べることばかりではなかったが、皇后の住まう琥珀宮《こはく》の様子や美しい皇后の姿を目にしたことは、『後宮華伝』に憧れていた少女にとって夢のようなひと時だった。

懐から取り出した昼餉の饅頭を齧《かじ》りながら、昨日の出来事を思い出す。


皇后付きの侍女が舎殿にやってきて、琥珀宮に参上するように伝えてきたのは昼過ぎのことだった。

それを聞いた途端、それまで無気力に過ごしてきた來梨は、呆れるほど動揺した。

「どうしよう、いきなり皇后さまから呼び出しなんて、私、なにかしたかしら。きっと怖い人なんでしょ、叱られるのは嫌よ」

「余計な心配は必要ありません。新しく後宮入りした貴妃の顔を見たいだけでしょう。來梨さまは北狼州の代表なのですから、ただ、堂々としていればよいのです」

慈宇が素早く服や装飾を選び、小夏と明羽が着付けをする。

準備が整うころには、來梨も落ち着きを取り戻し、美しい貴族の娘へと生まれ変わっていた。

いいですか、私たちも來梨さまについてゆきますので、くれぐれも粗相のないように。勝手に口を開いてはいけませんよ。特に小夏、あなたは黙っていなさい」

侍女長に言われ、明羽と小夏も緊張した表情で頷く。小夏は、意識さえしていれば綺麗な都言葉を話すのだが、慌てたときにうっかり訛りが出ることがある。

慈宇が先導し、四人は皇后・蓮葉が住まう琥珀宮に向かった。

琥珀宮は、栄花泉を囲む舎殿の中でも、もっとも大きな宮だった。

華信国の伝統を重んじた黄色の瑠璃瓦に無垢《むく》の木材を使用した柱、過度な装飾は施されていない。けれど、さりげなく飾られている調度品や彫り込まれている意匠の一つ一つに都の磨かれた感性を見ることができた。

伝統と流行をうまく織り交ぜた、皇后に相応しい美しい住まい。ここを頻繁《ひんぱん》に訪れる皇帝にとっても居心地のよい場所であろうことは疑いようもなかった。

侍女に案内され、客庁《きやくま》に入る。

茶会が開けそうなほど広い部屋には、向かい合うように二脚の椅子のみが置かれていた。來梨が席につくと、すぐに侍女たちを引き連れて、この宮の主が入ってくる。

皇后・蓮葉。

十年に渡り、皇帝の寵愛を受けた女性。

その間、皇帝が他に貴妃を娶ることがなかっただけで、その愛の深さがわかる。美と才を併せ持った皇妃の噂は、遠く北狼州まで届いていた。

正面の椅子に優雅に腰かけたのは、その噂に違《たが》わない端整な顔立ちの女性だった。齢は三十。目じりや首の皺に確かに年齢を感じさせるが、それすらも美貌の一端のように見える。

なにより明羽の心を惹きつけたのは、その身を覆っている覇気だった。鋭い眼差《まなざ》しと厳《おごそ》かな佇《たたず》まいは、皇后ではなく女帝といわれても納得してしまいそうだ。

蓮葉の後ろには、十人の侍女が並んでいた。來梨の背後に控える侍女は、百花輪の儀の仕来りにより三人のみ。この人数差だけで、位の差が如実に見える。

來梨は慈宇に教わり、ここに来るまで幼子が教本を暗誦するように繰り返していた言葉を告げた。

「北狼州より輿入れしました、莉家の來梨にございます。皇妃さまにおかれましては、ご機嫌麗《うるわ》しく存じます」

「まずは百花輪の儀に応じてくれたことに、感謝を」

「街道の雪解けを待っていたので、こ、後宮入りが遅くなり申し訳ございませんでした」

返す言葉も練習通り、少し詰まりはしたが言うことができた。

いつの間にか握り締めていた拳に、明羽は自分のことのように緊張していたのに気づく。

「これで後宮に五人の貴妃が揃った。百花輪が、ようやく幕を開ける。今日、ここに来てもらったのは、あなたがどのような女性か、私の目で確かめたかったからよ」

蓮葉は立ち上がると、薄絹の披帛《ひはく》を揺らしながら歩み寄ってきた。皇后が使っている香だろうか、微かに沈丁花《じんちょうげ》の匂いが香ってくる。

「そんなに怯《おび》えないで。あなたが競うべき貴妃は他にいるのよ」

來梨が小さく震えているのは、後ろに立つ明羽にもはっきりとわかった。

「……はい、申し訳ありません」

「宮の名はもう決めた?」

「いえ……まだ、です」

「後宮入りするまでに決めておくべきだったわ。他の貴妃が別称で呼ばれているのに、あなただけ名前のままでは格式を欠いているように見られる」

「申し訳ありません。なかなか良い名が、浮かばなくて——」

「悩むのはわかるわ。名を付けるのは、誰にどう呼ばれたいかを選ぶこと。けれど、宮の名前がないのは不便ね。決まるまで、未明宮《みめい》としなさい。名を付けられていない宮なので、夜明け前と呼ぶのがいいわ」

細い指が伸びて、來梨の頬に触れる。

琥珀宮の主に相応しく、その指先には大きな琥珀の指輪が嵌《は》められていた。

我には名がない。名もなきゆえに未明と称す。

それは、古代王朝時代に栄えた国の一つ、隷《れい》王朝の黎明《れいめい》を描いた古典『月下城』に出てくる一節だった。明羽も、修業の際に一通りの古典は学んでいる。

だが、來梨は古典に触れない。知らないのか、口にする度胸がないのか。試されていることにすら気づいていないのかもしれない。

蓮葉は、目を細めながら体を引く。

古典の引用だけではない。おそらく、今のやり取りすべてが來梨を試すものだったのだろう。評価がどの程度だったかは、考えるまでもない。

蓮葉は興味を移すように、その視線を、本来は草木のように視界に映らないはずの侍女に向けた。

「久しぶりね、慈宇。北狼州の侍女長として入宮した噂は聞いていたけれど、あなたは少しも変わらない」

慈宇は蓮葉の言葉に、静かに一揖する。

「お久しぶりです、蓮葉さま。覚えていてくださり光栄です」

「忘れるものですか。あなたほど優秀な侍女は、そうそういないわ。北狼州は若いだけの、なんの取り得もない貴妃を寄こしたのかと思ったけれど、あなたがいるのが救いね。また今度、ゆっくり昔話でもしましょう」

明羽と小夏は、驚いたように侍女長を見た。後宮で働いていたとは聞いていたが、皇后の侍女だったことは初耳だった。

蓮葉は懐かしそうな笑みを消すと、若い貴妃に視線を戻す。

「來梨、いいこと。百花輪は貴方が思っているよりずっと厳しい儀式よ。覚悟して臨みなさい。でないと、なにもかも、あっという間に失うわよ」

明羽の主は、小さな声で「はい」と答えることしかできなかった。

短い顔合わせは、蓮葉と來梨の格の差を、侍女たちにまざまざと見せつけた。蓮葉の背後に控える侍女たちは、明羽たちに憐れむような視線さえ送っていた。

その日の夜は、來梨はよほど疲れたのか、ろくに夕餉も食べずに寝所に引き籠った。

饅頭の最後の一欠片《ひとかけら》を口に放り込みながら、明羽は胸の中に灰色の雲が膨らんでいくのを感じた。

思い出すたびに、自分の主人は大丈夫なのだろうか、と不安になる。

百花輪の儀で競う他州の貴妃であれば、もう少し気の利いた会話ができただろう。

けれどすぐに、どうでもいいことだ、と思い直す。

明羽が望んでいたものは、もう手の中にある。

來梨が貴妃としての資質に欠けていたとしても、百花皇妃に選ばれなかったとしても、大した問題じゃない。美味しい食事と温かい寝床、これこそ求めていたささやかな幸せだ。

ぱたぱたと手を払い、饅頭の粉を落とす。

まだ、昼刻を告げる銅鑼《どら》の音は鳴っていない。銅鑼が鳴るまでが休憩時間だった。

「さて、やりますか」

明羽は立ち上がると、手足を曲げて準備運動を始める。

『わざわざ、こんなところに来てまで武術を続ける必要なんてあるの？』

「同じ場所でじっとしてやる仕事が多いから、動かしておかないと体が鈍ってしまうの。それに、後宮といっても男はいる。お守りにはなるよ」

そう言うと、合掌した状態で直立する。

ゆっくり、片足を上げながら弧を描くように両手を回す。

飛鳥拳はその名の通り、空を舞う鳥の動きから着想を得た武術だった。人が動くと風が起きる。この風は、実際の空気の流れとも気配の揺らぎとも解釈できる。鳥が風を読んで飛ぶように、あらゆる攻撃を受け流す。体を回転させ、相手の気と自らの気を循環させて攻撃する。変幻自在な静と柔の極致にある武術だった。

拳法にしか興味のない父親に叩き込まれた明羽の型は、すでに達人の切れ味を宿している。けれど、実戦経験は皆無と言ってよく、武術家としては未熟だった。縁談のときに男に襲い掛かられてなにもできなかったのが、その証拠だ。

『それくらいにしたら？　誰かに見られたら、來梨さまに変な噂が立つかもしれないよ？』

「まだ汗一つかいてないよ。それに、こんな場所にくる物好きなんていないって」

言いながら、虚空に向けて鮮やかな回し蹴りを繰り出す。

ぴたりと宙で止めた爪先の向こうに、男の顔が見えた。

「誰っ！」

悲鳴のように声を上げ、後ろに跳んで構えを取る。

竹藪《たけやぶ》をかき分けるようにして、緑衣の男が一人、石畳に足を踏み入れる。

「あれが何者か、わかる？」

続けて小さく呟く。それは、男に問うたものではなかった。

頭の中に、白眉の声が返ってくる。

『後宮のこんな奥まで入ってこられる男は、宦官《かんがん》か特別に許された警護の衛士《えし》だけだ』

「そう、だよね」

かつて大陸に栄えた王朝の後宮の多くは、皇帝を除き男子禁制だった。けれど華信国では、宦官の他に警護衛士が入ることが許されている。

後宮に入る宦官は黒衣、禁軍に属する衛士は緑衣と決まっている。男が纏っている緑衣は衛士のもの。肩章は官職がないことを示す無地だった。

男が、口を開く。

「この服を見てわからないか？　後宮の警護を任された衛士だ。妙な音が聞こえたので な、様子を見に来た」

淡々とした声音には、氷の礫《つぶて》でも混じっているような冷たさがあった。

明羽は膝をつこうとするが、続けて聞こえてきた相棒の言葉に動きを止める。

『この男は、どちらでもないよ。気をつけて』

無言で、相手を観察する。

衣服に目がいっていたため気づかなかったが、息をのむほどに美しい顔立ちだった。

長く伸ばした髪を、背後で一房に結い上げている。中性的な細い輪郭に妃嬪のように整った目鼻立ち。優れた書家が一筆で書き上げたような形の良い眉が、一服の凛々《りり》しさを与えていた。

なにより目をひくのは、冷たい輝きを灯す瞳だった。

その瞳は、明羽に後宮小説の中にあった天藍石《てんらんせき》の描写を思い出させた。青く美しい希少な石だが、その宝石が跳ね返す光は、暗く冷たい色を帯びるという。

普通の侍女ならば、その美貌に警戒を解いたかもしれない。

けれど明羽にとって、すべての男は嫌悪と警戒の対象だった。

「……嘘だ」

「ほう。なぜ、そう思う？」

「衛士の緑衣を着てはいるけど、石帯が違う。衛士の帯は灰色で留め具は革製。それに――衛士は互いを監視するために一人で出歩けない決まりのはず」

頭の中に聞こえた白眉の言葉をそのまま口にしながら、相手から情報を引き出そうと試みる。

「それからもう一つ。あなたからは白梅の香りがする。衛士には不釣り合いな香だ」

それだけは、明羽自身が気づいたものだった。香については、白眉と慈宇から一通り教わっている。白梅香は貴族が好んで使う品、禁軍の衛士には不似合いだった。

天藍石の瞳がわずかに見開かれ、すぐに冷たさを取り戻す。

「よく見抜いたな。変装は完璧なつもりだったのだが。お前は、よく利く鼻を持っているようだ」

明羽は、警戒を強めて告げる。

「何者か、名乗りなさい」

「衛士ではないと見抜いたのだ。自慢の鼻で当ててみろ」

そう言いながら、腰に下げていた刀の柄《つか》に手をかけて近づいてくる。

「後宮に忍び込んだ盗人《ぬすっと》か、かどわかしの類ね」

「この俺が、賊だというのか？」

男は皮肉っぽい笑みを浮かべる。

「なにが、おかしい。違うというなら、素性を明かせ」

「名を問うなら、お前が先に名乗ってはどうだ？　その身なりは女官ではないな。どこかの宮の侍女か。こんな人目につかないところでなにをしていた？　かどわかされるのが望みならば、攫《さら》ってやらんこともないぞ」

「本性を見せたなっ」

明羽は気迫を込めて告げるが、男は歩みを止めない。

「それ以上、近づいたら大声を出す」

「こんな場所には、誰もこないさ」

「なら、殴り飛ばす」

「面白い、やってみるといい」

男は肩をすくめると、さらに一歩、無造作に足を踏み出す。

『剣に手をかけてるのははったりだ。あの男に、武術の心得はないよ』

頭に声が響く。白眉の言葉を信じるなら、前の持ち主のうち三人目は王武《おうぶ》という歴史に名を残す拳法家だった。真偽はともかく、武人の持ち物だった時期があったのは確かで、相手の動作から力量を読み取ることができる。

白眉がそう言うならば、間違いはなかった。明羽の心から、一抹の迷いが消える。

半身に構えていた後ろ側の足で、石畳を蹴る。

実戦経験に乏しくとも、体術の動きは体に染みついていた。

距離を瞬時に縮める。踏み込みと同時に、体を沈め、顎を跳ね上げるような掌底を繰り出そうとした刹那《せつな》――頭の中に大声が響いた。

『止まって、明羽っ！』

優男の顎先で、明羽の掌底が止まる。

男は目を見開き、気圧《けお》されたように数歩下がった。

「驚いた、恐ろしく速いな。これでは、並みの衛士では反応できないだろうな」

怯えているようにも、感心しているようにも聞こえる声が届く。

それに重なって、白眉の声が明羽の頭の中に響いた。

『明羽、謝って。必死で頭を下げて』

相棒の声に、無言で「どうして」と疑問を投げる。

『後宮の深部まで入れる男は、宦官と衛士、それにもう一人いる。宮城の不正や揉《も》め事を調停する、そのために宮城の至るところに足を踏み入れることを皇帝に許された文官――秩宗部《ちそうぶ》の長、この男は、三品位の秩宗尉《ちそうい》だよ』

その言葉と、慈宇から教わった知識が繋がる。

品位とは、宮城で仕える文官の位を表すものだった。科挙に合格して宮城の進士となった者は九品位を与えられ、出世と共に品位は上がっていく。

最高位は、皇帝の側近である宰相の一品位。続いて軍務府、内政府、外政府などを束ねる各尚書《しょうしょ》の二品位。その下には、具体的な役目を任された行政機関が設置され、その組織の長が三品位だった。つまり三品位とは、行政機関の頂点に立つ者を指す言葉だ。

『さっきまでは服に隠れて見えなかった。あいつが付けている銀色の腕輪は、三品位を示すものだ。とにかく謝って。この男の機嫌一つで、侍女の首なんて簡単に飛ぶ』

その言葉に、明羽はやっと事態を飲み込む。

賊と疑っていたが、本来は高貴な身分、それどころか一介の侍女など口を利くことも許されないような殿上人だった。

飛び退《の》くようにして体を離して、片膝をつく。それから、拱手を頭上に掲げるようにして深く頭を下げた。

「三品位のお方とは気づかず、大変失礼しました。ご無礼の段、お許しください」

冷たい瞳が、また感心したように見開かれる。

「ほう。どうして俺の身分に気づいた？」

「先ほど、袖口より白銀の腕輪が見えました。宮城内の不正を取り締まる秩宗尉であれば、後宮内への出入りも許されておりましょう」

「なるほど、この腕輪のことも知っていたか。では、自らがなにを口走ったかも気づいたということだな。この、宮城の秩序を守る要《かなめ》である秩宗部の長を、よりにもよって盗人やかどわかし扱いしたのだ」

その声に、明羽は心が冷えるのを感じた。

「こんな言葉を聞いたことがあるか？　この後宮では、侍女の命は扇よりも軽い。相手の身分がはっきりわからないなら、もっと言動に気をつけるべきだった。よく利く鼻が、仇《あだ》となったな」

身分を偽って近づいてきたのも、名を名乗らず挑発してきたのもそちらではないか。反論したくなるのをぐっと堪え、明羽は頭を下げ続ける。この身分差では、どのような理屈も無意味だった。この男が、死、と告げれば、それは実行される。

明羽にできることは、なにかの気の迷いで穏便に済ましてくれるのを祈るだけだ。

生死の判決を待つ、長い時間が過ぎる。

だが、次に聞こえてきたのは笑い声だった。

堪えるような忍び笑いは、からかうような笑い声に変わっていく。やがて男は、美しい長髪を振り乱し、腹を抱えて笑い出した。

呆然とする明羽に向けて、男は笑いすぎて目じりに浮かんでいた涙を拭いながら、種明かしのように告げる。

「いや、すまない。変装を見事に見破られたものでな。知識のほどはわかったので、どれほど度量があるか試そうと思ったのだ。そんなに露骨に不承知な顔で謝られるとは思わなかったぞ」

「……この顔は、生まれつきにございます」

「面白い侍女だ。俺は、李鷗《りおう》。当代の秩宗尉だ。こんなに笑ったのは久しぶりだ。それに免じて、先ほどの無礼は許してやる」

「……ありがとうございます」

「おい、この俺が名乗ったのだぞ。お前も名乗れ」

そこで、自分の不作法に気づく。忘れていたのではなく、三品位ともあろう男が、侍女ごときの名前に興味などないだろうと決めつけていた。

「未明宮の侍女、明羽です」

「やはり、百花輪の貴妃の侍女か。よく覚えておけ。この後宮では、危険に敏感でなければ生きていけない。お前は鼻が利くくせに危険には疎《うと》そうだからな」

李鷗はそう言うと、背を向けて立ち去っていった。

鼻が利く、鼻が利くと、まるで人のことを犬のように。

そんなことを考えながら、しばらく三品位の背中が消えていった竹林を眺めていた。

微かに香っていた白梅の匂いも、男の背中と一緒に遠ざかっていく。

秩宗尉の李鷗。

今思い返しても、明羽がこれまで見たことのないくらい美しい顔立ちをした男だった。

あれほど美しければ、宮城の至る所で、大勢の女たちが噂をしていることだろう。

けれど明羽には、これまで出会ってきた男たちと同じく、皮肉っぽくていけ好かない人物に思えた。

◆◇◆◇◆

扉を開くと、淀んだ空気が、舞い上がる塵《ちり》や埃《ほこり》と一緒に流れて出てくる。

追い打ちのように、黴《かび》と朽《く》ちかけた樹木のような臭いも漂《ただよ》ってきた。まるで、悪しきものが封印された洞窟のようだ。

長らく住人のいなかった未明宮には、閉ざされたままの部屋がいくつか残っている。

昼餉を終えて戻ると、慈宇から正門近くにある部屋の整理を指示された。

明羽は怯みそうになるのをぐっと堪える。

「これも美味しい食事と温かい寝床のため。ささやかな幸せのためだ」

中に入ると棚が並び、古めかしい茶器や花瓶などが置かれていた。前の持ち主が残していったものらしい。

「これだけ古そうな道具があるんだから、〝声詠み〟で声が聞こえる道具がいるかもね」

『僕くらい喋れるのは、そうそういないだろうけど。それから、明羽。わかってると思うけど、後宮では、絶対に道具の声が聞けることを話しちゃ駄目だよ』

頭の中に声が響く。この部屋の中では人目につく心配がないため、話ができるように相棒を右手に括《くく》りつけていた。

「わかってるって。どうせ誰も信じてくれないしね」

『それだけじゃない。後宮では、情報を手に入れることがすごく大事なんだ。道具の声が聞けるってことは、他の貴妃の秘密を手に入れる能力があるってこと。もし知られたら利用されるか、危険な存在とみなされ消される』

白眉の言葉に、背中に冷たい雫《しずく》が伝ったような不安を覚えた。

「……小夏や慈宇さんも、駄目？」

『駄目だよ。どこから話が漏れるかわからない、もっと危険に敏感にならないと』

白眉の言葉は、さっき出会った三品位が残していったものと同じだった。

思い出すと同時に、あの皮肉っぽい笑みが浮かんできてむかむかしてくる。

「そういえば、さっきの秩宗尉とか三品位とか、よく見抜けたね。後宮にいたからって、そんなことまで知ってるの？」

『なに言ってんのさ。前の持ち主のことはなんべんも話してるだろ。一人目の持ち主の真卿《しんけい》が、この宮城や律令の仕組みを整備したんだ。僕はそれを、傍でずっと見てたんだよ。知ってて当然さ』

「……ちょっと待って。あの話って、ぜんぶ本当なの？　冗談だと思ってた」

一人目の持ち主・真卿は、華信国初代皇帝に仕えた学者で、華信国の律令を取りまとめ、大学士寮を創設した人物だった。二人目の持ち主・翠汐《すいせき》は真卿の娘で、皇妃として二代皇帝の寵愛を受け、父親譲りの明晰《めいせき》さと天下無二の美しさで宮城を魅了したと語り継がれている。そして三人目の持ち主は、国中を渡り歩き世直しの武勇伝を各地に残す百戦錬磨の拳法家である武人英雄・王武。いずれも、華信国の歴史に名を残す偉人ばかりだ。

「あんたって、実はすごい？」

『僕の声が聞こえるってだけで、明羽、君も十分すごいんだ。気をつけろって言った意味がわかった？』

「……わかった。前の持ち主たちも、白眉の声が聞こえてたの？」

『まさか。でも、みんな僕を大切にしてくれてたし、僕はみんなを友だと思っていたよ』

明羽は、自分が幼いころから相棒と呼んでいた翡翠の眠り狐を呆然と見つめる。急にそんなすごい物だったとわかっても、なかなか受け入れられなかった。

唐突に、コツン、という奇妙な音が聞こえて体がびくりと震える。

足元に木片が転がっていた。どこかから飛んできたらしい。

見渡すと、すぐに相手が見つかった。鮮やかな赤い襦裙を着た侍女が、正門の陰で手招きしている。

慈宇からは、許しが出るまで、他宮とは関わらないように言われていた。けれど、この状況で無視するわけにもいかない。手に括りつけていた白眉を腰帯に付け直してから、仕方なく歩み寄る。

気の強そうな侍女だった。癖のある赤毛に目じりがくいと持ち上がった猫目。鼻の上には、点々と雀斑《そばかす》が並んでいる。

「私は、孔雀《くじゃく》宮の朱波《しゅは》。貴方、北狼州の侍女よね？」

「はい。明羽です」

孔雀宮は、南虎州から輿入れした貴妃・紅花《ホンファ》が住まう舎殿だった。

南虎州は、北狼州と同じくほとんどの郡が異民族により治められている。元は南戎《なんじゅう》と呼ばれた山岳部で暮らす騎馬民族だったが、四代前の乾武帝《かんぶてい》の南方遠征によって華信国に取り込まれた。

朱波が持つ赤毛は、南戎族の特徴だった。

「なにか用ですか？」

「そんなに不機嫌そうな顔しないでよ。別に、喧嘩ふっかけにきたんじゃないって」

「この顔は、生まれつきです」

「あっそ。まぁ、いいわ。要件はね、あなたのとこの妃さまは、どうして挨拶にこないのかなぁ、と思って」

「挨拶、ですか？」

「後宮に入ったら、先に輿入れした貴妃に挨拶にくるのが百花輪の仕来りでしょ？　あんたのところの貴妃さまは最後に後宮入りされたのだから、他の貴妃さまたちに挨拶するべきでしょ？」

「それが仕来り、なんですか？」

「え、やだ。知らないの？　紅花さまは、無礼な貴妃だ、後宮の伝統をもないがしろにするのかって、ひどくご立腹よ。他の貴妃さまも同じお考えだと思うわ」

慈宇からは、毎晩、その日に仕入れた情報を聞かされていた。

孔雀妃・紅花は、南戎族の王の娘であり、女性でありながら馬術と弓術の達人だという。気性が荒く、激高すると手に負えないというのが女官たちの噂だった。

そんな貴妃に目を付けられたとあれば、來梨はもちろん、明羽の後宮生活によくない影響が出ることは簡単に想像できた。

「早くした方がいいわ。余計なお世話かと思ったのだけど、知らないと困ると思って知らせにきたの。まさか本当に知らないとは思ってなかったけどね」

「ありがとうございます。侍女長が戻ってきたら伝えます」

「それ、いつ？　もう時間ないわよ。すぐに挨拶にいくべきよ。今日で來梨さまが後宮入りされてから五日でしょう？　これ以上待たせると、うちの貴妃さまはなにするかわかんないわよ」

言いたいことだけ言うと、さっと背を向けて去っていった。

朱波の物言いは、明羽の生まれ故郷の村にもいた、やたらとお節介を焼きたがるおばさんのようだった。馴れ馴れしい態度だったけれど、なぜか嫌いになれない。

腰の佩玉に、そっと尋ねる。

「白眉、どう思う？」

『確かに、後宮入りした妃嬪は、先に入宮している上位の妃には挨拶にいくものだ。でも、僕がいた時には百花輪の儀なんてなかった。そんな仕来りまでは知らないよ』

「そっか。とにかく、來梨さまにご報告するしかないね」

明羽は呟いてから、空を見上げた。

日が緩やかに傾き始め、地上の影を少しずつ伸ばしている。

もし今日中に他の宮の妃たちに挨拶回りをするのなら、すぐにでも身支度を始めなければ間に合わない。だが、慈宇は先ほど、琥珀宮の侍女に呼ばれて舎殿を出ていったばかりだ。戻って来るのを待っていたら日が暮れてしまうだろう。

「でも、いきなりこんなこと言って大丈夫かな？　取り乱したりしなければいいけど」

明羽は、小さな声で呟く。

この五日間、傍で仕えた日々を思い出すと、不安を覚えずにはいられなかった。

◆◇◆◇◆

引き絞られた弓が、ぎりぎりと苦しむような音を立てる。

矢を引く腕には、引き締まった筋肉が芸術品のような美しさで浮かび上がっていた。

指を離すと同時、解放された矢は真っすぐに空を駆け、木板を貫き轟音《ごうおん》を響かせる。

「さすが、お見事です」

貴妃の背後に控えていた侍女が、控えめに言いながら手巾を差し出す。矢は、木板に描かれた的の中央を射抜いていた。

「動かない的なんざ、当たって当然だ。そうだろ」

受け取った手巾で汗を拭きながら、緋色《ひいろ》の髪の女は豪快に笑う。

彼女の名は、炎《えん》紅花。南虎州より輿入れした百花輪の貴妃の一人だった。

その美貌や豊満な体よりも、まず目をひくのが背丈だ。周りの侍女たちよりも頭一つ大きい。我の強そうな顔立ち。豹を思わせる吊り目に大きな口。褐色《かっしょく》の肌に赤髪は南虎州の民の特色だが、紅花の髪はひと際鮮やかだった。

燃えるような緋色の髪が、波打つような癖を伴って背後に広がる。それはまるで、炎を背負っているように見えた。

「少し物足りねぇな。どうだ、梨円《りえん》。久しぶりに組手でもやるか?」

「ご冗談を。朝から動きっぱなしです、そろそろ体を休めてください。主上からいつ訪殿の連絡がくるとも限りません」

梨円と呼ばれたのは、紅花に付き従う侍女の一人だった。

生真面目そうな表情で、主人とは対照的に黒毛交じりの真っすぐな赤髪を短く切り揃えている。細身で背も低いが、その立ち振る舞いからは紅花の激しさとは真逆の、静かな武の気配が漂っていた。

「主上ねぇ」

紅花はそう言いながら、弓のために袖を外していた襦裙を正す。

「まだ、どの貴妃にも夜渡りをしてねぇんだろ。このあいだ、やっと会いに来たかと思ったら挨拶程度でさっさと帰っていった。まったく摑めねぇ男だ」

「東国との貿易交渉も片付き、近ごろは政務も落ち着いたようです。北の貴妃も後宮入りしたので、そろそろお渡りがあるのではないかと──噂をすれば」

梨円が視線を正門の方に向ける。

騒々しい足音と共に、侍女の一人、朱波が姿を見せた。

「よぉ。やっと夜渡りの知らせがきたか？」

主からの予想外の問いかけに、朱波は目を丸くする。

落ち着きを取り戻した朱波が告げたのは、意外な名前だった。

◆◇◆◇◆

來梨妃と二人の侍女は、南虎州の舎殿の入口に立っていた。

孔雀宮。南虎州の貴妃・紅花が住まう舎殿だ。

赤釉《あかゆう》の瓦屋根に朱色に塗られた柱は、遠くからだと燃えているかのようだった。

來梨を除く四人の貴妃は冬のあいだに後宮入りしており、それぞれに舎殿を改修していた。

ここまでの改修は、よほど金庫に余裕がないとできない。明羽は、倉庫に残された物から金目の物を探そうとしている北狼州との違いをまざまざと見せつけられた気がした。

「さぁ、二人とも。いくわよ」

來梨は背後を振り返り、明羽と小夏に告げてから歩き出す。

その声は、か細く震えていた。


朱波から告げられたことを話すと、來梨は予想していた通りに激しく狼狽《ろうばい》した。

「どうしよう。そんなこと急に言われても、困るじゃない」

來梨は、不安そうな視線を向ける。

「ねぇ、明羽。どうしたらいいと思う？」

「來梨さまがお決めになったらよろしいかと」

「私が？　そんなの無理よ。後宮のことなんてなにも知らないのに。小夏は、どう思う？」

「他宮の侍女の言うことですので、真偽のほどはわかりません。慈宇さんが戻って来るまで待った方がよいと思いますの」

「それじゃ、間に合わないじゃない」

じゃあ、どうしろというのだ。

そう言いたくなるのを、明羽はぐっと堪えた。

「來梨さま、どちらか一つを選ぶだけです。いくか、いかないか」

迫るように、両方の拳を突き出す。

「……いくしか、ないわね。そうよ。いくのよ」

北狼州の貴妃はそう告げると、頼りない足取りで立ち上がる。

「後宮の仕来りのことはわからないけど、ここで、他の貴妃たちの反感を買うのがよくないことくらい、私にもわかるわ。そうでしょう？」

明羽と小夏は、主人の決断に無言で頭を下げる。

「着替えを用意して」

「なにをご用意しましょう？」

「あなたが選んでちょうだい！　私に聞かれたってわかんないわよ！」

明羽は莉家での修業を思い出しながら、衣裳部屋をひっかきまわして相応しい装いを選ぶ。下手に帝都の流行りを真似しても勝負にならないのは、皇后・蓮葉の舎殿を訪れたことでわかっていた。

雪桃色の長衣の上から、遊牧民伝統の袖のない羽織を重ねる。高く結い上げた髻《たぶさ》には瑪瑙《めのう》の簪を差す。化粧は控えめに、但し、來梨の顔立ちには迫力がないので、紅だけは強めに入れる。

「なにか手土産《てみやげ》は持っていくべきかしら?」

「そこまでは、孔雀宮の侍女は話していませんでした」

「なにかの時のために、実家から持ってきた反物があったわね。持っていくだけ持っていって、いらなければ渡さなければいいんだわ。そうよ。そうしましょ、ね?」

明羽は、いつか小夏に「來梨さまのことをどう思う?」と聞いたことがあった。

いつも人懐っこく笑っている同僚は、ほんの一瞬だけ冷たい目をして「良い人だとは思うけど、頭領の器じゃないですね」と答えた。

それはきっと、留端の狩人としての小夏の言葉だったのだろう。今なら、明羽にもその言葉の意味がよくわかった。

自信がなさそうで、決断ができない。仕えていて、不安になる。

「どういう順序で回ればいいのかしら? 誰が先か誰が後かで、反感を買ったりしないかしら?」

「百花輪の貴妃は、栄花泉を囲む五宮に、後宮入りした順に日が巡るように入宮されたと聞いています。ですので、栄花泉をその順に回ればよいのではないでしょうか?」

「そうね、それがいいわ。そうすべきよ」

來梨はしばらく質問を重ね、ようやく宮を出たときには身支度が終わってから半刻ほどが過ぎていた。

未明宮から東周りに巡ると、最初に居を構えているのが南虎州の貴妃・紅花の住まう孔雀宮だった。

孔雀宮の侍女に案内され、客庁に通される。

來梨が椅子に座り、その後ろに明羽と小夏が控える。

舎殿の内は伽羅《きゃら》の香が強く焚かれており、慣れていない明羽と小夏は、鼻が慣れるまでふらつきそうになるほどだった。

通された客室は豪華な作りだった。美しい花の細工が彫り込まれた長机に椅子、机には虎の毛皮が敷かれ、壁には孔雀宮の名に相応しく虹色の羽根が飾られている。

なにより明羽が驚いたのは、客室から見える庭園だった。南虎州の山岳地帯を模した岩山が作られ、その奥には弓練場が見える。

馬術と弓術の達人という噂は本当らしい。

「よぉ。待たせたな」

背後から聞こえてきたのは、豪気さを感じさせる声だった。

部屋に入ってきた貴妃を見て、明羽は思わず唾《つば》を飲み込む。

明羽よりも頭一つは大きい長身、褐色の肌に緋色の目、そして、背中に炎を背負っているかのような緋色の髪。

身に纏うのは、胸元が見えるように着崩した長衣。皇妃というよりは妓楼《ぎろう》の最上級娼婦といった装いだ。露《あらわ》になった褐色の肌に大きな胸、引き締まった腰つき。女の明羽でさえ唾を飲み込んでしまったのだ、男なら涎《よだれ》を垂らすだろう。

歳は來梨よりも二つ上だというが、年齢の問題ではない。生まれ持った色香が全身を覆い尽くしていた。

「南虎州の紅花だ。わざわざ挨拶に来るとは、殊勝な心掛けだな」

紅花は、倒れ込むように椅子に座りながら話しかける。

孔雀妃の背後に控える三人の侍女の中には、朱波の姿もあった。明羽の視線に気づき、「よく連れてきたわね」と得意げに目配せする。

「北狼州の來梨です、よろしくお願いします」

「こうして来たってことは、勝負するつもりはないんだな。あたしを選んだのは良い判断だ」

紅花はそう言いながら、艶っぽい目で來梨を見つめる。

けれど、その言葉の意味は明羽にはわからなかった。勝負するつもりがないとは、どういうことだろう。明羽が悩んでいる間に、來梨はへらりと笑って的外れな答えを口にする。

「はい、皆さまが後宮入りした順にご挨拶に伺おうと思いまして、最初にこちらを選ばせていただきました」

次の瞬間、紅花の笑い声が部屋中に響き渡った。

「そうかい。なんだ、あたしはてっきり。全部の宮を回るつもりだったのかい」

紅花が意味ありげに言うと、後ろに控える三人の侍女が口元を押さえて笑う。

なにがおかしい、挨拶に来いって言ったのはそちらだ、明羽は出かかった言葉をぐっと堪えた。

「ずいぶん舐められたもんだね。それとも、本当になんにも知らないのか。どちらにしろ、それなら、そういう態度を取らせてもらうよ」

紅花は長い舌でぺろりと上唇を舐める仕草をしてから、自信に満ちた声で語り出す。

「はじめにはっきりさせとこう。百花皇妃に選ばれるのは、この紅花だ。溥天《ふてん》に選ばれた皇帝といえども、褥《しとね》に入ればただの男。一度でもこの孔雀宮に夜の渡りをすれば、たちまち虜《とりこ》にする自信があるよ」

「ええ……そのよう、ですね」

來梨はそう言いながら、孔雀妃と自らの体型を見比べる。

その反応に、紅花は拍子抜けしたようだった。深紅の瞳には、露骨な嘲りと失望が浮かぶ。

「なんだ、勝負から降りたわけじゃねぇんだろ、喧嘩くらい買ってみせろよ。まぁいいさ。せっかく挨拶にきたんだ、覚えておきな。あたしは皇后になり、そして、皇帝の子を産む」

紅花は背に広がる赤毛を揺らしながら、そっと下腹部に右手を当てる。

「華信の皇家に南戎族が名を連ねる。それが、あたしがここにいる理由だ。つまるところ、戦に敗れ華信国へ併合されたことへの復讐だよ。同じ異民族だ、北狼州の貴妃とは気が合うかもしれねぇと思ってちょっとは期待してたんだけどよぉ」

南虎州の山岳部に暮らす南戎族は、四代前の乾武帝の時代に行われた南方遠征によって弱体化し、華信国へ併合された。それ以来、南虎州は帝国に従い、外敵を抑えつける武力として国の繁栄を支えてきた。

だが、山岳地帯での自由を奪われ従属させられた歴史は、南戎族にとっては古傷のような屈辱として引き継がれている。

同じ騎馬民族でも、建国時に盟約を結び、それ以来、ずっと融和を進めてきた北狼州の北胡族とは大きな違いだった。北狼州では誰もが、自分たちが華信国の国民であることを疑っていない。

「二百年も帝国にすりよっていた民には、あたしたちの気持ちはわからねぇようだ。せいぜい、邪魔だけはするなよ」

來梨は、その言葉にもなにも答えることができなかった。

孔雀宮を出た時、横を歩いていた小夏が「あれが頭領の器です」と呟くのが聞こえる。明羽にも、人を惹きつける魅力があることはわかった。

格式ばったことを嫌い、自信に溢れ、気高く懐が深く、自由を愛する奔放な女性。ただ、いくつか引っかかることがあった。孔雀妃は、挨拶にこないことくらいで腹を立てるような人物には見えなかった。來梨がすべての宮を回ると答えた時、嘲るような笑い声を上げた意味もわからない。

明羽の胸には、大事なことを見落としているような不安が渦巻いていた。

◆◇◆◇◆

執務室にはずらりと女官たちの行列ができていた。

列は部屋には収まりきらず、開け放たれた扉の先の廊下にまで続いている。

後宮勤めの女官たちは、織物や磁器や書物などさまざまな物を持っていた。いずれも、各国の貴族や豪商たちから黄金宮《おうごん》に届いた品だ。

執務机に座るのは、まだ幼さを残す少女だった。だが、黄金宮の主は、少女らしからぬ鋭い視線で流れてくる品を見定めていた。

「銀貨二十というところね。悪くない品だけれど、皇領で流すと捺染《なっせん》の柄が野暮《やぼ》ったいと言われるわ。南部の貴族たちには高値で売れるはず。南虎拝山《はいざん》の店に回すようにお兄さまに伝えて。次」

反物を持った女官が横に下がると、その後ろに控えていた全く同じ形の二つの杯を盆にのせた女官が前に歩み出てくる。女官たちが運んでくる品を手に取っては、価値と処遇を決めていく。この作業が延々と繰り返されていた。

彼女が、東鳳州の貴妃・万《まん》星沙《シンシャ》だった。

「雨林《ユーリン》、この白磁はどこからの品？」

「彩色《さいしょく》商会です。新たに西鹿江越《こうえつ》との商いを開始したのでお納めいただきたいとのことです。彩色商会では最上級品として位置付けているらしく、詳細はこちらの目録に。お気に召されれば、万家でも取り扱いをお願いしたいと」

質問に答えたのは、背後に控えていた長身の侍女だった。

黄金宮の色である黄色の襦裙に身を包んだ侍女の声には愛想の欠片もなかったが、返答は迅速《じんそく》で的確だった。

「では、彩色商会との取引はすべて中止して。掛かり中の仕事もすべて引き上げてちょうだい」

「いかがなされましたか?」

「贋作《がんさく》よ。これは夫婦や師弟で交わす西鹿伝統の陰陽杯《おんみようはい》という品よ。まったく同じ杯に見えても、それぞれの杯の底に陰と陽を示す柄が刻まれている。この杯に描かれているのは、どちらも陽の絵柄。呆れるくらい酷い模造品ね」

星沙は二つの杯の底が見えるように持って雨林の方に向ける。二つの杯にはそれぞれ、炎と太陽の柄が描かれていた。

「白磁の艶、輪郭の造形、いずれをとっても江越産ではありえない粗悪さね。東国騎亜《きあ》からの密輸品を掴まされたってところかしら。これを見抜けない問屋に万家と商いをする資格はない」

「畏《かしこ》まりました。そのように本家へ文をしたためます」

黄金宮に高価な品々が届く理由はさまざまだった。万家が営んでいる交易店から届く新しい取扱品の相談、貴族たちからの鑑定依頼、商人たちからの献上品もあった。星沙の目利きの正確さは広く知れ渡っており、彼女が良品と認めれば値が跳ね上がるからだ。

さらに、星沙は目利きと並行して、いくつもの書類を机の上に並べていた。万家の間諜たちから送られてきた国内外の情勢や、新しい商売の提案書、貴族たちからの金策の相談など内容はさまざまだ。品評の間を縫っては確認し、書類に対しても一つずつ指示を出していく。

　星沙は、百花輪の貴妃の中でも卓越した才女として知られていた。経済学、語学、芸術に精通し、万家の商いに関わるとその才覚で莫大な利益をもたらした。

　歴史や法律、医学や薬学の知識も深く、華信国で最難関の進士を採用するための科挙の試験問題を取り寄せると、ほとんどの役職で合格点を獲得したという噂まである。

　後宮に入内してからも、住む場所が変わっただけとばかりにその仕事ぶりが変わることはなかった。それどころか、星沙の才覚を目当てに集まる皇領の貴族や商人たちと、次々に交流の幅を広げている。

　そこで、新たな侍女が一人、執務室に入ってくる。

　その侍女が耳打ちした情報は、才女の眉をわずかに顰《ひそ》めさせた。

「……北狼州の貴妃が来た？　まさか、もう獣服《じゅうふく》するというの？　呆れたものね。まぁ、私を選んだことだけは褒めてあげるけど」

「それが、ここにくる前に孔雀宮にも立ち寄っているようです」

　それまで、ずっと止まることのなかった星沙の手が止まる。

　持っていた書類を机に落とすと、侍女に女官たちを下がらせるように告げる。

「北狼州の貴妃が愚かなのはわかった。どれくらい愚かか確かめてみましょう」

　星沙は幼い顔に似合わない計算高そうな笑みを浮かべた。

◆◇◆◇◆

明羽たちが次に訪れたのは、東鳳州の貴妃が住む黄金宮だった。

東鳳州は、華信国の四州の中で、もっとも豊かな州と言われていた。

広大で肥沃《ひよく》な平野、一年中凍ることのない港、長い伝統を持つ商業都市、中でも東鳳州を豊かにしたのが、双龍と呼ばれる華信国を流れる二本の大河の存在だった。

北狼州から皇領を経由し国土を縦断して流れ込む青河《せいが》と、大陸西側より南虎州を経由し国土を横断して流れ込む赤河《せきが》。東鳳州には華信国中の物資が辿りつき、港から諸外国に輸出される。その交易網が、東鳳州に莫大な富をもたらしていた。

そして、その交易を取り仕切る商人貴族たちの中で、もっとも力を持つ郡主が、黄金宮の主・星沙の生家である万家だった。

舎殿内は黄金宮の名に相応しく、あちこちに金の装飾が施されていた。それは、後ろ盾である東鳳州の財力の大きさを示している。

來梨たちが通された客庁も、黄金と高価な調度品に彩られていた。壁の意匠に施された金箔、艶やかな螺鈿《らでん》細工に彩られた天井、飾り棚に並ぶのは黄金で作られた獅子の像に七宝が埋め込まれた八角鏡、どれ一つとっても莉家の財力では手に入れられないものだった。

部屋の奥の一段高い場所、金細工が惜しみなく張り付けられた椅子に、東鳳州の貴妃が座っていた。

黄金妃・星沙。

どのような人物かは噂で聞いていても、大陸中で噂される才女の意外にも幼い容姿に驚かざるを得なかった。

來梨よりも三つ年下の十六歳だが、実際はそれよりもさらに幼く見える。

目鼻立ちは美しく整っているが、ツンと尖った顎のせいか生意気そうな印象を受けた。

金糸で艶やかに大鳳《たいほう》を描いた長衣を纏い、指、手首、耳にもそれぞれ金と宝石をあしらった装飾品がある。頭上で左右二つの輪を描くように結い上げられた髻を留める簪にも、金細工が施されていた。幼い容姿ながらも黄金を着こなしているように見えるのは、生まれた時から体の一部のように身に馴染んでいるゆえだった。

「初めまして、東鳳州の星沙ですわ」

來梨は挨拶に答えられなかった。

案内された客庁の机には、來梨が座るための椅子がなかったからだ。

相手が高位の妃であれば、膝をついて挨拶する作法もある。けれど、同じ貴妃であり、これから百花輪の儀で競おうという相手に膝をつくのは屈辱以外のなにものでもなかった。

　嫌がらせか、あるいは來梨を試しているのか。

　もっとも明羽には、來梨はその意図すら汲み取れず、ただ椅子がないことに純粋に戸惑っているだけのように見えた。

　こんな事くらい自分でなんとかしてくださいよ、と、うんざりしながら口を挟む。

「星沙さま。恐れながら椅子が一つ足りないようです」

「……あら。失礼したわ」

　星沙の指示を受けて、侍女がなんの飾りもついていない簡素な椅子を持ってくる。

　來梨は、ちらりと明羽を見てから椅子に座る。けれど、すっかり星沙に萎縮してしまったらしく、声は普段以上にか細くなっていた。

「北狼州の、來梨です」

「北狼からは墨《ぼく》家や張《ちょう》家が来るかと思っていたけれど、まさか、この私が聞いたこともないような家柄から妃が輿入れするとは。皇帝陛下もさぞ驚いたことでしょう」

　幼い表情に浮かぶ無垢な笑み。遠くから表情だけを見ていたら、とてもこんな皮肉を口にしているようには見えないだろう。

「まだ、皇帝陛下は一度もお越しになったことはないのでわかりません」

　來梨は、皮肉を真に受けて答え、相手の貴妃を呆れさせる。

「その様子だと、一度も来ないかもしれないわよ。後宮入りしたものの、渡りの一度もない皇妃はたくさんいたのだから」

「それは、寂しいことですね」

今度は他人事のようにへらりと笑うので、明羽は頭を抱えそうになった。

「誰かに言われて、ここに挨拶にきたのかしら？」

「孔雀宮の侍女に言われて参りました。後に後宮入りした妃は、こうして先に後宮入りした貴妃に挨拶に出向く仕来りなのだと」

「あら、そう。孔雀宮の侍女たちは見かけによらず親切なのね」

「ええ、本当に助かりました」

「それは挨拶の品かしら？　見せていただいても？」

「あ、はい。こちらは北狼州の夏の胡服に使われる布で――」

そっと、明羽は耳打ちする。

「この反物は、紅花さまには差し上げておりません。よろしいのですか？」

意味が伝わったらしい。贈り物を渡した貴妃と渡さない貴妃がいれば、まわりまわって角が立つ。明羽は、優柔不断な判断をするからこうなるのです、と付け足したくなるのをぐっと堪える。

「……あ、あの、でも、星沙さまには質素すぎますわね」

「いただけないのなら構いませんわ。見せていただくだけ、それも駄目かしら？」

來梨が頷く。小夏が前に歩み出て、反物を近くに持っていく。

星沙は意外にも興味深そうに受け取って、両手で広げる。さっきまで幼く見えていた瞳が、古美術商のように楽しそうに、そして、商人のように抜け目ないものに変わった。

「これは、北狼州で買うといくらかしら？」

「さぁ、いくらでしょう。私は詳しくなくて」

「銀貨五十枚になります」

代わりに、明羽が答える。

慈宇からは北狼州の特産と価値についても教わっていた。どうして侍女になるのに物の値段など学ぶのかと思っていたが、後宮の侍女には目利きが必要な場合があるらしい。

「よい品ね、気に入ったわ。これを使って、色々な被服や装飾との組み合わせを試してみたい。いただくことができないのでしたら、東鳳州が買い取らせていただく形でいかがかしら？　銀貨、百枚で」

北狼州の貴妃は、しばらく迷った後で答える。

「……それならば、構いません」

「商談成立ね。気分がいいわ。雨林、飲み物を持ってきてちょうだい」

名前を呼ばれた侍女は無言で退席すると、すぐに硝子《ガラス》でできた急須と杯を持ってくる。

ひと目で華信国のものではなく、外国から輸入されたものだとわかった。

中に入っていた飲み物も、華信国では珍しいものだった。注がれると同時に、香《かぐわ》しい匂いが立ち込める。

「紅茶と呼ばれる西国の茶よ。私たちが飲む茶と同じ葉からできるのだけれど、発酵の仕方の違いでまったく異なる味になるの。さぁ、召し上がって」

「おいしい、です」

それを聞いて、とっておきの商品を褒められたように、星沙は嬉しそうに頷く。

「お気に召したのであれば、いつでもお売りいたしますわ。舶来品のため、多少は値が張りますので、來梨さまには難しいかもしれませんけれど」

星沙の言葉に、背後に控える侍女たちも小さく笑う。來梨は家柄を馬鹿にされたというのに、へらりと笑うだけだった。

明羽は、黄金妃の言葉よりも、その來梨の態度に苛立ちを覚えた。馬鹿にされているのがわかっていないのではない、引き籠り癖のある臆病な貴妃には、ただ挑発を受けて立つ覚悟がないだけだ。

「さて、ひと時のこととはいえ、今この場で、私と來梨さまは、顧客と商人になったわけです。商売には情報の交換がつきもの。一つ、忠告してさしあげますわ」

手慣れた仕草で紅茶を飲みながら、星沙は無邪気な笑みを浮かべて語り出す。

「この百花輪の儀で選ばれる貴妃は、すでにほとんど決まっているのです。百花輪の儀は、祭事ではなく政。各州が利害と面子《メンツ》をかけて貴妃を送り込んでいる。これがどういうことか、わかるかしら？」

「いえ……どういうことでしょう？」

「つまり、その時代にもっとも宮城が必要としている州の貴妃が選ばれるということよ。今は均衡状態を保っているものの、帝国は国境沿いでさまざまな国との争いを抱えている。軍備増強のための費用も膨らむ一方です。なにより気がかりなのは海の向こう、牙《きば》の大陸で、長らく続いていた内紛が収まったとの情報です。彼《か》の国は、すぐに外に手を伸ばすことを考えるでしょう」

その手中に華信国の地図を抱えるように左手を広げ、黄金妃は続ける。

「戦争にはお金がいる。宮城は、戦費の大部分を東鳳州からの献費で賄っているわ。東鳳州を選ぶ以外の選択肢は、今の帝国にはない。孔雀妃は皇帝を籠絡《ろうらく》するつもりでいるようだけれど、そんなもので政は動かない。東鳳州は、いえ、この星沙は、皇后の座をお金で買うの。〝黄金は千の剣に勝り、万の兵を凌《しの》ぐ〟――それが、私たちの州訓よ」

不謹慎と捉えられかねない言葉だった。

けれど、星沙の表情には、それが正義と疑わない信念と自信があった。

「黄金が黄金を生み出すの。私が皇后になれば、東鳳州はもっとお金を稼ぐことができる。東鳳州が豊かになれば、華信国は強くなる。すべてが繋がっている。もし、なんの覚悟もなくここへ来たのであれば、華信国のために無駄な争いはやめて、百花輪の儀から身を引くことをお勧めしますわ」

淡い黄色を帯びた瞳が光を跳ね返し、黄金色に輝いている。

初めは、幼い少女が偉ぶっているように見えた。

けれど、黄金宮を後にするとき、明羽の胸に残った印象はまるで違った。

派手さと幼さ、強《したた》かさと可憐さ、類まれな知性と時折見せる無邪気さ、おそらく、この二面性が、黄金妃の魅力でもあるのだろう。

◆◇◆◇◆

華信国でもっとも親しまれている楽器の一つが、七絃琴《しちげんきん》であった。

美しい琴と笙《しょう》の音が、庭園に面した広間に響き渡っていた。

琴を奏でているのは翡翠《ひすい》宮の主、西鹿州の貴妃・陶玉蘭《とうぎょくらん》。笙を奏でているのは緑色の襦裙に身を包んだ侍女だった。

百花輪の貴妃の中でもっとも美しく、あらゆる芸術に秀でると評される貴妃は、その噂に違わぬ美しい指使いで音を奏でていた。

一曲弾き終えると、笙を奏でていた侍女が、うっとりとした声を上げる。

「また、お上手になられましたねぇ。天より降り注ぐような音色です」

「主上にお聞かせしても恥ずかしくないくらいにはなったかしら」

「とんでもない！　もうぞっこんです。すぐさま寵愛を受けること間違いなしです！」

侍女の名は、風音《フオンイン》といった。玉蘭を見つめる目は、胸躍る冒険譚《たん》を聞かされた幼子のように輝いている。

「大げさよ。主上は政務でお疲れのようですので、せめてこの翡翠宮にきたときはお寛《くつろ》ぎいただきたい。そう願っているだけです」

玉蘭は神官が祈りをささげるように、そっと胸に手を当てる。

「そういえば、さっき女官たちから聞いたのですけど、北狼州の貴妃さまが、すべての宮に挨拶回りをしているそうですよ」

「それは、意味をわかってなさっているのかしら」

「翡翠宮にもいらっしゃるかと思います。お聞きになってみればよろしいかと」

玉蘭は、やや呆れた様子の侍女に近づくと、その肩にそっと触れる。

「風音、お迎えの準備をして。笑ってはなりませんよ。たとえこれから競うことになるとしても、手を取り合えるかもしれない、そういう気持ちは決して忘れてはなりません。ただ、もっとも皇后に相応しい女性が皇后になる、それだけなのです」

すぐ近くで主に見つめられた侍女は、たちまち頬を赤く染めて頷く。

「さぁ、それでは北の貴妃を迎える準備をいたしましょう。良いお茶がありましたね」

玉蘭はそう告げると、天女と称される美しい笑みを浮かべた。

◆◇◆◇◆

來梨たちが次に訪れた皇領の貴妃が住まう水晶宮《すいしょうきゅう》では、水晶妃は体調がすぐれないので会うことはできない、とそっけなく追い返された。

最後に残った舎殿は、翡翠宮だった。

西鹿州の貴妃・玉蘭は、絶世の美妃と噂されていた。

翡翠宮へ近づくと、美しい琴と笙の音が聞こえてくる。人々の心をほんのひと時だけ攫う小鳥の鳴き声、その声音を集めて繋ぎ合わせたような美しい旋律だった。

來梨が翡翠宮の門前にくると音が止む。おそらく、演奏していたのは玉蘭だったのだろう。慈宇が集めてきた情報では、あらゆる楽器の演奏に秀でており、特に琴の腕前は華信国でも屈指であるといわれていた。

翡翠宮は、今まで訪れた二つの舎殿に比べると質素に見えた。

未明宮と同じように、引き継いだままの姿を残している。けれど、所々に手を加え、わずかな工夫で居心地の良い空間に生まれ変わらせていた。

柱に後宮の庭園で摘んできたのだろう花を飾り、長い廊下に侍女たちが自作したのだろう剪紙《せんし》を飾る。火を灯す行燈《あんどん》には影絵を忍ばせ、見えないように香炉を隠して微かに白檀《びゃくだん》を香らせる。

明羽は本人に会う前から、玉蘭の人柄を好ましく思いはじめていた。

客庁に通される。四角く飾り気のない机、その向こうに、玉蘭が座っていた。

明羽は思わず、自分の役目も忘れて立ち尽くした。

天女が、そこにいた。

玉蘭を表す言葉は、いくつも聞いた。天女のような美貌、絶世の美妃、天が遣わした美の化身。すべて、彼女の美しさを称えるものだった。

そして、そのどれもが、決して大げさではなかった。

瑠璃のような瞳に桃の蕾《つぼみ》のような唇、白木蓮のような肌に白磁の取っ手のように滑らかな鼻筋、大きさ形、色に艶、すべてが絶妙な均衡で組み合わされ、奇跡のような美妃を形作っている。

他宮の貴妃は皆美しかった。けれど、もっとも美の神に愛されたのは玉蘭だろう。

紅花や星沙に比べれば質素に見える薄手の長衣も、神話に出てくる天女の羽衣のように見えた。

「北狼州の、來梨です」

「よくお越しくださいました、西鹿州の玉蘭です。柚子《ゆず》はお好きかしら？　私の生家の傍で採れた柚子のお茶があるのだけれど」

玉蘭は、友人が訪ねてきたかのように柔らかい笑みで來梨を迎え入れる。

「よい香りですね、いただきます」

「侍女のみなさんも座ってください。郷に入ってはと申しますでしょう。この翡翠宮では、それが仕来りですよ」

玉蘭に言われ明羽と小夏も席につくと、玉蘭が手ずから茶を注いだ。香ばしい柚子の香りが部屋を包む。

他宮の貴妃では、ありえないことだった。

この方は美しいだけじゃなくて、性格も天女のように清らかなのか。明羽は、湯呑を受け取りながらそんなことを思う。

翡翠宮の侍女たちを見渡すと、皆、朗らかで働くのが楽しそうにしている。これも主の人徳のなせる業なのだろう。

「あら、そういえば侍女がお一人いらっしゃらないようですね」

玉蘭が何気なく尋ねた。位も家柄も関係なく、百花輪の儀で輿入れした貴妃の侍女は三人と決められているので、気になったのだろう。

「慈宇は、蓮葉さまに呼ばれて琥珀宮へ出向いています。二人は旧知の間柄なので、昔話でもしているのでしょう」

「北狼州には、後宮内で顔が利く侍女長がついていると女官たちが噂していたけれど、皇后さまとも親しくされているのですね」

そっと細い指を形のよい顎に当てる。さりげない仕草さえ、見とれてしまいそうになる。

「一つ聞かせてください。來梨さまはどうして、翡翠宮に挨拶に来られたのですか？」

「先に後宮入りした貴妃さまに挨拶をするのが百花輪の儀の仕来りだと聞きましたので」

「……やはり、そうでしたか。侍女長がいれば、このようなことはなかったでしょうけれど」

玉蘭は視線をいったん手元に落としてから、なぜか申し訳なさそうに告げる。

「百花輪の貴妃が揃ったので、明日、皇后さま主催の宴《うたげ》が開かれることになります。おそらく、今ごろはあなたの侍女長も、皇后さまからその話を聞いているでしょう」

「宴、ですか」

「百花輪の貴妃は、その場で初めて顔を合わせます。後からきた貴妃が、先に後宮入りした貴妃に挨拶するなどという仕来りはありません。それどころか、他の貴妃の住まう舎殿に出向き貢物を渡すことは、その貴妃に対して屈したことを意味します。百花輪の争いから降りて、他妃の下につくことを獣服と呼ぶのです。ご存じありませんでしたか？」

明羽は、やっぱりそうか、と胸中で呟く。

途中から、違和感は覚えていた。孔雀妃の呆れるような態度、黄金妃とその侍女たちの嘲るような笑い。

嘘の仕来りを教えられ謀《はか》られたわけだ。なにも知らずに全ての宮に挨拶回りをする貴妃は、さぞ滑稽《こっけい》だっただろう。この話は、女官たちにも後宮内で様子見をしている下級妃にも貴族や官僚たちにも伝わる。おそらく、このような罠を警戒して、慈宇は未明宮から出ることを禁じていた。

ようやく気づいた來梨は、青い顔をして俯《うつむ》く。

「……騙《だま》されていた、ということですか」

「あまり、気になさらないことです。騙されたことを悔いるのではなく、騙すようなことをした相手の心のさもしさを憐《あわ》れめばよいのです」

包み込むような優しい声だった。

來梨が顔を上げ、翡翠妃を見る。その瞳は、憧れの貴人を見つめる下女のようだった。このわずかな時間で、心を摑まれたらしい。

「後宮は恐ろしいところです。百花輪の儀が続けば、謀《はかりごと》はさらに苛烈になるでしょう。けれど、だからこそ、相手を思いやる心を忘れてはならないと思うのです。貶《おとし》めたり謀ったりするのではなく、徳や人柄で、誰が皇帝陛下の隣に立つのが相応しいかを競うべきだと思うのです」

「孔雀妃や黄金妃は怖い方でしたけれど、玉蘭さまはとても優しい方ですね」

「なにかあったら、相談してくださいい。私で良ければ、力になります」

明羽はちらりと、隣に立つ小夏を見る。予想通り、冷たい目をしていた。

これから百花輪の儀で競う相手に、力になると言われて嬉しそうに笑うなど、一人で戦う力がないと認めているようなものだ。

「今日はせっかくなので、少しお互いのことを話しましょう。このような機会は、そうそうないのですから」

來梨はしばらく、玉蘭とそれぞれの生まれ故郷の話をしてから、翡翠宮を後にした。

翡翠宮の人々は、貴妃も侍女も、朗らかで優しい人たちばかりだった。

けれど、それに触れて明羽が感じたのは、窓越しに隣家の家族が幸せそうに食卓を囲んでいるのを覗き見るような虚《むな》しさに似ていた。

未明宮に戻るころには、辺りは暗くなり始めていた。

女官たちが舎殿を巡り、廊下に火を灯《とも》していく。栄花泉の畔《ほとり》にもちらほらと光が灯り、薄暗闇に沈みかけていた池の輪郭をぼんやりと浮かび上がらせた。

明羽が、美しい光景に心を揺らしたのもほんの一瞬だった。

舎殿に入ると、すでに事情を耳にしていた慈宇が顔を引きつらせて待っていた。

「あれほど、私が許可を出すまで舎殿から出るなと言ったでしょう」

慈宇には、これまで何度も怒られてきた。

外に立たされたことも、鞭で打たれたこともあった。けれど、今日はとびきりの怒りに震えていた。

「いいように謀られて、笑いものにされて、明日には北狼州の貴妃はとんだ道化だと、後宮の女官たちの噂になっていますよ」

「申し訳ありません、私が、孔雀宮の侍女に誑《たぶら》かされたのです」

明羽は、進み出て謝罪する。

「明羽は悪くないわ。私が、いくと決めたのだから」

「その通りです、來梨さま。未明宮の主はあなたなのです、行動はもっと慎重に――」

「でも、今日、他の貴妃たちと会ってはっきりしたわ。私は皇后にはなれない。いいことを聞いたわ。誰かの貴妃の下につく獣服という仕来りがあるそうよ。いざとなれば、玉蘭さまに助けてもらいましょう」

侍女長にそう告げると、北狼州の貴妃は、逃げるように自室に戻っていった。

明羽は主の背中を見送りながら、自分が孔雀宮や黄金宮の侍女たちと同じ目をしているのに気づく。貴妃としての資質を疑う、失望の眼差しだった。

「……どんな様子でしたか、他の貴妃たちは？」

これ以上の叱責には意味がないと考えたのだろう。慈宇は、冷静な口調に戻って尋ねる。

明羽は、小さく息を吐いてから口を開く。

「正直に話してよろしいでしょうか？」

「ええ、もちろん」

「來梨さまでは……このままでは、百花輪の儀に選ばれるのは難しいかと思います」

「見てきたことを、詳しく話しなさい」

それから、明羽と小夏は交互に、三人の貴妃の印象を伝えた。

強大な武力を誇る南戎族の炎家が後ろ盾にあり、色香と豪胆さを併せ持つ孔雀妃・紅花。

宮城の政に影響を与えるほどの資金力を持つ万家が後ろ盾にあり、商才と教養に優れた黄金妃・星沙。

貴妃たちの中でも目をひく美貌と相手の心を摑む包容力に優れた翡翠妃・玉蘭。

それぞれに個性があるが、いずれも人を惹きつける魅力があり、百花輪の貴妃として強い覚悟が感じられた。

話しながら、明羽は気づく。ここまで個性が突出しているのは、それぞれの州が探り合いをして、得意分野が重ならないように貴妃を選んだ結果かもしれない。

つまり、北狼州だけが、なんの情報収集も行っていなかったということだ。

改めて、負けが決まった皇妃に仕えていることを認識する。

「けれども、反物はかなりいい値で買い取ってもらいました」

小夏が黄金妃から受け取った銀貨を見せるが、慈宇の反応は冷ややかだった。

「あの反物が銀貨五十枚というのは、北狼州での価格です。帝都であれば五倍の値がつくでしょう。星沙さまであれば、その価値はひと目でわかったはずです」

「騙されたってことですの?」

小夏の言葉に、慈宇は無言で頷く。

今さら何を言っても、正当な取引だった、あの場にいた誰もがそう言うだろう。

「明日の宴の衣裳も、悩まねばなりませんね」

明羽はさらに過《あやま》ちに気づく。今日は、持っている中で良い衣裳を選んだ。けれど、今日着た服は明日の宴では纏えない。貴妃が前日と同じ長衣や髪飾りでは、また笑いものになる。

「皇后さま主催の宴とは、どのようなものですの？」

「それも、話さねばなりませんね。今日、蓮葉さまに呼ばれたのも、その段取りについて指示を受けたのです。まぁ、昔話もされたかったようですが」

皇后の名前を口にした時、いつも厳しい慈宇の声に、ほんの一瞬だけ懐かしむような声音が混ざる。

「百花輪の貴妃が揃ったので、親睦《しんぼく》のための宴とおっしゃっていました。宴には、宮中の女官を入れないそうです。おそらく、皇太后さまへ情報を漏らさないためでしょう。配膳は、貴妃の侍女が共同で行うことになりました」

「他宮の侍女と一緒に働くってことですか？」

「安心なさい。配膳を行う侍女は各宮から一人だそうです。私が、引き受けます。その代わり、あなたたちは、しっかり來梨さまの傍でお支えするのです。特に、小夏。訛りは出さないように注意なさい」

「わ、わかっております の」

「後は、來梨さまが気を取り直してくだされればよいのですが」

後宮に銅鑼の音が響き渡った。

時刻を告げる銅鑼とは違う、煌びやかで上品な音色に聞こえた。

明羽と小夏が、何事かと顔を見合わせていると、奥の部屋に閉じこもっていた來梨が、いつになく慌てた様子で出てくる。

慈宇が、小さく告げる。

「陛下のお渡りです」

明羽は、修業中に教わった後宮の仕来りの一つを思い出した。

皇帝が天礼門《てんれい》から後宮を訪れるとき、銅鑼が鳴り響く。天礼門を使うのは、なんらかの行事が開かれる時と、正式に皇妃の元を訪宮する時だけだ。

訪宮の場合は、事前に宦官たちが知らせに来る。つまり、知らせがない宮に、渡りに来ることはない。

けれど、自らの存在を見せるために、貴妃たちは栄花泉に面した廊下に出て、皇帝を出迎えるのだった。

皇帝は数人の宦官と衛士を連れ、栄花泉に架かる橋を渡っていた。

遠くて顔を見ることができない。けれど、誰が皇帝かはすぐにわかった。

華信国では、紫は皇帝の色と決められていた。紫色の龍袍《りゅうほう》に身を包んだ姿は、暗闇に浮かぶ月のようにはっきりと見える。

今夜の渡り先は、皇后・蓮葉の琥珀宮のようだった。おそらく、どの貴妃たちも、百花輪の貴妃の元ではなかったと安堵《あんど》していることだろう。

ふと、明羽は皇帝のすぐ隣に立つ人物が、ちらりと自分の方に視線を向けたのに気づく。

昼間顔を合わせた、三品位の李鷗だった。

気づいた瞬間、胸の底から泡のように苛立ちが浮かんでくる。

それはほんの一瞬だけ、負け皇妃に仕えてしまったという不安を忘れさせた。

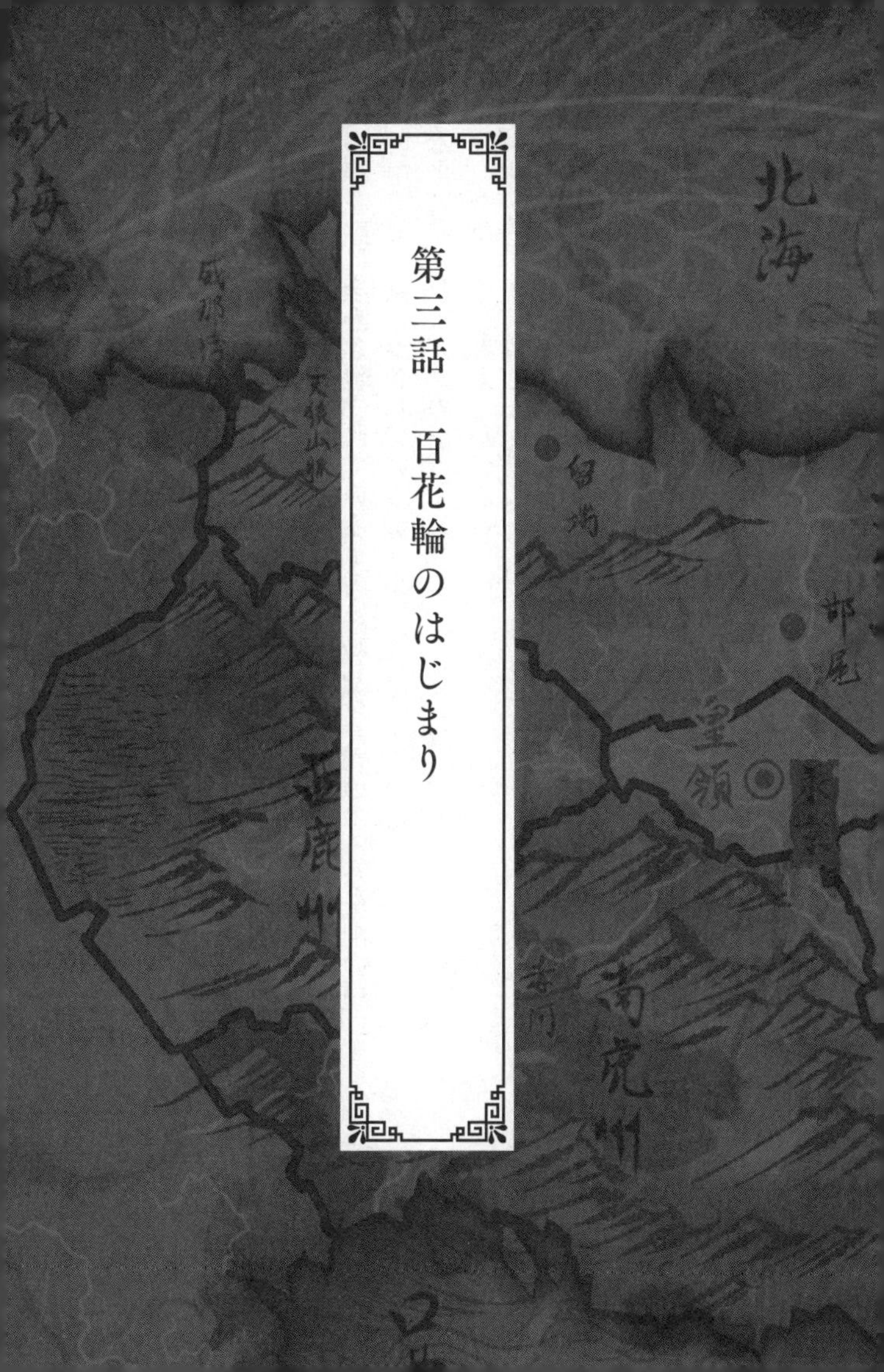

第三話　百花輪のはじまり

朝の合議を終えた皇帝に呼ばれ、李鷗《りおう》は政務室に入る。

黒髪を結い上げた細目の男が一人、椅子に座っていた。

李鷗は主と二人きりになると、いつも奇妙な感覚を味わう。皇帝の輪郭が曖昧《あいまい》になり、その存在感に全身が包まれているように感じる。霧のような気配の中で、一挙手一投足、心の中までも見透かされているような気持ちになるのだ。

本当に、これは人なのか。

いくたび、そう考えたかわからない。

心の内に浮かんだ皮肉を、表情に出さずに笑う。宮城にはびこる魔物たちを常に相手にしている秩宗尉にとって、もっとも恐ろしく理解できない人物こそが、自らの主なのだ。

「どうだい、百花輪の儀の様子は？」

皇帝が、静かな声で問う。

「今はまだ、なにも起きておりません。本日、蓮葉《れんよう》さま主催の顔合わせの宴が催されることになっております」

「昨日、蓮葉に様子を聞きにいった。いずれも劣らぬ才女だと申していた。一人を除いては、だそうだけれど」

「今からでも遅くありません、このような儀式は取りやめてください。陛下自らで次期皇后をお決めになればよろしいかと」

「それでは蓮葉も、皇太后も、貴妃を送り込んだ諸州も納得しないであろうよ。後宮のことは後宮に任せている。そのために、そなたをこの儀式に関わらせたのだ」

皇帝が、薄く笑う。けれど、その本心は窺い知れない。

「百花輪の儀は、蟲毒《こどく》と同じだ。時代が大きく動く前に行われ、その時代を担うに相応しい皇后を選び出してきた。今この時に蓮葉がそれを口にしたのは、溥天《ふてん》が定めたもうたことと感じた。でなければ、彼女を手放すものか。後宮にも次の試練を乗り切るための、新しく強い柱が必要ということだ」

現皇帝は、世間からの評判はあまり良くない。いや、市井《しせい》の民たちの会話に上ることが少なく、なにも成していないと認識されている。

彼らが憧れる皇帝とは、戦に勝利し南戎族を従属させた乾武帝《かんぶてい》のような、異民族の侵攻に連戦連勝した越境帝《えっきょうてい》のような英雄なのだ。

現皇帝が即位してから十年、隣国との小競り合いはあるものの大きな戦乱は起きていない。すなわち、皇帝の威光を感じることがないのだ。

とんでもない、と李鷗は考えるたび身震いする。

これがどれほどの奇跡かわかっていない。皇帝は国内外の力の均衡を保ち、一つでも判断を間違えたら崩れ落ちる砂城のような平和を維持してきたのだ。それがどれほどの偉業か、戦争に明け暮れた歴代皇帝たちとは比べ物にならない。

だが、その皇帝が最近、不穏なことを口にするようになった。官僚の誰も気づいていないが、避けられない戦があるのを悟っているのかもしれない。

「お確かめにならなくて、よろしいのですか？　以前に、かつて親しくした貴妃が輿入れするかもしれないと申されておりました」

慎重に言葉を選びながら口にする。

皇帝が、こうして李鷗一人を政務室に呼ぶのは、決まって迷いがあるときだ。

この奇跡のような主も、時として迷うことを李鷗は知っていた。

「その必要はない。人違いかもしれぬ。確かめなければ、それが真実になることはない。俺にとって彼の地で過ごした日々は、穢《けが》れなき美しい思い出だ。俺はあの頃と変わってしまった。国の安寧のためにと、多くのものを犠牲にした。今さらどのような顔をして会えばよいかもわからぬ」

「放っておけば、命を落とされるかもしれません」

「ならば、人違いであったということだ」

李鷗はやっと、今日ここに自分が呼ばれた役割を理解した。

「ではもし、主上の元に、人違いではないという確たる証《あかし》が届いたのなら、いかがされますか？」

李鷗の周りに立ち込めていた霧のような気配が、吸い込まれるように一人の人間の中に戻っていく。

「そのときは、会いにいこう」

その言葉は、孤独な主の人らしい部分だけが、ふいに顔を見せたようだった。

李鷗は、臣下としてひとまずの働きができたことに小さく安堵する。

目を閉じ、主が心待ちにしているであろう貴妃の顔を思い浮かべた。

そして、改めて思う。

主の望みが叶うことは、ないだろう。

◆◇◆◇◆

『まったく、あの負け皇妃さまには呆れるね！　あれじゃ、百花皇妃に選ばれるどころか、皇帝が渡りにくることさえないよ！』

右手首に括りつけた相棒の声を聞きながら、明羽《めいう》は足を蹴り上げた。

昼餉の後に竹寂園で稽古《けいこ》をするのは、後宮に来てからすっかり日課になっていた。

『他の貴妃さまたちと比べると白鳥と鴨って感じ。いや、それじゃ鴨に悪いや。金剛石と路傍《ろぼう》の石ってとこだね』

「あんまり言わないでよ。仕えている私が惨めになる」

『でも、どうして三人なんだろう。金持ちの東鳳州も、侍女は三人しかいなかった』

「それが百花輪の儀の仕来りだからでしょう？」

『なんのための仕来りなのかって話だよ。皇后さまには十人以上の侍女がいた。普通、上級妃には、それくらいの侍女がつくものだよ』

「でも、その分、飛燕宮の女官たちが手伝いに来てくれるじゃない」

『女官が手伝ってくれるのは食事や掃除なんかの、舎殿の日々の仕事だけだ。貴妃に仕えているわけじゃないし、なにより信用できない』

「手伝いにきてくれる女官の人たち、みんないい人そうだけど？」

『甘いよ。慈宇《じう》さんも言ってたでしょ、他宮の者は信じちゃ駄目だって』

慈宇によると宦官は皇太后の傀儡《くぐつ》も同然、女官たちもほとんどが皇后や皇太后、貴族や官僚たち、宮城内のいずれかの勢力と通じているそうだ。他の百花輪の貴妃たちも自らの味方を増やそうと動いている。

『待って、誰か近づいてくる』

頭の中の声が、急に緊張したものに変わる。

白眉《はくび》は、かつて武人英雄・王武《おうぶ》の持ち物であったのが関係しているのか、明羽よりも気配を読むのに長《た》けていた。

竹の葉が擦れ合う音が響き、天藍石の瞳を持った優男が姿を見せる。

並の女官なら顔を赤らめて盆をひっくり返しそうな美しい顔立ちだが、明羽は視界に入れるなり、げ、と言いそうになるのを堪えるのに必死だった。

白眉に名前を呼ばれて我に返ると、すぐに片膝をついて拱手をする。

李鷗は、昨日と同じ衛士の恰好だったが、明羽に見破られた帯と留め具はきっちり修正されていた。但し、微かに香ってくる白梅の香りと、一人で出歩いているところは変わっていない。

「相変わらず、精が出るな」

「李鷗さまこそ、このような寂れた場所に何用ですか?」

「そんなに不機嫌そうな顔をするな。ただの散歩だ」

「この顔は、生まれつきです。これならばよろしいですか?」

言いながら、明羽は両手の小指でぐいっと口角を上げる。

それを見た途端、幼子がくだらないことを気に入るように、声を出して笑う。

「お前が稽古をしているのに気づいたのでな、散歩ついでに不機嫌そうな顔でも見てやろうと思っただけだ」

本当に、こいつはっ。

怒りに腹の底が熱くなるのを、相手は三品位だと頭の中で繰り返して静める。

「私がここで稽古をしているのが、どこからか見えたのですか？」

「なんだ、俺が住んでいる場所を知らないのか」

李鷗は振り向くと、竹藪とは反対側、築地塀の向こうに見える建物を指差した。

「律令塔の三階だ。宮城内のお目付け役だからな、外廷にも内廷にも目が届くようにと当てがわれている。あそこからだと、この庭の様子は丸見えだ。お前がうまそうに饅頭を食っているのも、なにやら呟きながら稽古をしているのも丸見えだったぞ」

げ、と言いそうになるのを再び堪えた。

華信国の宮城は、古代王朝からの例に倣い、前朝後寝の様式にて建築されていた。つまり、皇帝は宮城前部である外廷にて政務を行い、後部の内廷にて寝食を行うのだ。皇帝の妃たちの住居である後宮は、内廷の深部に位置している。

宮城の要である律令塔は、外廷と内廷の境目に聳《そび》えていた。

「だから、そう不機嫌そうな顔をするな」

「生まれつきですっ」

「不機嫌な顔を見たくなるなど、自分でも、このような悪趣味があったのかと驚いているところだ」

「悪趣味とわかっているのなら、ご遠慮なさった方がよろしいかと」

本来なら口答えすら許されない身分差だが、明羽は李鷗の性格を多少は掴みかけていた。自分の言動が面白がられているのなら、せいぜいのっかってやろうと腹をくくる。

「まったく。俺にそんな口を利く侍女はいないぞ」

「当たり前です、三品位なのですから」

「立て。少し、話をしようか」

李鷗は感情を殺したような冷たい表情で告げると、石造りの亭子に歩いていく。

明羽は、そっと白眉を握る。『黙って従うしかないよ、僕はあいつのことは気に入らないけど』という声が、頭の中に響いた。

「昨日は、他の貴妃にいいようにからかわれたようだな」

李鷗について亭子に入ると、いきなり聞かれた。

「どうしてそれを」

「諍いの芽を摘むのも俺の仕事の一つだ。あちこちに俺の耳や目が潜んでいる。後宮の女官のあいだではすっかり噂になっているな。北狼州は負け皇妃だと」

「そうかもしれませんね」

「なんだ、やけにあっさりしているな。來梨《らいり》さまは、皇后になる気はないのか？」

「北狼州の内紛を避けるための折衷案《せっちゅうあん》として選ばれた方ですから」

「望まぬのに百花輪の儀に来たのか」

「そのようです。私も、別に來梨さまが百花皇妃になられなくとも、ちゃんと働けてご給金がいただければそれでよいのです」

もっとくだけて言うなら、美味しいご飯を食べて温かい布団で寝ることができればいい。それが、明羽が守り抜きたいささやかな幸せだった。

だが、次に聞こえてきた言葉は、明羽の考えを打ち砕いた。

「百花輪に敗れた貴妃が、そのままのうのうと後宮で暮らせると思っているのか？　呆れた呑気さだな」

李鷗はため息を一つつくと、額に手をやりながら続ける。

「過去の歴史を紐解いても、百花輪に敗れた貴妃をそのまま側室として置いておくような心の広い皇后などいないぞ。貴妃たちの多くが、あらぬ疑いをかけられて処刑されたり、毒を盛られて病として葬られたりしている。皇后になれば後宮の主も同然だ、そのようなことは容易《たやす》い」

淡々と、後宮の黒い歴史が吐き出される。

「殺されなかったとしても、待っているのはそう変わらぬ未来だ。執拗になぶられ続け、狂乱して侍女ともども冷宮に死ぬまで監禁された貴妃もいた。地方のうだつのあがらない下級貴族に下賜《かし》させられ慣れぬ貧困のなかで窶《やつ》れて死んだ貴妃もいた。敗れた貴妃が側室として穏やかに暮らしたことなど、百花輪の歴史の中で一度たりともない」

「……では、來梨さまが負けたら、侍女の私はどうなるのですか？」

「貴妃と共に地獄を味わうか、北狼州へ送還されるかだな。越境禁令は知っているだろう、後宮を出て帝都に留まることは許されない」

越境禁令とは、許可なく州郡を越えての移動を禁じる法律だ。強制送還になれば、邯尾の村へ戻されるのは明らかだった。

明羽は、遠いところに置いてきたはずの生活を思い出し、思わず叫びそうになる。

嫌だ、あの村には戻りたくない！　のこのこ出戻りなんかしたら、どんな酷い目にあわされるかわかったものじゃない！

「だが、お前が心配するのはそんなことじゃない。もっと、目の前にある危険に気づくべきだ――お前はまだ、百花輪の儀がどういうものかわかっていない」

「どういう意味ですか？」

「この後宮では、侍女の命は扇よりも軽い」

「その言葉は、先日聞きました。意味も調べました。肝に銘《めい》じてます」

前回の百花輪で、貴妃の扇を汚したことで処刑された侍女がいた。しかも、扇の持ち主であった貴妃は、侍女の命だけでは釣り合わないと金銭を要求した。それが、侍女の命は扇よりも軽い、と言われるようになった由来だった。

「百花輪では、貴妃が連れてこられる侍女はたった三人と決められている。交代も補充も許されない。それがどういう意味かわかるか？　後宮で生き残りたければ、もっと賢くなれ」

李鷗はそれだけを言うと、天藍石の瞳にわずかな感傷を浮かべて立ち去っていく。

その背中が竹林の向こうに見えなくなってから、明羽は相棒に向けて小さく問いかける。

「どういう意味だろ、今の？」

しばらく待ったが、答えが聞こえてこない。

白眉、とさらに名前を呼ぼうとしたところで、声が聞こえた。

『……後ろ。見られた』

「戻って来るのが遅いなと思って探しに来たら、こんなところで男とこっそり会ってるなんて。意外とやりますね」

「わあっ」

いつの間にか、背後に小夏《シャオシイ》が立っていた。気配をまるで感じさせなかったのは、狩人の一族ならではの技だろう。

「あの人は違うの。ただ、冷やかしに来ただけ」

「慈宇さんに言ったら怒りますね」

「お願い、それだけは許して！」

「冗談ですの。その代わり、事情は話してもらいますよ」

小夏がからかうように笑いかけてくるのを見て、明羽は胸を撫《な》でおろす。

やましいことはなに一つとしてないのだが、同僚に下手な勘違いをされたくなかった。

手短に、これまでの李鷗と竹寂園で会った経緯を告げる。

話を聞いたあとの小夏の返答は、明羽が想像していたものとは少し違った。

「なるほど。さっきの方が李鷗さまでしたか。噂通りの色男ですの」

「知っているの？」

「女官のあいだで噂になっているのです」

小夏は、舎殿に手伝いにきている内膳司や掃部司《そうぶし》の女官たちから、人懐っこさを気に入られて可愛がられている。他妃の評判や後宮の噂などをいつも聞いていた。

明羽も親しくなろうと努めているけれど、不機嫌に見える顔のせいで、一向に仲良くなれない。むしろ、敬遠されてさえいた。

「やっぱり、噂になってるんだ」

明羽は、一人で納得する。あそこまでの優男なら、女だらけの後宮でよっぽど話題になるだろう。遠くから見ている限りは、心を逆撫でするような皮肉を言われることもない。

「貴妃のような美貌、美しすぎる官吏として、後宮の女官たちからは、陛下よりも注目されていると言ってもいいですの」

「そんなに」

「でも、あの方なら、明羽と二人きりでいるのを見られたところで、誰も変な疑いは持たないですね」

「そりゃそうだよね。身分が違いすぎるよ」

「そうでなくて――禁軍を指揮する右将軍の烈舜《れつしゅん》さまと恋仲だそうです」

「え？　そう、なんだ。烈舜さまって男の人だよね」

「宮城ではよくあることです。最近では、李鷗さまと烈舜さまの恋模様を描いた後宮小説が、女官たちのあいだで大流行しているのです。作者は飛燕宮の女官長で、中にはその小説に傾倒しすぎて、自分の色恋を真剣に考えられなくなり、嫁にいきそびれる女官も増えたとか」

「あ、そう」

なにやってんだ、女官長。

明羽は、小夏の話になぜかほっとしている自分に気づく。

男は苦手だし、関わり合いになりたくもなかった。けれど、李鷗とまたここで会ったとしても変な疑いをかけられることはない、とお墨付きをもらえたことに安堵していた。

「でも、あの男と話していたことは黙っていて。三品位と接点があるなんて他の貴妃に知られたら、今度はどんな嫌がらせをされるかわかったものじゃないからね」

小夏はその言葉に頷いた後で、上目遣いで笑いながら明羽を見た。

「なんだか今の、慈宇さんみたいです」

同僚の言葉に、自分の考え方が、北狼州にいたころから変わってきていることを知る。望むかどうかにかかわらず、後宮に染まってきているらしい。

「まずは今日の皇后さま主催の親睦の宴を、無事に乗りきらないとですね」

小夏が小さく握り締めた拳を縦にして突き出してくる。

北狼州の、それも北胡族の風習が強く残る地域で受け継がれる挨拶だった。

明羽は同じように拳を突き出し、上に軽くのせながら、今日の宴のことを想った。

◆◇◆◇◆

親睦の宴は琥珀宮の傍にある雲精花園《うんせいかえん》で開かれた。

山河を模して造られた庭園には、華信国に古くから伝わる陰陽の考え方が取り入れられていた。

東側には太陽を表す石灯籠《いしどうろう》が、西側には月を表す井戸が設けられている。他にも光が降り注ぐ場所と影に覆われる場所。明るい花が咲き誇る場所と木々が生い茂る場所。徹底して陽と陰が作られ、気が巡るように考えられていた。

庭の中央には、栄花泉に注ぎ込む川が流れ、橋の向こうには石造りの露台がある。そこが、宴の舞台だった。

露台には、六角形の卓が置かれていた。百花輪の五妃と皇后、六人がそれぞれの一辺に座る趣向らしく、六角の各辺には、それぞれの貴妃を示す花が置かれている。

來梨が花園を訪れた時、すでに星沙《シンシャ》と玉蘭《ぎょくらん》が席についていた。

星沙の前には、春黄金花という別名を持つ山茱萸《さんしゅゆ》。玉蘭の前には、貴妃の名と同じ別名を持つ白木蓮。まだ誰も座っていない椅子には、南虎州の象徴色でもある赤い木瓜花《ぼけはな》、北狼州で春の先触れとして親しまれている芝桜、初代皇帝が愛したことで有名な銀器花《ぎんきばな》が並べられていた。

來梨が席につこうとした時、星沙の笑い声が聞こえる。

「あら。來梨さま、まだ後宮にいらしたのですね。てっきり、ご自分が場違いなところにいるのに気づいて、辞退されたかと思いましたわ」

それに対して、來梨はへらりと曖昧な笑みを浮かべる。

後ろに控える明羽は、なにか言い返してくださいよ、と思うけれど、侍女の願いは届かない。

「星沙さま。今日は皇后さま主催の宴です。百花輪の貴妃の親睦を深める意図と伺っています。相手を侮辱することは、この会を催した皇后さまの意向を踏みにじる行為かと思います」

來梨を庇うように声を上げたのは、翡翠妃・玉蘭だった。

「これから百花皇妃を奪い合う相手と、親睦もないでしょう」

「百花皇妃をお決めになるのは皇帝陛下です。私たちが競い合うのではありません」

「良い子を取り繕ったって無駄ですわ。本当は皇后の地位が喉から手が出るほど欲しいのでしょう。そうやってお優しい振りで味方を増やそうとするなんて、さもしいこと」

明羽は、ちらりと來梨の横顔を盗み見る。

自分を庇ってくれた玉蘭に、憧憬の眼差しを向けていた。これから競い合う相手に、心を許しかけているのが伝わる。

「あたしも、黄金妃に同意だ」

外から、声が割り込んできた。

孔雀妃・紅花だった。緋色の瞳の貴妃は、唇を持ち上げながら挑発的に笑うと、自席には座らず、机に手をのせる。

「これは親睦の宴なんかじゃねぇ。相手を見極め、先に剣を向ける相手を見定めるための、戦時謁見のようなものだろ」

戦時謁見とは、同じ民族や、互いに文明国と認める二国間で戦争を行う場合、開戦前に両国首脳が顔を合わせて、いつから戦争を始めるか、勝った方はなにを得るかなどを話し合う古《いにしえ》の儀式のことだ。

まさに、ここにいる貴妃たちは、戦時謁見に臨む王や将軍たちのようだった。たった一人を除いては。

「つまり、ここに座っているってことは、北狼州にも戦う意思がある。殺される覚悟もしてるってことだ。生きるのも死ぬのも自由だろ、それに難癖をつけるのは野暮だぜ」

紅花はそう付け足すと、星沙に鋭い視線を向ける。

來梨は、遅れて、自分が紅花に庇われたことに気づく。

「あ、ありがとうございます」

孔雀妃はそれを無視して歩き出す。そして、來梨の傍を通るとき、独り言のように呟いた。

「昨日は、うちの侍女がつまらねぇ真似をして悪かった。ちゃんと躾《しつけ》はしといたから許してくれ」

そのまま、木瓜花の置かれていた來梨の向かいに座る。

明羽は気になって猫目の侍女を探すが、紅花の背後にはいなかった。配膳係に回っているのだろう。

続いて、橋を渡って皇后・蓮葉がやってくる。

身に纏う青蓮紫の長衣には、銀糸で胡蝶《こちょう》が描かれていた。その上から薄絹の披帛が掛けられ、日の光を受けて輝いている。それは、動きに合わせて蝶が光の鱗粉を舞わせているかのようだった。

蓮葉の背後には、揃いの薄い藍色の襦裙に身を包んだ十人ほどの侍女たちが続いている。

他の貴妃たちが連れている侍女は二人だけ。背後に控える侍女の差が、皇后とその他の貴妃との差を如実に表していた。

蓮葉が席につくと、貴妃たちは揃って席から立って拱手する。

「このたびはお招きいただきありがとうございます、皇后さま」

代表して声を発したのは、玉蘭だった。皇后は全員に席につくよう促してから告げる。

「水晶妃は、本日は体調不良で来られないそうよ。さぁ、始めましょう」

蓮葉の言葉に、琥珀宮の侍女が、六角の机の一辺に置かれていた銀器花を片付ける。

続いて、茶が全員に振る舞われた。琥珀宮とそれぞれの宮の侍女たちが、少し離れた場所にある炊事場から急須と茶器を持ってやってきては貴妃たちの元に運ぶ。今だけは、自分の主人は関係なく、全員が後宮勤めの女官のように一緒になって働いていた。

注がれた茶は、薄い桃色だった。花の蜜のような甘い香りが漂ってくる。

來梨が口をつけ「おいしい」と漏らす。明羽は、自分も一口味わってみたいという欲求を必死で抑えつけた。

「玫瑰花《メイグイファ》ですね。心を落ち着かせる効果のある薬草茶として私の生家でも扱っています。けれども、ここまで香りが高いのは珍しい。万樹園《まんじゅえん》で採れたものでしょうか？」

「さすが、星沙さまね。では、なぜこの茶を選んだのかわかるかしら」

「花開き下に数多《あまた》の花落つ、尊き野辺の玫瑰花。その美しき花弁は、如何《いか》に咲いたかを見せず――初代皇帝の寵愛を受けた、紫香妃《しこうひ》が残した詩の一篇ですね」

「なるほどな。尊き花として民の目に映るのは、競い合って勝ち残った一輪の薔薇《ばら》だけってことか」

「玉蘭さまも、紅花さまも、聡明な方のようですね」

貴妃たちの間で交わされる言葉は、明羽にとっては高い教養のある者同士の言葉遊びのようだった。嫌味な感じがしないのは、誰もそれをひけらかそうとしていないからだろう。

その会話に來梨だけがまったく交ざれていなかった。

「最初に、一つ言っておくわ」

蓮葉は立ち上がると、全員を見渡す。

「私は十年間、ずっと皇帝陛下の傍にお仕えしてきた。けれど、私は子を残すことはできなかった。一度だけ授かった命も天に召され、子を望めない体になってしまった。もう私は、皇妃として最大の務めを果たせない」

皇后・蓮葉は六年前に子を授かった。けれど、帝国の継承者となるはずだった子は、産まれて半年後に息を引き取った。

「それが、私が百花輪の儀を布告した理由よ。主上はあなたたちの中から、もっとも相応しい女性を選ぶでしょう。そして、主上の寵愛を受ける貴妃が決まったら、私は後宮を去るつもりでいる」

そっと胸に置いた手を、芝居がかった仕草で貴妃たちの方に伸ばす。

「ただし、百花輪が終わるまでは、次の皇后として相応しくない行いをする貴妃がいないか監視させてもらうわ。今日、私が伝えたかったのはそれだけよ」

四人の貴妃たちは、しばらく無言で皇后を見つめていた。

全員が思っただろう。この宴は、戦時謁見などではない。主役は、貴妃たちを集めた皇后その人だ。百花皇妃が決まるその瞬間まで、自分がもっとも高位だと告げるための宴だった。同じ六角卓の一辺に座っていても、背後に控える侍女の数が、その立場の差を表している。

「さぁ、難しいお話はこれで終わりにしましょう。食事の準備も整ったようですから」

皇后が穏やかに告げると、それが合図だったように後ろに控えていた侍女たちが動き出す。琥珀宮の侍女たちは、さすがに意思疎通が早く動きも洗練されていた。

「今回の食事は、星沙さまが用意してくださいました」

「ぜひこの私にお任せくださいとお伝えしましたの。この帝都で指折りの料理人を呼びました。ご堪能くださいませ」

「器は、玉蘭さまからお借りしたものを使わせていただきました」

蓮葉の言葉に、恭しく玉蘭が立ち上がる。

「陶磁器は西鹿がはじまりの地ですから、百花輪のはじまりに相応しいものを用意させていただきました」

「紅花さまは、珍しいお酒を持ってきてくださいました」

「南虎伝統の葡萄酒《ぶどうしゅ》だ。酒壺ごと持ってきたからな、いくらでも飲んでくれ。酒が飲めないなら、香片茶《ジャスミンちゃ》や果実水も用意してある」

三人の貴妃がそれぞれの貢献を披露し、なにも用意していない北狼州の來梨だけが、居心地悪そうに俯く。

「さあ、始めましょうか」

蓮葉がそう告げるのを待っていたかのように、侍女たちが卓に料理を並べ始めた。

「さっそくだが、酒を頼む」

紅花が近くにいた侍女に手で合図する。他の貴妃もそれぞれに飲み物を所望し、その間にも、卓上には料理が次々と運ばれてくる。

最初は乾果と前菜で、棗《なつめ》の砂糖漬けや鮮やかな色の卵蒸し、甘みをつけて炙《あぶ》った鴨肉や落花生の炒め物などが並ぶ。いずれの料理も、美しい白磁の器に盛りつけられていた。

「せっかくですから、それぞれの州のお話をしていただけるかしら。私は、幼い頃に東鳳州の町に避難したことがあったけれど、あとはずっと帝都で暮らしていたから、他州のことをあまりよく知らないの」

「では、西鹿の話をはじめにしましょう。西鹿の民は自然と共に生きることを大切にしており、他州から来た方々は、都市と森や川が近いことにいつも驚かれます——」

それから、玉蘭が流れるような口調で、風光明媚な西鹿の都市のことを話し出した。

翡翠妃の語りは天女の歌声のように透き通っており、明羽は役目を忘れて、思わず聞き入ってしまいそうになる。

そこで慈宇が、食卓の反対側に姿を見せる。

慈宇の手にした盆には、鮮やかな牡丹《ぼたん》が描かれた酒杯がのっていた。血のように赤黒い葡萄酒が注がれており、甘酸っぱい匂いが辺りに漂う。慈宇は堂々とした所作で、紅花の前まで酒杯を運んだ。

明羽はそれを見ながら、侍女長に感謝する。

もし自分があの立場だったら、手の震えが止まらなくなっただろう。

紅花は杯を受け取ると、豪快に呷《あお》る。

直後だった。

正面に立っていた明羽は、真っ先に、それを目にした。

すぐに他の貴妃や侍女たちも気づく。


紅花の口元から、一筋の血が流れていた。

——毒。


明羽の頭に浮かんだのは、それだった。

だが、すぐに違うと悟る。

紅花は平然と立ち上がり、持っていた酒杯を卓の上に戻した。

背後に控えていた孔雀宮の侍女・梨円《りえん》が、すぐさま手巾を差し出す。けれど、紅花はそれを払いのけると、自らの深衣で唇を拭った。

そして、慈宇を振り向いて低い声で告げた。

「お前、やってくれたな」

毒、ではなかった。

紅花は唇を切ったのだ。

孔雀宮のもう一人の侍女が、すぐさま酒杯を手にし、縁を指先で確かめる。

「酒杯が欠けています。こんなものを、紅花さまに出したのですか？　あなたは、北狼州の侍女ですね、よくも――」

「少し、黙れ」

紅花が手を上げると、侍女は怯えたように声を失くす。

孔雀妃の緋色の瞳には、触れる者を焼き尽くすような怒りが滾っていた。背を覆う波打つ赤髪が、炎を背負っているように見える。

「皇帝陛下の寵愛を受けるはずの、貴妃の唇に傷をつけたということが、どういうことかわかっているか？」

「申し訳ありません」

慈宇は両膝をつき、頭を下げる。こんな場面でさえ、その所作は礼節にのっとったものだった。

「死で、償え」

それから、來梨の方を振り向く。

「北狼州の貴妃、文句はねぇな」

「そ、そんな。ただ、器が欠けていただけではないですか」

「なんだって、本気で言ってんのか」

紅花の烈火のような気迫が、來梨に向けられる。

明羽は後ろに立っているだけだが、それでも、眼前に松明《たいまつ》を翳《かざ》されたような本能的な恐怖を感じた。

「貴妃の唇を傷つけたんだ。ただですませられるわけがねぇ。欠けた器を出した侍女が責任を取るのは当然だ、そうだろ」

孔雀妃に睨まれ、來梨はそれ以上、なにも言えなくなった。侍女の命が危険にさらされているというのに、目を逸らすように顔を伏せる。

「申し訳ありません。ですが、調理場で他の宮の侍女たちが、確かに器に欠けがないことは確かめておりましたので」

慈宇が頭を下げたまま答える。主人とは違って、落ち着いた声音だった。

「なら、ここまで運んでくる途中で、お前が欠けさせたってことだろ」

「まさか、そのようなこと。どうか、よくお調べになってください」

「調べる必要なんかねぇ。欠けた器を出したのはお前だ。それ以上、なにを調べる？言い逃れは見苦しいぜ」

「紅花さま、この者の言うことにも一理あります。酒器を運ぶだけで縁が欠けるのは不自然です」

玉蘭が、他宮の侍女を庇うように声を上げる。

「はっ。相変わらずおめでたいことを言う。じゃ、なにか。誰かがわざと、あたしを害するような真似をしたってのか。今日は飛燕宮の女官は交ざっていない、ここにいる宮の侍女しかいねぇんだぞ」

「こ、皇后さま。どうか、慈宇を——どうか」

來梨が縋《すが》るように、この中でもっとも位の高い女性を見る。

けれど、皇后は無言だった。百花輪の競い合いはすでに始まっているというように、四人の貴妃を見つめている。

ただの侍女である明羽には、どうすることもできない。なにかの奇跡が起きて孔雀妃が考えを変え、慈宇がどうにか許されるのを祈るだけだ。

その時だった。聞き覚えのある声が、明羽の耳に届く。

「なんの騒ぎでしょう、蓮葉さま」

異質な声に、貴妃たちは静まり返る。

その声が異質に響いたのは、この場に相応しくない男の声だったからだ。

橋を渡り、官服に身を包んだ男が近づいてくる。背後には、緑の官服に身を包んだ衛士が三名連なっていた。

「これは、李鷗さま。どうしてこのような場所に?」

皇后が立ち上がり、場違いな介入者に声をかける。

李鷗は片膝をついて礼を示すと、困惑したような表情を作って答えた。

「たまたま近くを歩いていて、騒ぎを耳にしたのです。宴のことは聞いておりましたので、貴妃の皆さまにもしものことがあってはならないと、こうして慌てて駆けつけました。もしよろしければ、事情をお伺いしてもよろしいでしょうか?」

明羽が知っている李鷗とは別人のようだった。

冷たく血が通っていないような表情ではあったが、礼節を重んじるような態度も言葉遣いも、まさに三品位に相応しい所作だった。

「私が、お話しいたしましょう」

玉蘭が口を開く。本来であれば、侍女を守らなければならない來梨の役割だったが、震えて声も出せずにいる。

玉蘭から事情を聞いた李鷗は、皇后と紅花を見ながら告げる。

「皆さま、ここは私に預からせていただけませんか? 後宮の仕来りは私もよくわかっています。ただ、この場は百花輪の貴妃さまの親睦の宴、ここで血を流すことを決めるのはいかがなものか。主上の耳に入れば、さぞご不快な思いをされるでしょう」

「あなたがそうおっしゃるのであれば。では、この侍女はいったんあなたに預けます。処罰は後ほど申し渡すということにしましょう。紅花さまも、それでよろしいですね?」

「わかりました。今死ねと言われるか、後で死ねと言われるか、それだけの違いですが」

紅花は、緋色の瞳に怒りを残したまま席につく。

衛士たちに挟まれるようにして、慈宇が連れられていく。

宴は、それから黄金妃と孔雀妃が手短に自分たちの故郷の話をし、早々にお開きとなった。誰もが、穏やかではない百花輪の儀のはじまりを感じていた。

◆◇◆◇◆

未明宮に慈宇の処刑が決まったとの知らせが届いたのは、翌朝のことだった。

静かに雨が降っていた。

いつもは朝焼けに輝く後宮の景色が、灰色の霞《かすみ》で覆われているようにどんよりと暗い。

そう見えるのが天気のせいだけではないのは、明羽自身にもよくわかっていた。

昨日の宴から戻ってから、來梨は自室に引き籠ったままだ。話しかけても生返事が返ってくるだけ、朝餉ができたと呼びに行っても「いらない」と小さな呟きが聞こえただけだった。

明羽は、未明宮にとって慈宇がどれほど大きな支えであったかを痛感していた。厳しくはあったが、後宮で働けるようにしてくれた恩人だ。その人が、処刑されるかもしれない。しかも、不条理な理由で。

それを黙って待っているなんて、できなかった。

「どうしよう。このままじゃ、慈宇さんが殺されてしまいます」

横から、小夏の声がする。

まだ女官たちは来ておらず、未明宮には三人だけだ。主が起きてこないせいで手すきになった侍女たちは、主が引き籠った部屋の前に並んで座っていた。

「なんとかして、慈宇さんを助けないと」

「でも、肝心の貴妃さまには、そのつもりがないみたいですの」

小夏はちらりと、閉ざされたままの扉を見る。

「私、もう一度いってくる」

明羽は扉に歩み寄り、膝をつく。

そして、できるだけ強い口調で告げた。

「來梨さま、お話があります。このままでは慈宇さんが処刑されてしまいます。なにか、手を打たないとなりません」

しばらく待つ。反応はない。

けれど、穴兎《あなうさぎ》が隠れているように、息を潜めてこちらの声を聞いているのがわかる。

「紅花さまに謝罪に参りましょう。多額の金銭が必要になるでしょうけれど、慈宇さまの命には代えられません」

「……と、思ってるの？」

短い沈黙のあと、來梨のか細い声が聞こえてきた。

「本当に、あの方が、謝ったりお金を払ったくらいで、許してくれると思ってるの？」

明羽はすぐに否定しようとして、言葉を飲み込む。

紅花の怒りは尋常ではなかった。視線を向けられただけで炎が降りかかるような恐怖を感じた。謝ったくらいで許されるとは到底思えない。

「では、皇后さまにお目通りして仲裁をお願いするのが良いかと思います。あの方は、慈宇さまと旧知の間柄、取り持っていただけるかもしれません」

「……それなら、なんで、あの場でなにも言ってくださらなかったの？　私は、助けを求めたのに」

「では、玉蘭さまの元に参りましょう。あの方ならば、力になってくださるはずです」

「あなた、聞いてなかったの？　あの宴のあと、玉蘭さまは私に言ったじゃない」

もちろん、聞いていた。

そのささやかなやり取りは、明羽のすぐ傍で行われた。

宴が終わり、それぞれの貴妃たちが席を立つ。玉蘭が來梨の傍を通るとき、そっと肩に手を置いて囁《ささや》いた。

「貴妃が傷を負ったのです、誰かが責めを負わなければなりません。私はもうこれ以上、なにもすることができません、お許しください」

天女のような清らかな声であったが、それは、冷たく突き放すようでもあった。

「じゃあ、どうするんですか⁉」

明羽は、思わず叫んでいた。

來梨の言いたいことは、どれもわかる。だが、それがどうした。

「言い訳を並べて、部屋に閉じこもって、それでなにが変わるというのです！　足掻《あが》いてください、無駄だと思ったって足掻いてください。このままでは、慈宇さんは死んでしまうんですよ！　ここでなにもしなければ、見捨てるのと同じことです！」

しばらく待つが、來梨から返答はなかった。

扉をこじ開けて引っ張り出してやりたい衝動に駆られるが、相手は貴妃だ。それに、引っ張り出したところで、本人に動く気がなければ意味がない。

「無駄ですの。もうやめましょう」

小夏が近寄ってきて、背中に手を置いてくれる。

皇后や他の貴妃に会うのは、同じ位の貴妃にしかできない。一介の侍女が訪ねていっても、不敬だといって余計に怒りを買うだけだろう。

「でも、このままじゃ、慈宇さんはっ」

「気持ちはわかりますけど、私たちにできることはなにもない。慈宇さんがいないと、後宮のことなんてなにもわからない、縋りつけるような相手もいない、私たちは——ただの田舎者だべ」

明羽の頭の中に、小夏の呟きが引っかかる。

縋りつく相手と呼べるかわからないけれど、この事態をなんとかできるかもしれない知り合いなら、一人だけいた。

「ねぇ、小夏、お願い。しばらく未明宮の仕事を任せていい？」

明羽の考えていることがわかったのだろう、小夏ははっとした顔をした後で、力強く頷いてくれた。

侍女たちの足音が遠ざかっていくのを聞きながら、來梨は強く自分の肩を抱いた。

私は、いったいなにをしているの。

明羽の言うことが正しいのは、わかってる。

けれど、親睦の宴で紅花から向けられた視線を思い出すたび、体中が震えてしまう。

もう一度、あの瞳の前に立つことなんてできない。

紅花だけではない。常に周りにいる者を試しているような皇后も、自分のことを見下しているような星沙の視線も怖くて仕方がない。玉蘭だけには親しみを感じていたけれど、縋りつこうとした手はあっさりと振り払われた。

來梨は、後宮という場所が怖くて仕方なかった。

じっと、このまま部屋に閉じこもっていたら、誰かがなんとかしてくれないだろうか。

生家ではずっとそうだった。なにもしないことが、來梨の役割だったのに。

「……お父さま、お母さま、申し訳ありません。私は、後宮にきても穴兎のままです」

來梨は、生まれた時から期待をされたことがなかった。

彼女が医師に取り上げられた時、部屋にはため息が満ちたという。

來梨には歳の離れた姉が二人いる。莉《り》家には後継ぎとなる男子が生まれておらず、望まれていたのは男だけだった。

父親は生まれたのが女だと知ると、抱き上げもせずに政務室に戻った。

高齢の母親には、もう次の子は望めなかった。半年後、側室が男子を産み、莉家の後継ぎに指名された。

落ち込んだ母親は、來梨の世話を乳母《うば》に任せ、時折様子を見に来ては、失望に満ちた眼差しを向けるだけだった。父親にいたっては、腹違いの弟につきっきりで、会いにすら来なかった。

もし、飛びぬけた美貌であれば、あるいは利発であれば、両親の見る目も変わったかもしれない。けれど、來梨は美しくはあったが、二人の姉ほどではなかった。

なにかをがんばっても、両親も家中の者たちも、わずらわしそうな視線を向けるだけ。

二人の姉は、莉家の安寧のために他家に嫁いでいったが、來梨には、政略結婚の役目さえ残っていなかった。

誰からも期待されず、顧みられず、いつしか別邸に引き籠ってひっそりと暮らすようになった。何もせず目立たないことが役割だった。

穴兎のような娘ね。

いつか、部屋で絵ばかり描いていた來梨に、母親はそう呟いた。

穴兎は、北狼州の草原に生息する、地中に穴を掘って暮らす兎だ。北狼州では、臆病者を揶揄《やゆ》する言葉として使われていた。

「……慈宇、こんな私を許して」

誰からも期待されなかった來梨に向き合ってくれたのは、二人だけ。

そのうちの一人が、四年前から莉家の使用人となった慈宇だった。それまで見向きもされなかった少女に、貴族の息女としての教養や立ち振る舞いを教えてくれた。

「あなたは莉家の娘なのですから、もっと堂々としてくださいませ」

「今は日陰でも陽の当たるときが来ます。必要なものを身に付けておかなければ、陽が当たっても咲けませんよ」

初めは鬱陶《うっとう》しかった。今さらなんの意味があるのかと思った。

けれど、次第に、彼女が自分のことを真剣に案じてくれていることが伝わってきた。

誰かが自分のことを見てくれている、たったそれだけのことで救われたのだ。

そして、慈宇の言う通り、陽が当たるときは突然やってきた。

帝都から百花輪の儀が布告され、候補者を巡って北狼州の有力貴族のあいだで対立が起き、争いを避けるための落としどころとして來梨が選ばれた。

ただ、年齢がちょうどよく、北狼州の貴族たちの力関係に影響を与えない莉家の娘だったというだけで。

やはり、後宮に来たのは、誤りだった。

百花輪の貴妃など、務まるはずがなかった。

來梨は、昨夜から何度となく流した涙が、頬を伝っていくのを感じた。

久しぶりに顔を見た父親が、百花輪の貴妃の候補として名前があがっていることを話した時、來梨はすぐに「いきます」と告げた。断ることはできたかもしれない。けれど、生まれて初めて、來梨は自らの意思で選んだのだ。

慈宇が、喜んでくれると思ったから。

それから、宮城に、もう一度会いたい人がいたからだ。

「……兎閣《とかく》さま。どうか助けてください」

それが、慈宇の他にもう一人、來梨に向き合ってくれた人の名前だった。

けれどその呼び声は、強まってきた雨音に飲み込まれ、誰にも届かなかった。

◆◇◆◇◆

雨に打たれた竹林が、異国の楽器のような音を奏でていた。

水溜まりに生まれては消える波紋が、朝から降り続く雨が強まっていくのを教えてくれる。

『本当に、やるのかい？』

頭の中に声がする。右手に巻き付けた佩玉が、不安そうな声を発していた。

「他に、なにができるの？」

『そうだね。他に、侍女の君にできることはないね。僕はどうにもあの男が気に入らないけど』

「私だってそうだよ。でも、やるしかないでしょ」

明羽は、視線を空に向ける。

築地塀の向こうに聳える律令塔を見据えてから、ゆっくりと飛鳥拳の型を舞い始めた。

雨はさらに強さを増し、明羽の服は水を吸って重くなる。

けれど、気にしなかった。

やがて、滝のような土砂降りになる。
明羽は舞い続けた。慈宇の顔を思い浮かべ、心に火を灯す。
呼んでいない時は、ふらりと現れるくせに。
どうしてあの男は、出てきて欲しい時に、現れないのだ。
明羽は、この場所で二度言葉を交わした天藍石の瞳を持つ皮肉屋を待っていた。

どれくらい続けただろう。
拳は石のように重く、足は鉛の輪をつけているように鈍い。
『もう、やめたら?』
頭に響く相棒の声に、明羽は無言で首を振る。
爪先から血が滲《にじ》み始め、視界が霞んでいく。
疲労が意識を覆い、痛みすら遠ざかる。

これほど長時間、型を続けたのは初めてだった。
けれど、倒れるわけにはいかない。
明羽には確信があった。見られている。気づかない振りをしようとしている。

これは我慢比べなのだ。同情でも憐憫《れんびん》でもなんでもいい。

根負けして、相手が出てくるまで、続けるしかない。


雨が、止んだ。

いや――背後から傘が差しだされていた。

振り向くと、待ち焦がれた男が立っていた。

天藍石の瞳が冷たく明羽を見下ろしている。雨のせいか、いつもの白梅の香りはしない。その代わりに、濡れた黒髪が、ふわりと色気を漂わせていた。

「まったく、この俺を動かすとは強情な侍女だな」

明羽は、ほんの一瞬だけ、無意識に口角を思い切り持ち上げて笑う。

男にそんな笑みを向けたのは、初めてのことだ。

「お待ちしていました、李鷗さま」

いつも冷たい三品位の瞳が、それを見てわずかに揺れた。

「要件はわかっている、昨日の侍女長のことだな」

「はい。なんとか、李鷗さまのお力で、慈宇さんを助けてください」

「後宮内で貴妃が怪我をした。たとえ真実がどうあれ、貴妃が死罪を望む以上、それは避けられぬ。お前の鼻はよく利く。俺が姿を見せないことで、察してもらいたかったのだがな」

李鷗は、女官たちから仮面の三品と呼ばれる冷たい表情で明羽を見下ろす。

そこで、明羽の耳に相棒の声が響いた。

『いいかい、明羽。これから、僕が伝える言葉の通りに喋って』

明羽は、相棒の言葉に心の中で頷くと、頭に響いた言葉をなぞる。

「嘘です。秩宗尉は皇帝陛下の命を受けて、宮城の管理を行っている。宮城内で諍いが起きた際、真実を審《つまび》らかにし、罪科を正しく問うのが秩宗尉の御役目。これは華信律令の七巻に決められています。つまり、事件に際した時、あなたのお言葉は皇帝陛下のお言葉。貴妃にも皇后さまにさえも、軽んじられるものではないはずです」

明羽が口にした借り物の言葉に、李鷗は驚いたように目を見開いた。これらはすべて、一人目の持ち主・真卿《しんけい》から得た知識なのだろう。華信国の律令の基礎を築いたという偉大な学者の傍にずっといたのだ、もしかすると、白眉は律令についてこの時代に生きる誰より詳しいのかもしれない。

「ほう、どこでそんな知恵をつけた」

「先にこちらの言葉にお答えください」

「お前の言うことは正しい。律令では確かにそう定められている。だが、俺はこの事件を裁くことはできても、実際に調査を行うことはできない。真実がわからねば律令に力はない」

「内侍尉《ないじい》が、調べているのですか?」

「そうだ。宦官の長で三品位の馬了《ばりょう》という男がいる。あいつは後宮の秩序維持は自分たちの役割だと言い張っている。そして、宦官たちの後ろには皇太后がいる。やつらが表だって出てきた以上、調査は宦官たちの裁量で行われる。宦官たちが宴が開かれた雲精花園を調べたが、なにも見つけられなかった。杯を欠けさせたのは、やはり慈宇だということだ」

「慈宇さんが、杯を欠けさせるなどありえません」

「杯は俺も確認したが、間違いなく欠けていた。今、俺の手元にある真実はそれだけだ」

「どうか、もう一度よくお調べを。いくら後宮の宦官を束ねる内侍尉とはいえ、皇帝陛下よりご下命を受けている李鷗さまが調べると言えば無下にはできないはず」

「なかなか弁が立つな。だが、秩宗尉は公平でなければならない。俺が、確たる証拠もないのに強引に調査を行えば、宦官たちの反感を買うばかりか、他の貴妃たちには北狼州に肩入れしているように見えるだろう。それではかえって、後宮の秩序を乱すことになる。その上、なにも見つからなければ目も当てられないぞ。侍女一人のために、どうして俺がそこまで動かねばならぬ」

「――ですが」

明羽は言葉に詰まる。頭の中に聞こえていた白眉が、返す言葉を失って黙ってしまったからだ。

期待した自分が愚かだった。やはり、この男も、自分の身のことしか考えない、卑怯で身勝手で糞のような男だった。

傘に降りそそぐ雨音が、急に煩《うるさ》く感じる。

そこに、雨粒に混じって鈴が一つ降るように、李鷗の声が聞こえた。

「ただし、慈宇がやったのではないという確かな証拠でも見つかれば話は別だがな」

見上げると天藍石の瞳が怪しく光っていた。

この男は、雨の中でしつこく型を続ける明羽を不憫に思って出てきたわけではない。

利用する価値があるか、試しにきたのだ。

押し黙った相棒から引き継いで、明羽は自分の言葉を発する。

「紅花さまや内侍尉を黙らせるだけの証拠があればよいのですね？」

「そう言っている」

「では、もし私が確かな証拠を見つければ、それに基づいて慈宇さまの命を助けるように動くのは、お引き受けくださりますか？」

「雲精花園は宦官たちが封鎖した。俺はもちろん、貴妃さえも中には入れぬ。これ以上、調べようもないぞ」

「お引き受けくださるのか、と聞いています」

短い沈黙があった。

李鷗は、改めて値踏みするような目で明羽を見つめる。

「わかった。今日のお前の根気と、よく利く鼻にかけて請け負おう。但し、明日の朝までだ。明日の朝、またここに来る。それまでに証拠を見つけられていれば、俺にできる限りの対処をしよう」

「……明日の朝、ですか」

あまりに、短い。

必死で型を続けていたため、今の時間はわからない。けれど、長く見積もっても、時間は半日ほどしか残されていないだろう。

「侍女長の処刑は、明日の朝まで引き延ばした。だが、孔雀妃の気性を考えると、それが限界だ」

「わかりました。その代わり、一つお願いがあります。先ほど李鷗さまは、杯が欠けているのは自ら確かめたとおっしゃいました。宴で使われた陶磁器は、李鷗さまのお手元にあるということですね？」

「あぁ。あれは西鹿州の物であったからな、こちらで引き取って返却することになった」

「見せていただくことはできますか？」

「いいだろう。だが、今は律令塔にある。お前は気軽に後宮の外には出られない身だからな、衛士寮まで運ばせておく。夕刻の鐘が鳴ったら衛士寮まで見に来い、話は通しておく」

「わかりました。では明朝、ここで」

時間が惜しい。明羽は無礼を承知でぱっと背を向け、立ち去ろうとする。

「ちょっと待て」

振り向くと、傘を差しだす手があった。反射的に、受け取ってしまう。

「後宮に戻ったら、すぐに体を拭け。まずは己の体を大事にせねば、他人など救えぬぞ」

「ですが、これは」

反論を許さず、今度は李鷗が背を向けた。

そのまま、雨に全身を濡らしながら立ち去っていく。

……なんだ、それ。

明羽は、自分の中にあった冷たく皮肉屋な印象と、ずぶ濡れになりながら走り去る背中があまりにも違うことに戸惑う。

『まったく、無理難題を吹っ掛けられたね』

「でも、協力してくれるんでしょ」

『そりゃ、するけどさ。やっぱり僕は、あの男は嫌いだよ』

相棒の声に、明羽は小さく頷く。男が苦手なのは変わらない。

けれど、これまで出会ってきた男とは少し違うように感じ始めていた。

◆◇◆◇◆

李鷗が律令塔に戻ると、ずぶ濡れの姿に驚いた使用人たちが慌てて駆け寄ってきた。

自室に戻ってから、用意させた官服に着替える。髪を拭きながら執務室の椅子に座ると、入口の方から声が聞こえた。

「どうだったよ、例の鼻が利く侍女というのは？」

使用人の一人が、客人を応接間で待たせている、と言っていた。

どうやら、待ち人が戻ってきたのを耳ざとく察して、勝手に入ってきたらしい。

李鷗は、相変わらず勝手な奴だ、と思いながらも答えを返す。

「予想通り、食いついてきた。あまり期待はできないがな……ただ、あの娘が、なにか不思議な観察眼を持っているのは確かだ」

振り向くと、そこには衛士の緑袍《りょくほう》を纏った男が立っていた。腕章に描かれているのは日輪《にちりん》、禁軍を率いる右将軍であることを示すものだ。

背は李鷗と変わらないが、体格は一回りほど大きい。筋骨逞しく、いかにも生粋《きっすい》の武官という雰囲気だった。厳《いか》めしい顔に鋭い眼光は、軍務府に祀られる軍神の石像のようだと噂されていた。

男は、名を烈舜という。

幼い頃からの顔馴染みであり、李鷗がこの朝廷の中で信頼を寄せている数少ない人間の一人だった。

「俺には信じられねぇな。三品位さまともあろう御方が、この雨の中に飛び出していくほどの価値がある侍女なんているのかねぇ」

「……見ていたのか」

「見ていたさ。ちょうど、お前に用事があってここに向かう途中だったんだ」

李鷗は、思わず額に手を当てる。

朝の合議を終えて自室に戻って来ると、窓から明羽が拳の型を行っているのが見えた。この雨の中、なぜそんなことをしているのかはすぐに察した。ずいぶん長い間、舞い続けていたことも明らかだった。

気がつくと、屋敷を飛び出していた。烈舜とはどこかですれ違ったのかもしれないが、気づかないほど急《せ》いていたのだろう。

「しかも、そんなにずぶ濡れになって帰ってくるなんてな——女嫌いのお前が、まさかねぇ」

烈舜の野太い声に、からかうような響きが混じる。

李鷗は、後宮の女官たちの間では、烈舜と恋仲だとの噂が囁かれていた。二人の恋を描いた小説まで出回っている。

だが、実際は恋仲などではない。どちらかというと兄弟に近い関係だった。

どうしてそのような噂が生まれたかというと、李鷗が、女嫌いだったからだ。

秩宗尉の仕事は、後宮の闇を覗き見るものだ。どれほど美しく飾り立てても、女たちの中には、どす黒く醜い澱《おり》が詰まっている。それは、時に刃となり毒となり、残酷に人を傷つける。李鷗が長年の宮城勤めで得た教訓であり、女を拒む理由だった。

だが、持ち前の美貌のせいで、冷たくあしらっていても女たちから夜伽の誘いを受けたり恋文を渡されたりする。どんな美女に言い寄られても誘いにのらないため、男色であるとの噂が立ち、いつも傍にいる烈舜がその相方に選ばれたというのが真相だった。李鷗自身も、女たちからの面倒な誘いを避けるため、噂を否定することなく利用している。

「女が嫌いなのは関係ない。俺はただ、昨日の宴にはなにか裏があると思っただけだ。だが、俺は動くことができない。だからこそ、あの娘には利用価値がある。この後宮に流れる血を一滴でも少なくできるなら、雨に濡れるなどどうということはない」

「へぇ。お前にそこまで言わせる侍女がいるなんてねぇ」

武官の声は、からかうようなものから、興味深そうなものに変わる。

李鷗は、自分が口にした言葉を頭の中で繰り返した。

言葉に誤りはない。

後宮には、いや、この宮城には無駄な血が流れ過ぎている。それをなんとかするのが、己の責務であり、贖罪《しょくざい》でもあった。

明羽のことは、利用できると思った。

初めて会った時、変装した自分を三品位と見抜いた洞察力。今日のやり取りにしても、なかなかに鋭い点をついていた。時折、年相応の娘のような部分も見せるが、どうにも引っかかる。勘のようなものが、あの娘は特別な力を持っていると告げていた。

うまく焚きつけてやれば、こちらの読み通りに動くだろう。そう考え、政務が終わった後で、もともとこちらから会いに行くつもりでいたのだ。

それだけの、はずだった。

だが、あの侍女と話していると、自分でも理解できない行動をしてしまうことがある。

女という生き物が苦手な自分が、あの娘の笑顔を見た時、どうしてあんなにも心を乱してしまったのか。どうして、傘など渡してしまったのか。おかげでこの有様だ。

「それで、お前の要件はなんだ？　わざわざからかいに来たのではないだろう」

李鷗が話を振ると、烈舜はそれまで浮かべていた笑みを薄める。

「あぁ、そいつだ。今度、七芸品評会があるだろ。あれに忍び込ませるために九蛇《くじゃ》の暗殺者が雇われたって噂を耳にした。なんでも狙いは、皇帝陛下らしいぞ」

その言葉を聞いた途端、仮面の三品と呼ばれる男の目にわずかに浮かんでいた感情は、瞬く間に消滅した。

◆◇◆◇◆

朱塗りの孔雀宮は、雨の中でも迫力そのままに堂々と聳えていた。

明羽は、門扉が見える木陰に身を隠すようにしながら入口を見据えている。この場所に来てから、もう半刻は過ぎただろうか。

正面から門を叩いても、相手にされるわけがない。それどころか、紅花の耳に入ったら、どの面を下げてきたと激怒されるのはわかりきっていた。

明羽にできることは、小夏に渡された秘策をぐっと抱きしめ、絶好の機会がやってくるのを待つだけだった。

気を抜くと、孔雀宮から放たれている圧力に怯えて逃げ出しそうになる。

自分を奮い立たせるように、明羽はここに来るまでの調査を思い出した。

李鷗と別れた後、白眉と相談した。

「聞いてたよね。なにから調べればいいと思う？」

『まずは、炊事場でなにが行われていたかを調べるべきだろうね』

「そうか……慈宇さんと一緒に働いていた侍女に、話を聞くんだね」

『正面から話を聞かせてくれ、と言って教えてくれるかはわからないけど』

「でも、やるしかないよ」

舎殿に戻っても、來梨は相変わらず部屋に閉じこもったままだった。

びしょ濡れの服を着替え、小夏に事情を話して來梨のことを頼んでから、すぐに他妃の舎殿に向かった。

皇后・蓮葉の住まう琥珀宮、東鳳州・星沙の住まう黄金宮は、話を聞かせて欲しいと頼んだが、すでに調査にきた宦官たちにすべて話した、侍女に教えることなどなにもない、という冷淡な対応だった。

李鷗の名前を出せば対応は違ったのかもしれないが、名前を使うということは明羽と李鷗の繋がりをばらすことになる。かえって状況が悪化するかもしれない。もちろんこれは、白眉の助言だ。

話を聞かせてくれたのは、西鹿州の翡翠宮だけだった。

翡翠宮の侍女たちは、以前に来た時にも感じた通り、全員が朗らかで優しく、慈宇のことも自分の宮のことのように心配してくれた。

給仕を担当した翡翠宮の侍女は、風音《フォンイン》と名乗った。黒い大きな目を栗鼠《りす》のように動かしながら、人懐っこく話してくれた。

「あの時は、黄金宮の侍女が陶磁器を並べていた棚から杯を選んで取ってきたんですよ。ええと、名前はたしか、雨林《ユーリン》さんといってました」

その名前には、覚えがあった。黄金宮で紅茶を淹れていた背の高い侍女だ。

「孔雀妃の侍女がそれを受け取って、器に欠けがないかを確認したんです。それに私がお酒を注ぎました」

「どうやって、注いだのです？」

「変わったことはしてませんよ。紅花さまがご所望されたのは、ご自身の宮から持参した葡萄酒でした。大きな酒壺に入っていましたので、こうして柄杓《ひしゃく》で注いだのです。そこに、給仕をしていた慈宇さんが炊事場に戻ってきたので、紅花さまにお届けするようお願いしたんです」

「風音さんが受け取った時、杯の欠けには気づきませんでしたか？」

「気づいたら、もちろん言いますよ」

「そうですよね」

「少なくとも、これだけは言えます。宴で使った陶磁器はすべて、西鹿州が用意した物です。どれも名工が作ったもので、宴の直前には、私たちが欠けや罅《ひび》がないことを確認しました。元から欠けていたなんて、ありえませんよ」

話を聞き終えて悩む明羽に、風音が申し訳なさそうに付け足した。

「孔雀宮の侍女に聞けば、もう少し詳しいことがわかると思いますけど」

その言葉に、明羽は頭を抱えたくなる。孔雀宮の主は、怪我をした紅花だ。そして、炊事場にいた侍女は、明羽に嘘の仕来りを教えた朱波《しゅは》だった。

話を聞かせてくれるとは、とても思えない。

「あんた、そんなとこで、なにやってんのよ」

声が、明羽を現実に引き戻す。

門から、猫目の侍女が出てくるところだった。

朱波が傘を差して近づいてくる。通りかかったところを呼び止めようと待っていたので、向こうから来てくれたのは好都合だった。

「聞きたいことがあって――」

「このあいだのこと、文句言おうってんじゃないでしょうね。あれは、騙される方が悪いのよ。あたしはちょっとからかったつもりだったの、それを真に受けるなんて思ってなかった。おかげで、あたしは紅花さまからキツいお仕置きまでされたんだから」

近づくなり、言葉を遮《さえぎ》るようにして勢いよく話し出す。明羽には、猫が毛を逆立てているように見えた。

「お仕置きって、なにされたの？」

「……乙女が、口にすべきじゃないことよ」

「……えっと、私はね、昨日の宴の時のことを聞きたくてきたの。炊事場で器の確認をしてたんでしょ？」

「あぁ、あんたのところの侍女長が、紅花さまの怒りを買った話か。あれは自業自得でしょ。なんで、あんたに話さなきゃいけないのよ」

予想通り、朱波は面倒そうに鼻を鳴らす。

だが、その目が急に、顎を撫でられた猫のように細くなる。

「あんた……なに持ってんの？」

「あ、これは。同僚が貸してくれたもので」

「いいから、見せてっ」

雨に濡れないように胸に抱いていた秘策を、朱波が奪い取る。

彼女の瞳が、夜の猫目のように光るのを、明羽は見逃さなかった。


「孔雀宮の侍女に話を聞きに行くなら、いいものがありますの」

翡翠宮で風音から話を聞いた後、いちど未明宮に戻って小夏に経緯を話すと、返ってきた答えがそれだった。

私物を仕舞っている引き出しを漁《あさ》り、奥の方から一冊の本を取り出す。それは、明羽にも見覚えのあるものだった。

「それって、後宮小説？」

小夏から、紙を糸で束ねただけの簡単な細工の本を受け取る。見覚えのない題目だった。

『後宮恥美譚・第七編――著者・玲々《リンリン》』

まだ多くの人の手には渡っていないらしく、紙は真新しい。

何気なく開くと、見覚えのある名前と、過激な濡れ場の描写が目に飛び込んできた。

「なに……これ」

「昨日話した、李鷗さまと烈舜さまの恋路を描いた後宮小説です。じつは、仲良くなった女官に借りて読んでいたのですけれど――これがなかなか、もう、一言では言い表せない感情なのです。ちなみにそれは、書き上がったばかりの最新作です」

同じ後宮小説でも、明羽が憧れたものとはずいぶん趣向が違った。

李鷗の皮肉っぽい笑みを思い出し、背中がむずむずするのを感じる。

「これが、なんで孔雀宮の侍女と関係あるの？」

「あそこの侍女たちが、密《ひそ》かに恥美譚を集めているという噂を聞きましたので」

白い歯を見せて笑うと、押し付けるように本を渡してくる。

そして、事態は小夏の思惑通りに進んだ。

「それはっ、恥美譚の新作っ！　女官長・玲々さまの直筆っ！　なんで、なんであんたなんかが持ってんのよ！」

効果覿面《てきめん》だった。興奮した様子で喋っていた朱波は、はっと我を失いかけていたことに気づいたようだった。

一つ咳払いをして、上辺だけ冷静さを装った声で続ける。

「実はね、あたしの同僚に、その小説を気に入ってる子がいるのよ。もし貸してくれるなら、まぁ、昨日のこと、話してもいいわよ？」

明羽は、小夏に感謝しつつ、朱波を雨が凌げて人目のつかない場所に誘った。

「悪いけど、あれは、あんたのところの侍女長がやったとしか思えないわよ」

庭園の亭子に並んで腰かけると、朱波は落ちていた枝で、地面に炊事場の見取り図を描きながら続けた。

「炊事場には、右の壁側に紅花さまが用意した葡萄酒や果実水、左の壁側に玉蘭さまが用意した陶磁器が並べられてた。ここが入口ね。星沙さまが用意した料理は別の部屋で、皇后さまの侍女が差配してた」

それから、炊事場の部屋にそれぞれの持ち場を示すように丸を付け足していく。

「あの時は、黄金宮の雨林が杯を選んだ。それを部屋の真ん中にいたあたしが受け取って、器に問題がないかを確認してから、右側の飲み物を注ぐ持ち場にいた翡翠宮の風音に渡したの」

部屋の左側と右側に丸を一つずつ、そして、部屋の真ん中に、自らの位置を強調するように花丸を書き込む。

「確認は、どうやってやったの？」

「まず目で見るでしょ。それから、こうやって、縁を指でくるっと一周なぞる。欠けがあったら必ず気づく」

朱波の言い方には、見逃すことはありえない、という自信があった。

「風音が酒壺から柄杓で葡萄酒を注いで、あんたのとこの侍女長が戻ってきて受け取った。風音が酒を注ぐところは見ていないけど、磁器が当たるような音はしなかった——ほら？　あんたのとこの侍女長が、運んでるあいだに割ったとしか考えられないでしょ？」

「でも、盆の上に、お酒は一滴も零《こぼ》れてなかった。お酒を零さずに欠けさせるなんてできるわけない」

「そんなこと、知らないわよ。とにかく、これで、知ってることはぜんぶ話した」

朱波が赤毛をかき上げながら、右手を差し出してくる。

明羽は後宮小説を差し出しながら、反対の手で腰にぶら下げていた佩玉を握り締めた。

白眉に、他になにか聞いておくことがないか確かめるためだ。

『あと一つだけ、確かめて欲しいことがある』

後宮小説を引っ込める。朱波の髪の毛がぶわっと逆立ったように見えたが、気づかない振りをして、頭に響く相棒の言葉をそのまま口にした。

「欠けを確認した時、杯の底を見なかった？　底になにか――絵が描かれてなかった？」

「そういえば描いてあった気がするけど……どんな絵柄だったかまでは覚えてないわよ。もういい？　いいでしょ？」

朱波は両手で小説を受け取ると、跳ねるような足取りで去っていった。

◆◇◆◇◆

衛士寮は、後宮の出入口の一つ、宣武門《せんぶ》のすぐ傍にあった。

夕刻の鐘を待って、明羽は衛士寮を訪れた。明羽には初めて訪れる場所だったけれど、白眉の案内のおかげで迷うことはなかった。

約束通り話は通っており、詰めていた衛士に奥の部屋に案内される。

そこには、西鹿州が宴のために持参したという陶磁器が並んでいた。

陶器よりも磁器の方が多い。特に白磁が多いが、白地に藍色の染付を施した青花磁器、赤や緑を艶やかに焼き付けた五彩《ごさい》磁器もある。種類も豊富で、大皿に小皿、杯から水差しまで様々だ。いずれも手に取って眺めてみたくなる美しい品ばかりだった。

「すごい綺麗。これだけあれば、一つくらいはあってもいいよね」

小さく呟く。李鷗に磁器を見せて欲しいと頼んだのは、〝声詠み〟の能力で、なにがあったのか聞けるかもしれないと思ったからだった。

真っ先に、見覚えのある酒杯に手を伸ばす。

青花磁器の一つで、大輪の牡丹が描かれている。飲みやすいように縁は丸いが、脚の部分は六角になっており意匠への拘《こだわ》りを感じさせた。

これが、紅花の唇を傷つけた酒杯だった。

縁を指でなぞると、欠けているのはすぐわかった。だが、ぱっと見て気づける大きさではない。慌ただしく給仕をしている中であれば、なおさらだろう。

杯の底には、三日月が描かれていた。窯《かま》の印か、杯を焼いた作家の印かはわからない。

明羽はそっと佩玉を握って、話しかける。

「朱波に聞いたのは、これが知りたかったの？　なにこれ？」

『まだ、わからないけど。三日月だったのか』

明羽はしばらく待ってみたが、相棒は考え込むように黙り込んでしまった。仕方なく、腕まくりをして調査を進める。

「さて、やるよ」

呟くと、指先に意識を集中させ、酒器の声に耳を澄ます。

「……お願い、なにがあったのか教えて」

しばらく耳を澄ませるけれど、声は返ってこなかった。

古い物でも、高価な伝統品でも、声が聞こえる道具はそうそうない。

後宮には、白眉のような道具がたくさんいるかと期待していたけれど、まだほとんど出会っていなかった。

牡丹の酒器が駄目でも、他にも、昨日、炊事場に置かれていた食器はたくさんある。一つくらいは、なにか喋ってくれるだろう。

明羽は気を取り直して、一つずつ食器に触れていく。

だが、言葉を返してくれるものはなかなかいない。落胆を飽きるほど繰り返したころ、ようやく頭の中に声が響いた。

『……離れ離れになった二人、かわいそう。一人は欠けて、一人は暗い水の中』

……なに、今の。

指先に集中するけれど、それ以上はなにも聞こえない。

並べられていた器は一通り触ったが、他に声が聞こえるものはなかった。

器相手に独り言をいっていた侍女を不思議そうに眺めていた衛士に礼を告げると、衛士寮を後にする。

未明宮に戻ってから、明羽は相棒になにかわかったかを尋ねた。

あまり、期待はしていなかった。聞こえたのは、大皿のわけのわからない呟きだけだ。

けれど、白眉の答えは、自信に満ちたものだった。

『慈宇さんを助けられるかもしれない』


その日の夜、明羽は自分が調べてきたことを小夏と、奥の部屋に閉じこもったままの來梨に話した。

明日、李鷗にわかったことを伝えて、慈宇の助命を乞うつもりだと伝える。

小夏は、明羽の手を握って「たのんだべ」と生まれ故郷の訛りの残る言葉で告げた。

けれど、來梨の部屋の扉は閉じられたまま、小さく鼻をすする音が聞こえるだけだった。

◆◇◆◇◆

……なんで、こんなことになるんだ。

明羽は、目の前に居並ぶ人たちを見ながら、頭を抱えたくなった。

場所は衛士寮の広間、昨日、明羽が陶磁器を確認した部屋の隣室だ。とても、貴妃たちが集まるような場所ではない。

けれど、目の前には、孔雀妃、黄金妃、翡翠妃とその侍女たちが揃っていた。

部屋には実用性を重視した長机があるだけ。長机を囲むように座った貴妃たちの視線は、明羽に向けられていた。

早朝、竹寂園で、李鷗に調べ上げたことを報告した。

証拠は手元にはないが、衛士に調べさせれば手に入るはずだ。

それで、役目を終えたつもりだったが、聞こえてきたのは意外な言葉だった。

「なるほどな。今から、宴に出た侍女を集めるように遣いを出そう。証拠となる品もその場に揃うように手配しておく。そこで、お前が説明してみろ」

慈宇を助けられるなら、と仕方なく引き受けた。

けれど、集まったのは侍女だけではなかった。

「どうして、貴妃の皆さまが？」

明羽は、隣に立つ李鷗に向けて尋ねた。だが、彼が答えるより先に、孔雀妃が鋭く睨みつけながら口を開く。

「当たり前だ。うちの侍女に罪をなすりつけられるかもしれねぇんだ。目の届かないところで勝手に話をさせるわけねぇだろ」

「風音から、あなたが調べていたことは聞いています。もしあの事件が偶然でないのなら、私たちもそれを知らなければなりません」

玉蘭が、美しい琴の音色のような声で続ける。

「いいから、早く始めてくださらない。このあといくつも商談が控えていますの。私の時間を浪費させることは許さないわ」

星沙も苛立たしげに口にするが、少なくとも、すべてが決着するまで動くつもりはなさそうだった。

こうなってしまったら、仕方ない。

明羽は腹をくくって、貴妃たちを見回す。説明の手順は、白眉と事前に決めていた。

「では、あの日の状況の確認からいたします。まずは、孔雀妃がお酒を頼まれたのを聞いて、黄金宮の雨林さんが杯を選び朱波さんに渡した、そうですね？」

「はい。間違いありません」

雨林は、知的で官僚然とした雰囲気を持つ侍女だった。生真面目そうな表情と鋭い目つきがそう思わせるのだろう。

「なぜ、牡丹の酒器を選んだのですか？」

「孔雀妃なので牡丹がよいかと考えたからです」

牡丹と孔雀は、古くから富貴の象徴とされ、絵画などでよく使われる組み合わせだった。他の侍女だったとしても、おそらく同じ酒器を選んだだろう。

「それから、朱波さん、あなたが縁を指で触って欠けを確認したんですね？」

「ええ、そうよ。欠けはなかった」

「あなたが見たのは、この器で間違いないですか？」

明羽は、紅花の唇を切った酒器を手に取り、机の真ん中に置く。

白地に藍色の牡丹が描かれた杯。底には三日月の模様が描かれている。

「それよ。底になにか模様が描かれていたのも覚えてる」

「次に、風音さんが杯を受け取ってお酒を注いだ、そうですよね」

「うん。でも、欠けさせるようなことはしてないです。酒壺から柄杓で葡萄酒を掬《すく》って注いだ、それだけですよ」

風音が、黒い瞳を小動物のように動かしながら、不安そうな視線で答える。

「だから、その後に、炊事場からあたしのところまで酒を運んできた、お前のとこの侍女長が欠けさせたってことになってんだろ」

紅花が、話を聞くのに飽きてきたのか、苛立たしげに言葉を挟む。

明羽は震えそうになるのを堪え、平静を装って頷いた。

「慈宇さんが運んだ盆には、お酒は一滴も零れていなかった。中に入った酒を零さずに器を欠けさせるなんてことができるとお思いですか？」

「どうやったかなんて、知らねぇよ。あたしが言いたいのは、誰にも気づかれずにできるとしたら、あいつしかいねぇってことだ」

　続いて、朱波も主に追従するように続ける。

「昨日も話したけどさ、あたしは炊事場の真ん中にいた。酒器をずっと見てたわけじゃないけど、器がぶつかるような音は一度も聞いてない。だから、炊事場で誰かが欠けさせたってことはないよ」

「あの場で欠けさせたのではなく、すでに欠けていた杯とすり替えたとしたらいかがでしょう？　それなら、音は鳴りませんよね？」

　驚いた表情を浮かべる侍女もいれば、胡散臭《うさんくさ》そうに顔を顰《しか》める貴妃もいる。明羽は、反論されるより先に質問を重ねた。

「この杯の底に描かれた三日月の文様ですが、これには意味があります。玉蘭さま、これはずいぶん古いものですね。銘は、ございますか？」

「わかりません。翡翠宮にあるすべての陶磁器を把握しているわけではありませんので。ただし、いずれも一品もので、名工によって作られた器であることは確かです」

「そうですよね。もし銘の知れ渡った逸品であれば、すぐに誰かが気づいたはずですから」

明羽は、白眉に聞いたことを、さも自分が知っていたように口にする。

「この底に描かれた三日月の文様は、陰陽杯と呼ばれる、陰陽思想に基づいて作られた杯であることを示すものです。ごらんの通り、こちらは月の文様、陰の杯です」

陰陽思想は華信国建国前より大陸に伝わる考え方だった。

森羅万象《しんらばんしょう》、すべてのものが陰と陽から成り立っている。陰と陽は相反するものだが敵対するものではなく、互いがあるからこそ成立している。

たとえば、天と地、太陽と月、火と水、生と死、動と静、光と影、そして、男と女。

『陰陽杯は、二人で酒を酌み交わすという行為に陰陽思想を取り入れたものだよ。夫婦とか恋人とか、あるいは主人と配下とかね。太陽と月なら、陽となるものが太陽の杯、陰となるものが月の杯を使って、互いの絆《きずな》を確かめるのさ』

それが、白眉から聞いた知識だった。

「そんなに偉そうに語らなくても、陰陽杯のことなど常識です。つまり、それが陰陽杯であったならば、同じ形をした陽の杯があると言いたいのですね？」

星沙の言葉に、明羽は頷く。

「ええ、その通りです。孔雀妃の酒器として雨林さんが牡丹の器を選ぶことは容易に想像できた。あらかじめ用意しておいた、縁の欠けた陽の杯と差し替えるだけなら、酒を注ぐ前であれば一瞬でできますよね。それができたのは、風音さん、あなただけです」

明羽の視線の先には、大きな目を栗鼠のように動かす侍女がいた。

「ちょっと待ってください。私は、そんなこと――」

風音の言葉を、主である玉蘭が手を差し出して遮る。

「……明羽と言いましたね。私の侍女を疑うのであれば、覚悟をしていただけますか？もしそれが誤りなら、ただではすみません。ここから先は、それをよく肝に銘じて続けなさい。今なら、間に合います」

やはりこの人も、美しいだけではない。

天女のような美しさと相まって、罪人を断罪するために遣わされる溥天の化身にでも射すくめられたような息苦しさを感じる。

ただではすまない、貴妃がその言葉を口にするということは、誤りであった場合は死で償ってもらうということだ。

けれど、明羽は引かなかった。ここで引けば、慈宇の処刑が決まる。

すでに、命は一つ賭けられている。そこに自分の命がのっかるくらい、なんてことはない。

「宴に用いた器は、すべて翡翠宮が用意した、そうでしたよね？　翡翠宮の侍女が、事前に欠けや割れがないかを確認したと聞いています」

明羽が平然と話し出したのを見て、玉蘭は小さく頷いた。美しい瑠璃の瞳は、そちらがそのつもりならば受けて立つ、と言っていた。

「では、そのときに、陰陽杯の片方に欠けがあったのに気づいて、それを利用しようと考えてもおかしくない。他の陶磁器に交ぜて琥珀宮の炊事場に運んだあと、隙を見て、自らの持ち場の近くにそれを隠しておくこともできたでしょう」

「その仮説には、無理がありますわ」

声を上げたのは、退屈そうに聞いていた星沙だった。

「宦官たちが炊事場を徹底的に調べたと聞いていますわ。すり替えた酒杯など見つからなかった」

「翡翠宮に持ち帰ったということもありえないわ。だって、あのあと、私と風音は一緒に宮まで戻ったのですから。もし、襦裙の下に酒器を隠して持っていたのなら、気づかないわけがありません。それとも、私を含めて、翡翠宮で謀をしたとでも言うつもりですか？」

玉蘭は、風音を庇うように立つと、丁寧だけれど強い口調で続ける。

「疑うなら、翡翠宮をくまなく調べてみなさい。なにも出てきませんよ」

明羽はぼんやりと、全く関係ないことを考えた。來梨なら、ここまで私たちを信じてくれるだろうか、こんなにも強く私たちを庇ってくれるだろうか。

小さく首を振り、意識を目の前に引き戻す。

「それにはおよびません。杯の場所には、見当がついています。李鷗さま、お願いしていた物は、持ってきていただけましたか？」

「あぁ。そこに運び入れてある」

明羽が話を振ると、李鷗は部屋の隅に視線を向ける。そこには、一抱えほどの酒壺が置かれていた。

「親睦の宴に、紅花さまが持参された葡萄酒です。宴の後は、ずっと律令塔に保管されていました。あの日以来、一度も蓋を開けていないことは、秩宗尉さまが確認しています」

「……へぇ、面白いじゃないか」

最初に気づいたらしい紅花が、唇を持ち上げて笑う。

「紅花さま、手を入れてもよろしいですか？」

「いいぜ」

孔雀妃の許可を得て、明羽は壺に近づく。蓋を開けると、血のような真っ黒い液体がのぞいた。甘酸っぱい酒の匂いが、ぷんと辺りに立ち込める。

明羽は襦の袖を捲《まく》り上げると、思い切って手を突っ込んだ。

『……離れ離れになった二人、かわいそう。一人は欠けて、一人は暗い水の中』

それは、陶磁器を調べていた時に、唯一聞こえた言葉だった。

あの大皿は、陰陽杯のことを呟いていた。そして、暗い水の中、という言葉が白眉が真実に気づく手助けをしてくれた。

明羽は、自分の指先に、目当ての物が触れるのを感じた。

摑み上げると、机にあるものとそっくりの酒杯だった。底を見せるようにして掲げる。底には、太陽が描かれていた。

「……陽の杯です。宴の日に炊事場で酒壺を見たあなたは、この不透明な酒の中に沈めておけば、当分は露見することがないと考えたのでしょう。孔雀宮で酒杯が見つかった時には、慈宇さんはもうこの世にはいない。そして、慈宇さんの命が失われた以上、もう誰も事件に触れることはしない」

明羽は、玉蘭の後ろに立つ風音に向ける。

「あの炊事場で酒壺の中に陽の杯を隠せたのは、風音さん——お酒を注いでいた、あなただけです」

栗鼠のように可愛らしかった侍女は、追い詰められた小動物のように瞳孔《どうこう》を左右に揺らしていた。

「……そんな、嘘よ」

玉蘭が、振り向いて問いかける。

「嘘と言いなさい、風音」

風音の目が見開かれる。それと同時に、

「う、あああぁぁぁぁ！」

獣のような声が響き渡った。

風音は襦の下に隠していた小刀を取り出す。万が一、見破られた時のために隠していたのだろう。鞘《さや》を投げ捨てると、自らの喉に突き立てようと切っ先を向けた。

だが、後ろから伸びてきた手がそれを阻んだ。

「律令で裁きを受けるまで、勝手は許さぬ」

李鷗が手首を握るようにして、凶器を奪い取る。

小刀を取り上げられ、風音は、崩れ落ちるように膝をついた。

「私、私は……申し訳ありません、玉蘭さま」

玉蘭はなにも言わず、全てを理解した顔で、風音を抱きしめた。

もう誰も言葉を挟まなかった。

真実は机の上にある。

けれど、明羽にも白眉にも、一つだけわからないことがあった。どうして風音がこんなことをしたのか。

誰もそれを聞かない。いや、明羽を除く誰もが、それだけは初めからわかっていたかのようだった。

「どうして、こんなことをしたのです？」

明羽は、耐えられなくなって口にする。

風音の目が、明羽を睨み上げた。

「どうして、ですって。決まってる、百花輪のためよ！」

開き直ったのか、感情的な叫び声だった。

「あなたのところの侍女長が、邪魔だったのよ。皇后さまと懇意な侍女なんて、どれほど脅威か、わかるでしょう？　早めに潰しておくためにやった、決まってるでしょ！」

「……なにを、言ってるの？」

明羽はさらに混乱する。翡翠宮を訪れた時、來梨が、慈宇と皇后が旧知の仲であることを話した。けれど、それがどうして、慈宇を陥れる理由になるのだ。

「あなた、この百花輪のこと、なにもわかってないのね。貴妃に侍女を殺し合わせるのが、百花輪でしょう！　そんなことも知らずに、ここに来たの！」

その瞬間、明羽は理解した。

百花輪の儀とはなんなのか。

貴妃が連れてこられる侍女が、なぜ三人と決められており、交代も補充も禁じられているのか。

後宮の女官たちは、貴妃の身の回りの世話はしない。それは侍女の役目だからだ。

身支度の手伝いも、食事の毒見も、褥の準備も、文や言伝《ことづて》の遣いも行わない。頼めば引き受ける者もいるだろうが、女官の多くは他の勢力と通じており、信用などできない。

信じられるのは、自らの州から共に後宮入りした侍女だけだ。

そして、貴妃が粗相や不始末を犯したとき、責任を取らされるのも侍女だった。

百花輪の貴妃たちは曲がりなりにも、各国の有力貴族の子女だ。害されることがあると、帝国の政に罅を入れかねない。だが、侍女なら何人死のうと誰も気に留めない。

謀を行うのも、謀から身を守るのも侍女がいてこそだ。侍女を失った貴妃は、自らの身を守ることができない。もはや首に縄をつけられた鶏も同然だ。

そしてなにより、皇帝が夜の渡りをする際、その連絡を受けるのも夜伽の準備をするのも侍女の仕事だ。侍女のいない貴妃に、皇帝が夜の渡りをすることはない。

侍女のいない貴妃など、もはや貴妃ではない。帝の寵愛など、望めるはずもない。

この百花輪において、侍女は、賭博《とばく》の賭け札のようなものだった。

騙し合い、潰し合い、互いの侍女の命を奪い合う。侍女を失った貴妃は、百花輪の選抜から外れ、最後に残った者が百花皇妃となる。

帝の寵愛を得ることが陽だとすれば、この侍女の命の奪い合いこそが陰。これが百花輪を成り立たせる陰陽図だった。

「言いたいのは、それだけか」

紅花が、玉蘭と風音の前に歩み出る。

その緋色の瞳には、紅蓮《ぐれん》の炎が燃えていた。

「あたしの唇を傷つけたのは、お前だったわけだな。しかも、他の宮の侍女に罪を着せようとさえして」

声の端々から、火花が散りそうなほどの怒気が伝わってくる。

明羽は、南虎州の州訓を思い出していた。

〝万物すべからく炎の供物なり〟

先ほどの玉蘭に睨まれた時も怖かった。けれど、やはり紅花は別格だった。山岳騎馬民族の王の直系である彼女は、感情を攻撃的に操る術《すべ》を知っている。

風音は先ほどの威勢を失い、途端に青ざめていった。

明羽は、今ごろになって気づいた。

さっきまで、慈宇の冤罪を晴らそうと必死に話した。だが、それは同時に、別の誰かを処刑に追い込むことだった。

「慈宇って侍女は処刑になる予定だったんだろ。なら、同じ罰じゃねぇと釣り合わねぇなぁ」

「紅花さま、どうかこの者の罪を許していただけないでしょうか？　この者は、幼いころから私に尽くしてくれた大切な友でもあります」

「関係ないことを囀《さえず》るな。今は罰の話をしている」

「できることであれば、なんでもいたします。金銭でも、西鹿州が持つ情報でも、この者の命と引き換えになるのなら、望む物を差し上げます」

玉蘭が、紅花の前に片膝をつく。

百花輪の貴妃、同じ位であり、競うべき相手に片膝をつくのは、屈辱であるはずだ。けれど、西鹿州の貴妃はそれを厭《いと》わなかった。

「そんなものはいらねぇ。なんでもくれるって言うなら、あたしが欲しいのは、一つだけだ」

孔雀妃の紅の唇が、魔性のように歪《ゆが》む。

「百花輪から降りろ。それをここで宣言するのなら、見逃してやる」

玉蘭が下を向く。

明羽は祈った。玉蘭が、風音を守り抜いてくれることを。

たとえ相手が、慈宇に罪を被せようとした者だとしても、自分が解き明かした真実のせいで、誰かが死ぬのを見たくなかった。

短い沈黙の後、玉蘭が顔を上げる。

「風音、西鹿州のために――あなたの命を使わせてちょうだい」

信じられない言葉が、明羽の胸を抉《えぐ》った。

玉蘭は、さっきまでとは違う、覚悟を決めた顔をしていた。

その言葉を聞いて、風音は笑う。

紅花に睨まれて死人のように青ざめていたのが嘘のように、嬉しそうに答える。

「……はい、玉蘭さま」

その笑顔はまるで、最愛の人に求愛を告げられたかのようだった。

◆◇◆◇◆

夕暮れ時の後宮には、柔らかな風が吹いていた。

辺りを囲む竹の若葉が、お互いをいたわり合うように優しい葉音を立てている。

明羽は、冷たくなってきた風に吹かれながら、竹寂園の亭子に座り込んでいた。

「これでよかったんだよね、白眉」

佩玉を握り締め、声をかける。

風音のことを思い出す。初めて翡翠宮にいったとき、騙されていることを知りながらも温かくもてなしてくれた。栗鼠のようによく動く可愛らしい瞳に、玉蘭のことを子犬のように慕う仕草。こんなことさえなければ、親しくなれたかもしれないとさえ思う。

『落ち込むことないよ。小夏も來梨さまも喜んでたじゃないか』

頭の中に声がする。

未明宮に戻って子細を話すと、小夏は跳び上がって喜んだ。來梨はやっと部屋から出て来て、手を握って泣きながら、何度も「ありがとう」と言ってくれた。

二人の様子は、落ち込んでいた明羽にとって、ささやかな慰めになった。

『それにしても、翡翠妃も、大した女《ひと》だね』

白眉が続けて呟く。それが、明羽を落ち込ませているもう一つの理由だった。

衛士寮で、慈宇の冤罪を晴らした後のことを思い出す。

風音が、李鷗と衛士たちに連れていかれ、他の貴妃たちも自分たちの宮に戻っていった。

残ったのは、明羽と、椅子に座ったまま動こうとしない玉蘭だけだった。

明羽も無言で立ち去ろうとしたところで、声をかけられた。

「私のことを、冷たい貴妃だと思ったかしら？」

明羽は翡翠妃に向き直る。けれど、返す言葉は出てこなかった。

「私はね、西鹿州を背負ってここにいるの。西鹿州は一領四州の中でもっとも貧しく、多くの民が飢えと病に苦しんでいる。なぜだかわかる？」

明羽は、衛士寮で調べた見事な陶磁器を思い出す。

西鹿州では、陶磁器を焼くための良い土が採れ、宮城に献上されるような品がたくさん作られている。それだけではない。金や銀、宝石や鉄の採れる鉱山も多数ある。

荒れた大地が多く、農作物を育てるには適さないけれど、それを補う名産や資源がたくさんあるはずだった。どうして、東や南とここまで差があるのか。

それは、明羽も気になっていたことだった。

「いくつか理由があるけれど、致命的な理由は二つ。一つは、大海へとつながる大河に面していないこと」

華信国には、双龍と呼ばれる大きな二本の大河がある。青河と赤河、それが物流の要であり、交易による莫大な利益を生み出す生命線でもあった。けれど、西鹿州にだけは、大河が通っていない。

「南虎州と東鳳州は、青河を州境にしている。けれど、大陸西側を流れる赤河は、両岸が南虎のものになっている。これは、三代前の皇帝が、州境線を引き直したからなの。そのため、河を使って陶磁器や鉱石を他州や諸外国に直接輸出することができない。利益の多くは、河を持っている南虎州や東鳳州に吸い上げられているの」

　玉蘭はゆっくり立ち上がると、明羽に歩み寄る。

　その瞳からは、先ほどまでの翳《かげ》は消え失せていた。凜々しく気高い天女に戻っていた。言葉にし、誰かに語ることで覚悟を新たにしているのだろうか。

「もう一つの理由が、金鉱山の権利を奪われていることよ。鉱山で採れた金はすべて、東鳳州に売り渡すことになっている。今から五十年前、西鹿州を飢饉《ききん》と疫病が襲ったの。その時に、東鳳州から金子《きんす》と食料を融通してもらう引き換えに、当時の州守が、今後百年の金鉱山の権利を東鳳州に売ったからよ。五十年前、飢饉で死ぬはずだった十万人を救った英雄は、その後、百年に渡って百万人を殺すことになるとは思わなかったのね」

　明羽の頭に浮かんだのは、黄金宮の豪奢に飾り立てられた舎殿だった。あの黄金のほとんどが、西鹿州で採れたものなのだろう。

「なぜこんなことになったのか、聡《さと》いあなたならわかるんじゃないかしら？」

「……百花輪、ですね」

「そうよ。百花輪で選ばれた皇后によって、いいように政が捻じ曲げられてきたの。自らの州に都合がいいように法を変え、国の形を変えていった。皇后になれば政治への影響力を持てる。無理を通し、自州を有利に導ける」

玉蘭はそこで言葉を止めると、拳を握り締めて口にする。

「百花輪で奪われたものは、百花輪で取り戻す——これが、私が後宮に来た理由よ」

彼女の覚悟が、突き刺さるように伝わってきた。

その背中には、西鹿州の命運がかかっている。飢えや病で死にかけている民のため、これから生まれてくる子孫のために、ここに立っている。それが、侍女の命を切り捨てても、戦い続けることを選んだ理由だ。

「他の貴妃たちもすべて、州を背負ってここにいる。でも、あなたの主人には、それがあるのかしら?」

それは、明羽が痛感していたことだった。

美貌でも色香でも才覚でも財力でも勝てない。後ろ盾もなく名家の出自でもない。けれど、それだけではなかった。來梨には、覚悟さえも足りていなかった。


風が強く吹いて、竹林を大きく撓《しな》らせる。

さっきまでお互いをいたわるようだった葉音は、波濤《はとう》のように明羽の心に打ち寄せた。

今日、やっと理解した百花輪の真実。

侍女の命は、貴妃たちの賭博の賭け札でしかない。慈宇が冤罪をかけられたように、その切っ先がいつ自分に向けられるかわからない。

後宮への憧れと、ささやかな幸せを求めてここに来た。美味しいご飯と温かい寝床。やっと手に入れたと思ったのに、それが、いつ割れるかもわからない薄氷の上にあるものだと思い知らされた。

『悩むのはそれくらいにしなよ。慈宇さんが帰ってくるんだ、大丈夫だよ』

「……そう、だね」

白眉の言葉に、ささやかな光を感じる。

その通りだった。慈宇が戻ってきて、未明宮を取り仕切ってくれれば、きっとうまくいく。百花輪の陰謀からも守ってくれるはずだ。

「やはり、ここにいたのか」

白梅の香りが辺りに微かに漂う。

振り向くと、李鷗が立っていた。いつもと同じく冷たい表情だったが、天藍石のような瞳だけは、なぜか穏やかに揺れている気がした。

明羽は片膝をつくと、三品位に拱手する。

「見事だった」

「私が真実を解き明かしたばかりに、風音さんが死ぬことになりました」

「だが、慈宇の命は救えた。血は流れてしまうが、少なくとも、罪のない者が罰せられるよりは、よほどよかった」

李鷗の声には、真摯《しんし》な響きがあった。明羽を気遣っているわけではない。純粋に、そう感じているようだった。

「慈宇さんを助ける機会を与えてくださり、ありがとうございました。李鷗さまがいなければ、真相がわかったとしても、誰も耳を傾けてはくれなかったでしょう」

事件の後始末などで忙しいだろうから、来ないだろうと思っていた。けれど、もし会えたなら礼が言いたい。そう考えて、この場所にいたのだ。

「俺は、務めを果たしただけだ」

「今日は、やけに優しいのですね」

「なんだそれは。いつも優しいだろう」

明羽は、三品位の前であることも忘れて、思わず吹き出していた。

優しい。どこが。出会ってから、皮肉と謎かけばかりじゃないか。

「そんなに笑うな。傷つくだろ」

そう言う李鷗も、同じように笑っていた。

しばらく笑っていると、唐突な言葉が聞こえてきた。

「お前、俺のものになる気はないか？」

「……は？」

思わず真一文字の口にぐっと力を入れて、睨みつけてしまう。

そうさせたのは、李鷗に言われたことが意外すぎたのもあったが、一番の理由は、男嫌いの感情だった。男のものになる、その言葉が嫌悪感を体中からかき集めた。

「そんなに不満そうな顔をするな。さすがに傷つくぞ」

「この顔は、生まれつきです。それに、私は侍女です。冗談だとしても、お立場を考えて口にしてください」

「冗談ではないが、言い方は間違えたようだな。俺のために動くつもりはないか、と聞きたかったのだ。これからも、後宮で事件が起きた時、調べるのを手伝ってくれ」

「……なぜ、私がそのようなことを？」

「お前は、妙に鼻が利く。時折、まるで宮城の深部まで知っている賢人でも背後にいるかのような洞察を見せる。それがなにか問い詰めるつもりはないが、俺のためにその力を使ってくれ。後宮で生き残るには、さまざまな情報元が必要だ。お前にとっても損はない話だと思うがな」

「買いかぶりです。今回はたまたまうまくいっただけ。私はただの、侍女です。それに、慈宇さんが戻ってくれれば、未明宮は安泰《あんたい》です」

すっと、李鷗の瞳から、穏やかな色が消えた。

後宮の他の場所で出会った時のように、冷たい色に変わる。

「玉蘭さまは、命を使わせてもらうと言った。それがどういう意味かわかるか？」

「いえ、まったく」

「約束通り、慈宇の命は守る。だが、すべてが思い通りには、ならないかもしれぬ」

「……どういうことでしょう」

明羽が尋ねるが、李鷗は答えなかった。その代わりに、

「俺は、こう見えても諦めが悪いのだ。また、会いに来るぞ。この場所での稽古は続けてくれ」

そう言って、背を向けて去っていった。


李鷗が言おうとしたことがわかったのは、翌日だった。

玉蘭、紅花、星沙の三人の貴妃からの訴えにより、慈宇は、北狼州へ送還されることが決まった。

第四話　皇領の貴妃

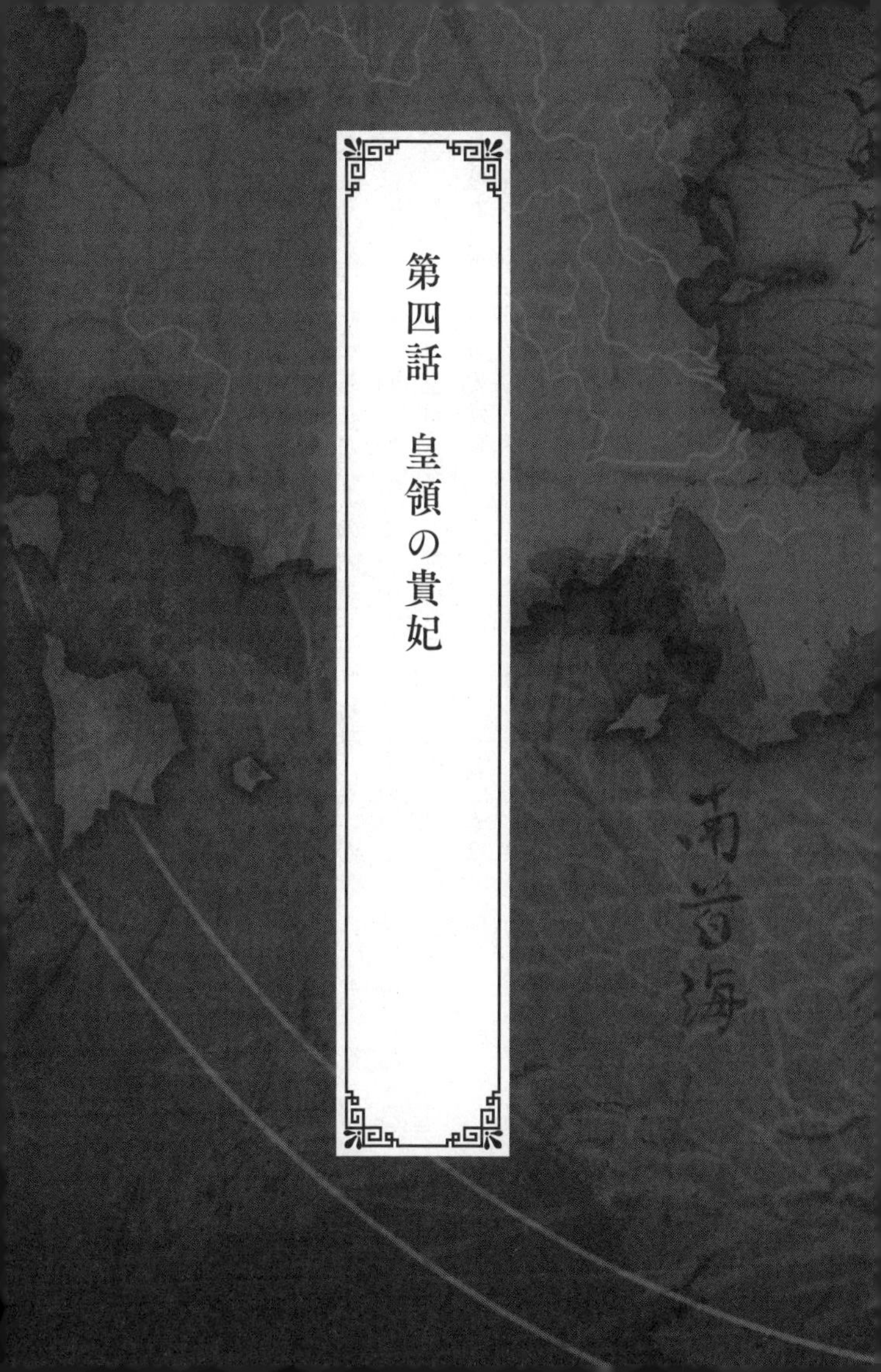

最後に慈宇《じう》と会うことが許されたのは、わずかな時間だった。

彼女が北狼州に送還される朝、來梨《らいり》と二人の侍女は、衛士寮に向かう。

分厚い雲に覆われた灰色の空は、未明宮の女たちの心を映しているようだった。

応接間で待っていると、二人の衛士に連れられて慈宇がやってくる。衛士は、慈宇を椅子に座らせると、罪人を監視するかのように両脇の刃が届く位置に移動する。

会えなかったのは三日程度だったけれど、少しやつれて見えた。

「お変わりありませんか？　二人はよくやっていますか？」

慈宇は真っ先に、來梨への心配を口にした。

「心配しないで。二人ともよく務めてくれてる」

來梨は気丈に笑う。心配させまいとしているのが、背後から小さな肩を見つめている二人の侍女にもわかった。

「では、私がいなくなっても大丈夫ですね」

「ええ、大丈夫よ。寂しくなるけれど」

「來梨さま、あなたは、臆病なところはありますが、本当は誰より我慢強い方です。でなければ、ずっと別邸に引き籠って愚かな振りを続けることなどできません。気持ちをしっかり持ってください。そして――胸の奥に秘めている、あなたの本当の想いを遂げてください」

「慈宇……私は、私はっ」

來梨が椅子から身を乗り出すが、両脇に立つ衛士が制止するように立ち塞がる。罪人として後宮を追放される慈宇には、近づくことが許されない決まりだ。

「來梨さま、お手紙のことを」

明羽《めいう》は身を屈《かが》め、細い肩に顔を近づけて囁く。

「そうだったわね。莉《り》家に手紙を書いたの。これを読めば、お父さまもお母さまも、あなたを厚遇してくださるはずよ。それからもう一つ、これは、あなたに」

來梨は二つの手紙を机の上に置く。手紙は、衛士の手で慈宇の前に運ばれた。

「北狼州に戻ってから、あなたに頼みたいことがあるの。私には、あまりにも後ろ盾が少ない。あなたに、北狼州で私の味方を作って欲しい。その中に詳しいことは書いてある」

「……來梨さま。ここで生きる覚悟を決められたのですね。確かに、承りました」

ほんの一瞬、二人が無言で見つめ合う。そこには、明羽には踏み入れない、長い月日を過ごしてきた二人だけの絆があった。

それから、慈宇の視線が、侍女たちに向けられる。

「明羽、小夏《シャオシイ》、來梨さまを頼みます。私が調べた後宮内の情報や、百花輪の儀については、私の机に仕舞った手記にまとめています。本当は、もっと時間をかけて教えたかったのだけれど……もう、あなたたちに託すしかありません。あなたたちは私が見込んだ侍女です。どうかお願い、來梨さまを、支えてあげてください。これは侍女長としてではなく、友としての頼みです」

明羽と小夏が口を開こうとする前に、時間だ、と衛士が冷たく告げる。

慈宇は頷いて、ゆっくりと席を立つ。

「慈宇、よく仕えてくれました。これからも、息災で」

來梨が告げる。慈宇は一揖すると、衛士に連れられて部屋を出ていった。

三人はしばらく、対面に残された、誰も座っていない椅子を眺め続けた。


未明宮に戻るまで、誰もが無言だった。

門をくぐった途端、來梨は体を天から支えていた糸が切れたように、石畳に膝をついた。

「どうして、こんなことになってしまったの……慈宇、あなたが、頼りだったのに。大丈夫なわけ、ないでしょ」

心配させまいと気丈に別れを告げ、自宮に戻って来ると同時に、堪えていたものが溢れたのだろう。

堪えきれなくなったのは、明羽も同じだった。

「あなたが、なにもしなかったからです」

抗《あらが》うことのできないものに為す術なく大切な人を奪われた、そんな悲劇の主役のような態度に、ずっと我慢していた言葉が漏れてしまう。

「あなたが動いてくだされば、なにか――変わったかもしれないのに。慈宇さんを見捨てておいて、よくもそんな風に悲しむことができますね」

欠けた酒器を受け取って運んだのだから、気づかなかった侍女にも落ち度がある。慈宇に後宮からの退去が命じられたのは、玉蘭《ぎよくらん》、紅花《ホンファ》、星沙《シンシャ》の三人の貴妃からのその訴えによるものだった。その訴えが届いた後も、來梨は狼狽《うろた》えるばかりでなにもしなかった。

風音《フオンイン》は命と引き換えに、目的を達したのだ。

「明羽、言いすぎですの。慈宇さんが私たちに残した言葉を、もう忘れたのですか。立場をわきまえなさい」

いつもとは違う小夏の冷たい声に、明羽は冷静さを取り戻す。

相手は貴妃であり、支えるべき主だ。慈宇からも、支えて欲しいと頼まれたばかりだ。それも、友として。

膝をつき、來梨に向かって拱手をする。

「大変失礼いたしました。ご無礼を、お許しください」

「……いいのよ。あなたの言う通りだから。私は、怯えるばかりでなにもできなかった。だって、今まで、なにも教わって来なかったんだもの。ずっと、なにもするな、余計なことはするなって言われてきたのよ。それが、いきなり、あんな化物みたいな人たちと対等に競えだなんて、そんなのできるわけないでしょう」

明羽は、莉家の別邸で暮らしていた來梨の様子を思い浮かべる。

名家の娘として振る舞うことも、他の貴妃のように帝王学を受け継ぐこともなく、目立たぬようにひっそりと息を潜めて生きてきた。それが、北狼州の事情で、こんな魔の住処《すみか》に落とされたのだ。同情はする。

けれど、百花輪の儀は始まってしまった。このままだと、來梨にも自分たちにも未来はない。

明羽は、どうしようもない無力感に押しつぶされそうになる。

「でも……私は、このまま負けてしまうのは悔しい」

意外な言葉に、顔を上げる。

「私にはなんの力もない。後ろ盾もなければ、期待もされていない。けれど、慈宇があんな風に罪人になって追い出されるなんて許せない……今さら、私が言えることではないのはわかっているけれど、慈宇の願いに応えたいの。お願い、力を貸して」

それは、後宮にきてから未明宮の侍女たちが主人から初めて聞いた、百花輪へ挑む決意を感じさせる言葉だった。

◆◇◆◇◆

明羽たちが衛士寮から出ていくのを、李鷗《りおう》は律令塔の執務室から見下ろしていた。

「……守りきることは、できなかったか」

ぽつりと、呟く。

李鷗は、明羽が真相を突き止めた後、慈宇が無罪になるように奔走した。

けれど、三人の貴妃に処罰を求められては、どうすることもできなかった。紅花にいたっては、慈宇も処刑すべきだと主張していた。李鷗にできたのは、それをなんとか、後宮からの追放に留めることとくらいだった。

精一杯やれることはやったのだと言い訳すれば、あの娘も少しは許してくれるだろうか。

自分らしくない考えが浮かんできたことに、李鷗は思わず苦笑する。

どうもあの侍女のことになると、調子が狂ってしまうようだ。


——お前、俺のものになる気はないか？


思わず口にしてしまった言葉が、頭の中に蘇《よみがえ》る。

明羽が利用できると考えたのは確かだ。けれど、あのような誤解を招く言い回しをしてしまったのも、そのせいだろう。

「三品位、秩宗尉の俺が、たかだか田舎貴族の侍女に振り回されるとはな」

皮肉っぽく呟くが、不思議なことに、李鷗にはそれが不快には思えなかった。

よくわからない感情は差し置いたとしても、あの侍女の能力が欲しいのは確かだ。後宮に流れる血を一滴でも少なくする、その誓いのためには必要な手駒だった。

李鷗は目を閉じ、遠い日のぬくもりを思い出す。

「……梅雪《ばいせつ》」

あの日も、同じように灰色の空だった。

自分はまだ何の力もない官吏にすぎず、後宮は今と変わらず血に塗《まみ》れていた。

思わず李鷗が口にしたのは、かつて後宮で死んだ妹の名だった。

◆◇◆◇◆

慈宇の手記は、二重底になった引き出しの下に隠されていた。

そこに書かれていた百花輪の儀の真相は、明羽が気づいたものと同じだった。

表向きは皇帝の寵愛をどの貴妃が受けるかという争いだ。けれど、その裏には侍女の命を賭け札にした計略戦がある。五妃を蠱毒のように競わせることで、後宮を統《す》べる皇后としての才覚を試す儀式でもあったのだ。

「慈宇さまは、さすがですの。あんな短い日数でこんなにも」

小夏が、いつもの活発な彼女らしくない声でそっと呟く。

他にも、かつての人脈を使って調べ上げた後宮の情報が記されていた。

有力な貴族や官僚たちの名前と嗜好、下級妃や女官たちがどの派閥に属しているか。それぞれの貴妃がどのような策略を巡らそうとしているかなど。

明羽と小夏は、侍女が寝起きする部屋で手記を読んでいた。

慈宇と三人で衝立《ついたて》で仕切るようにして使っていたが、二人になり、部屋はずいぶんと広くなった。

部屋からは、未明宮の庭が見える。庭師を雇う余裕がないため、明羽と小夏で少しずつ手入れをしているが、雑草を抜いて、もともと生えていた百日紅《さるすべり》や木蓮の形を整えた程度だ。他宮の美しい庭とは比べるべくもない。

「それにしても、私たちの命が賭けられているとは思わなかった」

「怖い？」

「怖くないと言ったら、嘘になります。でも、私は留端の狩人の一族の娘。毎日、命を賭けて獣たちを相手にしていました。場所が変わったけれど、同じだと思えば、どうということはないですの」

「そういえば、どうして小夏は、侍女になろうと思ったの？」

ふと気になって口にする。小夏は故郷のことはよく話すが、自分のことはあまり話さなかった。

「去年の冬の終わりに、肺をやられたんです。すごい熱がでて、何日もうなされて。命は助かったけれど、医者が言うには、もう留端の山小屋では冬が越せない体になったって」

「元気そうに、見えるけど」

「暖かい場所なら、発作は起きないのです。だから、莉家が後宮にいく侍女を探していると聞いて、これしかないと思った。帝都は暖かい、ここなら生きていける」

華信国では特別な許可がない限り、州郡を越えての移住が禁じられている。他に生きる手段はなかったのだろうと容易に想像がついた。

「熊に狼、あんなに怖かった獣たちが今では懐かしい。蛇を捌《さば》くのは、私が村で一番上手だったのに。ここでは、なんの役にも立たないですね」

「蛇って、あの蛇？　食べるの？」

「お肉がぷりっとして美味しいのですよ」

「……まぁ、でも、帰れないのは、私も同じだよ」

明羽も、自分の境遇を話す。

そして、後宮小説に憧れてこの場所にきたことも付け加える。

莉家で修業していた時は、毎晩欠かさず読み返していた。でも、後宮にきてからは開いてさえいない。現実は、憧れとはかけ離れた場所だった。

燃やそうかとも思ったけれど、またいつか、違う気持ちで読める日がくるかもしれないと思い直し、今は引き出しの奥に仕舞っている。

「……そうですか。私たちは、ここで生きていくしかないもの同士ですね」

「うん。ここで生きていくしかないの。冤罪で殺されるのなんて嫌だ。美味しいご飯と温かい寝床も手放したくない。だから、私たちが生き残る方法は一つしかないと思うの」

明羽は、不安そうに揺れる同僚の瞳を真っすぐに見つめる。

「來梨さまを、百花皇妃にする」

短い沈黙のあと、絞り出すような声が聞こえた。

「それはさすがに、無理だべぇ」

篩《ふるい》にかけられる前に飛び出してきたような、故郷の訛りだった。

気持ちは、明羽にもわかる。他の貴妃と比べて何もかも足りない。けれど、初めて負けたくない、と口にするのを聞いた。

それが、明羽に覚悟を決めさせたのだった。

突如、銅鑼の音が響く。

皇帝陛下が、天礼門から後宮入りしたことを告げる合図だ。

まだ昼刻、こんな時間に天礼門から入ってくるのは、明羽が後宮にきてから初めてだった。

明羽と小夏は急いで、栄花泉が見える廊下に向かう。來梨も奥の自室から出てくるところだった。來梨を先頭に、その後ろで二人の侍女も片膝をつく。

しばらくして、栄花泉に架かる橋を渡り、龍袍に身を包んだ皇帝が現れる。数人の衛士と宦官を引き連れ、隣にはやはり李鷗を伴っていた。

事前の連絡を受けていない、未明宮に来るはずがないのはわかっている。

それでも、どの貴妃の元を訪れるのかを後宮中が見守っているかと思うと、明羽は不思議な緊張を覚えた。

皇帝が橋を曲がり、向かう先がはっきりする。紫色の龍袍が足を向けたのは皇領の貴妃・灰麗《はいれい》の住まう水晶宮だった。

慈宇の手記には、皇帝が百花輪の貴妃へ渡りをした回数についても記されていた。皇帝の子であることを確かなものとするため、輿入れしてから数ヶ月は夜渡りをしないのが後宮の仕来りだが、夜伽を伴わない日中の渡りは何度かあった。孔雀宮に一回、黄金宮に二回、翡翠宮に一回。一番多いのが水晶宮の五回——今日を足せば六回だ。

水晶宮の貴妃は、不思議な力を持つとされていた。

出自の幽《ゆう》家は、溥天廟を預かる神殿勢力の中核だった。また、一族の中に霊的な力を持つ者が現れることでも知られていた。

華信国は多民族国家のため、数多くの宗教や民間信仰が存在する。だが、もっとも広く信仰され、朝廷が信奉しているのが、天帝溥天であった。森羅万象、すべては天の意志、すなわち溥天により創造され維持されているという教えだ。陰陽思想もこれに基づき、皇帝の地位さえも天の意志によって与えられたものだとされる。

神話の中で、天帝溥天は獣の姿を借りて各地に現れる。各州の名に入っている獣の名は、溥天がその地に現れたときの姿だ。

皇領が戴《いただ》く獣は龍であり、溥天の借身の中でもっとも尊く、すべての獣を統べる存在だった。ゆえに龍の紋章は皇家にしか許されず、皇帝は二つ名として獣の王と呼ばれる。

灰麗は、後宮入りするまでは溥天廟の巫女《みこ》だった。未来を視る巫力《ふりょく》が備わっていると言われ、多くの有力者たちの遣いが彼女の占いを目当てに訪宮していた。

皇帝も、その一人だった。

水晶宮への訪れが多いのは、灰麗に政の吉凶を占ってもらっているからだという。皇帝の御心《みこころ》に一番近いのは水晶妃だという噂も流れていた。

皇帝が水晶宮に消えるのを見ながら、明羽は心の中で、改めて呟いた。

來梨さまは、本当になにも持っていない。

可能性があるとすれば、皇帝が來梨のことを都合よく気に入ってくれることだが、他の貴妃と比べる限り、まずないだろう。

「……兎閣《とかく》さまは、もう私のことなど忘れてしまわれたのですか？」

ぽつりと、來梨が呟くのが聞こえた。

その名前には聞き覚えがある。

それに気づいた時、明羽と小夏は、勢いよく自分たちの主人を見た。

來梨は一つだけ、他の貴妃が持っていないものを持っていた。

兎閣。それは、皇帝の御名《みな》だった。

◆◇◆◇◆

明羽は、桃源殿《とうげん》の廊下を一人で散策していた。

後宮には、皇族や妃嬪たちが暮らす舎殿の他にも多くの建物がある。

女官や宦官が暮らす宮寮、祭事が行われる神殿、宴会が行われる舎殿などだ。

その建物の多くには、古くに持ち込まれ、由来や銘を忘れられてもなお使われ続けている調度品や美術品の数々があった。

明羽は、後宮内での情報を得るため、時間を見つけては立入りの許されている舎殿を巡り、話が聞ける道具がいないかを探っていた。

『來梨さまを百花皇妃にするって、本気なのかい？』

頭の中に、白眉《はくび》の声がする。

桃源殿は、祝事や祭事の宴に使われる場所だ。催しがない日は、火が消えたように静かになる。辺りに人がいないため、明羽は眠り狐の佩玉を握り締めながら歩いていた。

「本気だよ。私が今の生活を守るためには、それしか方法はないでしょ。そのために、こうやって白眉の言う通り、後宮のあちこちを散策してるんじゃない」

『それはそうだけど。日に日に状況は悪くなるばかりだと思ってね』

慈宇が後宮を去ってから五日が過ぎ、未明宮はさらに他宮との差をつけられていた。

黄金宮や孔雀宮には、頻繁に貴族や豪商など有力者の遣いが訪問し、将来の見返りのために見込んだ貴妃への協力や支援を申し入れていた。

翡翠宮には、玉蘭の清廉《せいれん》な人柄に惹かれて多くの下級妃たちが集まるようになっていた。

貴妃たちがそれぞれのやり方で、後宮内に派閥を広げている。

一方で、未明宮を訪宮する貴族や商人は一人も現れず、協力を求める手紙を出しても返信さえない。妃嬪たちを茶会に誘ってみたが、全員に体調不良で断られた。沈むのがわかっている船には誰も乗りたくないのだろう。

百花輪の勢力図は日夜激しく入れ替わり、女官たちの間ではどの貴妃が選ばれるかという噂で持ち切りだった。けれどその中に来梨の名前があがることはなかった。

一つでも多く、他宮に対抗できるものが欲しい。

そこで、白眉と相談して思いついたのが〝声詠み〟を使って情報を集めることだった。

小夏が女官たちに気に入られているおかげで、後宮内の噂話は素早く耳に入るが、他の貴妃たちもそれは同じだろう。他宮と渡り合うには、独自の情報源がいる。

『後宮には、古くから使われている装飾品や道具がたくさんある。僕みたいに話せるものもいるかもしれない。見つけて仲良くなれば、他宮を出し抜ける情報源になるんじゃないかな』

白眉のその言葉に背中を押され、もうずいぶんな数の場所を巡っては、人目を忍んで話しかけてきたけれど、答えてくれる道具は一つも見つからなかった。

「それでも、諦めるわけにはいかない。せっかく光明が見えてきたところなんだから」

頭の中に、相棒の思い出し笑いが響いた。

『ずいぶんと、か細い光だけどね。まさか、あんな目的で後宮入りする貴妃がいるなんて思わなかったよ』

白眉が笑いたくなる気持ちは、明羽にもよくわかった。

か細い光とは、明羽と小夏が來梨を問い詰め、やっと打ち明けてくれた思い出話だった。

「皇帝陛下は、私が幼い頃、ほんの二年ほどだけど邯尾に滞在されていたの」

「聞いてないんですけどっ」

來梨にとってそれは、個人的でささやかな、幼い日の美しい思い出程度の認識しかなかったのだろう。真剣な表情で詰め寄る明羽に、自分が犯した過ちの重大さをわかっていない子供のような戸惑った様子で話を続ける。

「このことは、一部の者しか知らないの。先々帝が急逝《きゆうせい》された時、宮城で跡目争いが起きたのは知っているわね？」

明羽と小夏は、揃って頷く。

後宮に入る際に、華信国の歴史は一通り学んでいた。今から十二年前、先々帝が遠征先で急死したことにより、次期皇帝が指名されないまま玉座が空位になった。それにより、継承権を持つ者たちの間で、激しい跡目争いが起きた。宮城には策謀と粛清《しゆくせい》の嵐が吹き、先帝が玉座に着くまでの間に三つの家が断絶し、八人いた皇位継承権を持つ皇子のうち半分が命を落とした。

「当時、まだ継承権六位だった兎閣さまは、身を守るために北狼州に逃れていたの。表向きは病ということにして、帝都から避難されていたと聞いているわ。それほど、当時の宮城は危険だったのね」

「どうして、北狼州だったのですか？」

「兎閣さまの側近に、当時の州守に所縁《ゆかり》のある方がいたからと聞いているわ。けれど北狼州の大貴族たちは、兎閣さまを迎えることで他の有力な皇子に目を付けられるのを恐れたの。だから、兎閣さまは北狼州の名士たちの家ではなく、莉家が管理する離宮に滞在することになったのよ」

「莉家は昔から、損な役回りを押し付けられていたのですね」

「その通りよ。先帝の御代《みよ》が一年と続かなかったことは知っているわね」

明羽は小さく頷く。それも、慈宇から教わったことだった。

抗争の末に皇位に就いた先帝・万飛《まんひ》は、在位一年と持たずに病により崩御した。それにより、先帝に冷遇され皇家から遠ざけられていた兎閤が、宮城に呼び戻されたのだった。

「兎閤さまが滞在されたのは二年ほどだった。その間ずっと、私は、歳の離れた兄さまのように、兎閤さまについて回っていたわ。でも、今ならわかる。あれは、兄として慕っていたわけではなかったの」

「……來梨さま。もしかして、百花輪の貴妃になることを決めたのは、つまり——」

明羽には、ずっと気になっていたことがあった。

來梨は百花輪の貴妃に選ばれた後、すぐに後宮入りを承諾したという。この怠惰で臆病で一人では何も決められない貴妃が、どうして後宮入りだけはすぐに決断したのか。

未明宮の貴妃は頬を赤らめ、恥じらうように顔を伏せた。

「べ、別に、皇后になるなんて大それたことを考えたわけじゃないわ。ただ、その——もう一度、お目にかかって、驚かせようと思ったの。來梨はこんなに大きくなりましたって、そう言いたかっただけだったの」

各州の貴妃たちが、それぞれの州を背負い、様々な覚悟を持って臨んでいる。

これが、こんなものが、北狼州の貴妃が百花輪の儀に参加すると決めた理由なのか。

明羽と小夏は、二人して頭を抱えそうになった。


頭を振って、余計な雑念を振り払う。

來梨が後宮へ来た理由がなんであれ、皇帝と旧知であったことは、寵愛を受けるきっかけになるかもしれない。か細い光だろうと、光明には違いない。

人気《ひとけ》のない廊下を歩いていると、
覗き込むと、中には棚が並び、置物や花瓶などが保管されている。季節外れのものや古くなって使われなくなったものが仕舞われているようだ。

『ここなら、一つくらい話ができるものがいるかもね』

白眉の声に頷いてから中に入ると、上から一つずつ触っていく。

一番下の埃が積もった花瓶に辿りついた時、明羽の頭にしわがれた老人のような声が響いた。

『……無愛想な娘よ、わしを磨け。そうすれば、よいことを教えてやろうぞ』

辺りを見回して、人がいないのを確認してから呟いた。

「よいことってなに？」

『先日、面白い話を聞いての。磨け。磨けば教えてやる』

「磨くって？」

『磨くといったら磨くだ。埃をとって汚れを落とせ。ついでに、中で死んでる虫も捨ててくれい、気持ち悪ぅてかなわん』

ずいぶん偉そうな花瓶だった。明羽は助言を求めて、佩玉を握り締める。

『磨いてあげようよ。汚れてるし、可哀想だよ』

信用できるのかを聞きたかったのに、同じ道具目線の言葉だった。

『おおぉ、お主も魂を持つ道具か。その通りだ、磨け磨け』

「あんたたちって、会話できるのね」

『君が両方の道具を触っているときだけだ。道具の声が聞こえるなら、わざわざ君に後宮中を歩き回って喋れる道具を探させたりしないよ』

「それもそうか。あぁ、もう、仕方ないな」

部屋の隅に捨て置かれていた雑巾を一枚取ってくると、花瓶を磨き始める。

茶色く薄汚れていたが、磨いているうちに表面が白くなり、青い文様と薄い透かし彫りの凹凸が見えてくる。青花玲瓏《せいかりんろん》と呼ばれる磁器で、松の枝に止まる雲雀《ひばり》が描かれていた。

もしかしたら、名のある逸品だったのかもしれない。欠けも罅もない。美しい文様を露にしてやれば、再び桃源殿に飾られても遜色はなさそうに見えた。

『あぁ、そこだ。そこそこ、いい感じだ。おぉ。蕩《とろ》けそう。いいぞ、もっと力を入れてもよいぞ、無愛想な娘よ』

「うるさいなぁ。綺麗にするから黙っててよ」

明羽の声が、思わず大きくなる。

「そこで、なにをしておる？」

背後からの声に、驚いて落としそうになった花瓶を慌てて支える。

振り向くと、美しい女性が立っていた。歳は二十歳くらいだろうか。その美しさに見とれると同時に、奇妙な感覚が脳裏を過《よ》ぎる。

明羽は、その人物が、この世に生きている人間ではないような気がした。

後宮では非業の死を遂げた妃嬪や女官は多く、幽鬼《ゆうき》となって彷徨《さまよ》っているという噂は後を絶たない。

白い髪に白い肌。美しい女性の肌を雪や白花に例えるが、目の前にいる女性の肌は、本物の雪のような白さだった。やや面長の輪郭に高い鼻。青みがかった瞳に白い睫毛《まつげ》、額には赤い花鈿《かでん》が描かれている。

なにより明羽が生者ではないと感じたのは、その気配のなさだった。声をかけられるまで、足音はおろか、衣擦れの音一つしなかった。

「どこかの宮の侍女か？　どうして、こんなところで花瓶を磨いているのじゃ？」

白髪の女は、もう一度、真っすぐに明羽を見つめて問いかけてくる。

どうやら、生者ではあるらしい。

身に纏うのは白い深衣に、薄墨を奇妙な術で取り出したかのような披帛。手と首には溥天廟を由来とする装飾具がいくつもつけられている。

少なくとも、女官ではない。高貴な身分の妃嬪か公主。浮世離れした雰囲気だけで言うと巫女のようでもある。とにかく、自分より位が高いのは間違いないと判断し、明羽は片膝をついて拱手した。

「汚れたまま棄《す》てられているのが、不憫に思いまして」

「面白い娘じゃ。通りがかりに汚れた花瓶を見かけたからといって、それほど丹念に磨くとはの。花瓶を磨くのが好きなのか？　それとも——その花瓶がなにか申したのか？」

白髪の女性は、感情の読めない瞳で真っすぐ見つめてくる。心を覗かれているような居心地の悪さを感じて、明羽は唾を飲み込んだ。

「磨くのが、好きなだけです」

「ならば気をつけよ。その花瓶は不思議な気を秘めておる。永い年月、人に使われ続けた物は、人の情念を少しずつ蓄えて心を持つようになる。そういった物は、時に、人を惑わす」

真っ白い手が降りてきて、明羽の顔の横を通り過ぎ、花瓶に触れる。

「驚かぬか？　やはり、それがただの花瓶ではないとわかっておったのか？」

「どういうことでしょう？」

「伝え話の中でな、古き物に宿る情念たちの言葉を読み取ることができる者がいたと聞いたことがある。そなた、その花瓶の声が聞こえていたのか？」

心臓を優しく撫ぜられたような衝撃が走る。〝声詠み〟に関わることを、誰かの口から聞いたのは初めてだった。

咄嗟《とっさ》に佩玉を握り締めたくなるが、この女性の前で白眉の声を聞くのは危険な気がして思い留まった。できる限りそっけない表情を作って答える。

「まさか。私は、ほんとうに、磨くのが好きなだけなのです」

初めて、白髪の女性の顔に笑みが浮かぶ。

それを見て、明羽はやっと、金縛りから解かれたような安堵が体中に広がるのを感じた。

「ならば、よいのじゃ。そなた、名はなんという？」

「未明宮の侍女、明羽と申します」

「そうか。わしは灰麗じゃ」

その名には、覚えがあった。同時に、納得する。

「水晶宮の貴妃さまが、このような場所で、お一人でなにをされているのですか？」

「ふらふらと、面白きことがないかと散歩をしている。侍女たちは撒《ま》いてきた。後をついてこられては気が休まらぬ」

「散歩で、ございますか」

「後宮は狭いが、退屈はせぬ。長い年月、人の恨み辛みが繰り返されてきた場所じゃ。あちこちに亡者や幽鬼の気配が立ち込めておる」

「見えるのでございますか？」

灰麗はその瞳に、ほんの一瞬だけ寂しそうな色を浮かべた。

「それよりも、久方ぶりに笑わせてくれた礼に占ってやろう。なにか知りたいことはあるか？」

明羽は少し悩み、思い切って口にした。

「それでは、占いではありませんが、代わりに教えてくださいませ。先ほど、物の心を読むことができる者がいる、とおっしゃいましたが、その力とはどのようにして備わるのでしょうか？」

口にすれば、余計な疑いを招くことはわかっていた。けれど、物心ついたときからずっと、どうしてこのような力があるのか疑問だったのだ。

「うむ。知らぬ」

返ってきた言葉はそっけなかった。

「すべては溥天の決めたことじゃ。わしの未来を視る力や、皇帝の持つ天帝の加護と同じく、生まれながらに備わるものじゃ。わけが知りたければ溥天に尋ねよ」

「どうして溥天さまは、そのような力をお与えになるのでしょう」

「そなたは、溥天とはなにか知っておるか？」

「この世界をお創りになった、神さまですよね」

明羽は熱心に天帝溥天を学んだことはなかったが、その教義くらいは知っていた。

溥天とはすなわち天、この世界の理を作った存在の名だ。今もこの世の遥か高みから、代弁者を通じて人々を導いている。そのもっとも有名な代弁者が、華信国皇帝だった。

皇帝とは血により選ばれるに非ず。ゆえに皇帝は、天の子、天子と呼ばれるのだ。

「違う」

輿入れまで溥天に仕えていたはずの貴妃は、その教義に首を振る。

「溥天とは、この世に満ち満ちた力じゃ。この世をたいらかにせんと働く力のことじゃと、わしは感じておる。このようなこと、溥天廟の爺どもに語れば夜まで説教をくらうがの」

溥天の存在そのものが揺らぎそうになる暴言だった。けれど、溥天廟の巫女だった女性が言うのだから、妙な説得力もある。

「もし、なんらかの力を与えられた者がいるならば、溥天がなにか役割を与えたということじゃ。今はわからずとも、その日が来ればわかる。これでよいか？」

明羽は、なにも答えることができなかった。ただ、黙って頭を下げる。

幼い頃から、〝声詠み〟の力は傍にあった。まともに話ができるのは白眉くらいで、あとは意味不明の呟きを一方的に聞くだけ。ちょっとした呪いの類くらいにしか思っていなかった。それが、溥天に与えられた役割などといきなり言われても、どう受け止めていいのかわからない。

ふと、灰麗が視線を逸らす。

見えないものに呼ばれたかのように、誰もいない場所に顔を向ける。

「灰麗さま？」

問いかけるのと同時だった。

灰麗が視線を向けた方角から、悲鳴が聞こえる。

近い。

明羽が次の行動を決めるより先に、灰麗が歩き出す。

「ゆくぞ、ついて参れ」

灰麗は足音も衣擦れの音もなく、幽鬼が漂うように悲鳴がした方へ歩き出す。明羽は、その背中を慌てて追いかけた。

桃源殿を出ると、舎殿を囲むようにして庭園が広がっている。

庭園は式典や祭事に訪れた来客を楽しませるためのもので、一年中、花が絶えることがないよう、四季折々に咲く花が植えられていた。春先の今の季節は、遅咲きの蠟梅と桃が咲き誇り、足元には皇領の象徴でもある銀器花が宝玉のような蕾を並べている。

そこに、一人の侍女が倒れているのを見つけた。

明羽は、灰麗の横をすり抜けて駆け寄る。

侍女と判断したのは、その服が女官とは違う薄墨色の襦裙で、額には灰麗のものによく似た花鈿が描かれていたからだった。

傍にしゃがみ込むと、侍女の鼻先に指を当てる。息はある、気を失っているだけだ。

顔や体を確認する。怪我が認められたのは一ヶ所だけだった。

左手の小指から中指にかけて三本が切断され、なくなっている。まだ切られたばかりらしく、切断部からは血が流れ続けていた。

「……ひどい」

明羽は思わず、声を漏らす。

「私の侍女じゃ。名は月影《げつえい》という。おそらく私を追ってきたのだろう」

近づいてきた灰麗が、侍女の顔を見て呟く。

「まずは、指の止血をします」

「これを使うがよい」

灰麗が、腰帯に巻き付けていた飾り紐を渡してくる。

紐は丈夫で、止血にも使えそうだった。高価なものであることは間違いないだろうが、気にせず、切断された指の付け根に一本ずつきつく結んでいく。道場育ちの明羽にとって、怪我の応急処置は慣れたものだった。

いつの間にか、辺りには人が集まっていた。

悲鳴を聞きつけて駆けつけた女官たち五人ほどが、明羽を囲むようにしている。灰麗の傍に、倒れていた侍女と共に灰麗を探していたのだろう、水晶宮の襦裙を着た侍女二人が駆けつけてくるのも見えた。

ちょうど止血が終わったころ、話を聞きつけた年老いた後宮医がやってきた。明羽は手短に状況を告げてから、後のことを任せて後ろに下がる。

灰麗はずっと、明羽の隣で処置を見つめていた。

その瞳は、深い怨念を抱えた幽鬼のようなおぞましい色に染まっていた。

「この灰麗の侍女に手を出すとは良い度胸だ。呪い殺してやろうぞ」

周りにいる人間たちに聞こえるように呟く。野次馬たちの噂話として、犯人の耳にも届かせようとするように。

それは、深く暗い、怨嗟《えんさ》の言葉だった。

◆◇◆◇◆

昼餉の後、明羽はいつものように竹寂園で拳の型の稽古をしていた。

昨日の水晶宮の侍女のことが、ずっと頭から離れない。

指を失ったからには、もはや後宮では働けないだろう。

百花輪は、侍女を賭け札とした貴妃たちの諍いの儀式。けれどそれは、慈宇が仕掛けられたような計略の競い合いなのだと思っていた。

まさか、こんな力に訴えるような方法が用いられるとは思いもしなかった。

『まだ、他の貴妃の仕業だと決まったわけじゃないよ。ここまで露骨なことをするとは思えない。露見したら、それ以上の咎を受けることになるしね』

頭の中に、右手に巻き付けた白眉の声がする。

言いたいことはわかる。それでも、同じ目にあうのではと考えずにはいられなかった。指を切られて倒れていた侍女は、自分だったかもしれない。

気合と共に、拳を突き出す。

心の靄《もや》を晴らすには、体を動かすのが一番だ。

『来たよ、明羽。君も物好きだね』

頭の中で、面白くなさそうな相棒の声がする。白眉は、まだ李鷗のことを毛嫌いしているようだった。

振り向くと、竹林の間から李鷗が近づいてくるのが見える。相変わらず衛士の服に身を包んでいるが、その美形と禁軍の装いは奇妙なほど似合っていない。

ここで型の稽古を続けていれば、李鷗がからかいに来るかもしれないのはわかっていた。けれど、場所を変えるのも逃げたように思われるので癪《しゃく》だった。明羽は片膝をついて拱手をする。

「形式ばった挨拶はいい。今日は、その不機嫌そうな顔を見に来たわけではない。聞きたいことがあって来た」

仮面のような冷たい表情で、声をかけてくる。

「水晶妃の侍女が襲われ捨てられていたのを、お前が見つけたそうだな」

「ええ、そうですけど」

「侍女の名は、月影という。意識は無事に戻ったが、誰に襲われたのかは、顔を見ておらずわからないと言っている。水晶妃を探して桃源殿の周りを歩いていたところ、背後から近づいてきた者に妙な臭いをかがされたそうだ。そして、気がつくと意識を失っていた」

「昏睡香《こんすいこう》でしょうか？」

深く吸い込むと意識を失う薬だった。高価であり市井の民が手に入れられるものではないが、宮城では薄めたものを睡眠導入のために使う貴族がいると聞いたことがある。

「そのようだ。意識を失っている間に指を切られ桃源殿に打ち捨てられた」

「痛ましい話です」

「不審な者がいなかったか調べているが、収穫はない。灰麗さまは激怒されてな。水晶宮で罪人を炙り出して殺すための呪術を行うと、宮の門扉を閉ざされた。誰も立ち入ることのできない状態だ」

「昨日も、尋常ではないご様子でした」

「真相を調べられるか？」

「その話は、お断りしたはずです」

明羽は突き放すように答える。もう白眉のように嫌っているわけではないが、胸の中にはしこりのようなものが残っていた。

李鷗の形のよい眉毛が、不思議そうに持ち上がる。

「なにか、怒っているのか？」

「怒っていません、不機嫌そうな顔は生まれつきです」

「いや、だが……なにか、いつもと違うだろ」

「不満に思っていることは、ございます。真実を明らかにすれば、慈宇さんをお救いいただける約束でした」

他の貴妃たちに訴えられて仕方なかったのはわかる。今さら口に出しても何も変わらないし、侍女のくせに不敬だと怒りを買うだけかもしれない。それでも、一言いっておかなければ気がすまなかった。

「あぁ、それか。そうだったな、まずはそれについて話すのが筋だったな」

天藍石の瞳を曇らせながら呟くと、李鷗は明羽の予想外の行動に出た。

片膝をついて低頭すると、拱手した手を頭上に掲げる。たかが、一介の侍女に向けて。

「言い訳はすまい。俺には、あれが精一杯だった。守り切れず、すまなかった」

「……おやめくださいっ。今のはただ、自分の不甲斐なさから八つ当たりしただけです」

明羽は思わず声を上げる。子供たちが、からかっていた相手が泣いた途端に手の平を返すようだった。せめて一矢報いてやろうと放った言葉を真剣に受け止められ、自分から矢を射かけたことも忘れて慌てる。

「後宮に流れる血を一滴でも少なくしたいと思っている。だが、何度も思い知らされる。後宮の闇は深く、この場所では俺は無力だ」

だが、李鷗は止まらなかった。

「今回のこともそうだ。俺の力がないばかりに、月影の指を奪ってしまった」

「顔を上げてください。侍女ごときに頭を下げてよい身分ではないはずです」

「……謝るのに、身分など関係ないだろう」

明羽は、その言葉に、雷で貫かれたような衝撃を受けていた。

これまで出会ってきた男は、皆、我儘《わがまま》で自尊心が強く、身分や権力に固執し、女を見下していた。そんなことを言う男は、初めてだった。

明羽はそっと助言を求めるように、手に括りつけたままの眠り狐の佩玉を握り締める。

『……君の好きにすればいい。僕は、この男のことは好きじゃないけど、少なくとも信用はできると思ってる』

頭に響いた相棒の言葉に、明羽の心は決まる。この男の顔を上げさせるのと引き換えなら、安いことのように思えた。

「先ほどの調査の件、お引き受けします」

李鷗はやっと顔を上げる。天藍石の瞳には、安心したような輝きが生まれていた。

「そうか、助かる。調査に当たって衛士を一人つけよう。半刻ほどしたら衛士寮にいけ、話をつけておく。調べたいことがあれば、すべてその者に命じてくれ」

「わかりました、ありがとうございます」

「代わりに、俺からも良いことを教えてやろう。十日後の七芸品評会は聞いているな？」

初めて聞く言葉だった。白眉からも『聞いたことがないよ』と声がする。

明羽が首を振った瞬間だった。李鷗はさっきまでの真摯な態度を消し、皮肉っぽい笑みを浮かべる。

「呆れた耳の遅さだ。それで百花輪の貴妃の侍女がよく務まるな」

明羽は、調査を引き受けたことを後悔した。

なんなんだ、その変わり身はっ。もしかしたら、さっき頭を下げたのは、仕事を引き受けさせるためだったのっ。

明羽の苛立ちを他所《よそ》に、李鷗は七芸品評会について説明を始める。

七芸品評会とは、現皇帝が即位と同時に始めた文化発展のための事業であり、国中から優れた芸術家や芸術品を集め、皇帝の前で披露する祭事だった。

品評会に選ばれたということは宮城のお墨付きをもらったのと同義であり、格や人気が跳ね上がる。さらに、皇族をはじめ、妃嬪たちや各州から集まった大貴族たちも出席するため、気に入られれば御用達に選ばれる可能性もある。多くの芸術家やそれを扱う商人にとって、品評会に選ばれることは、最大の目標であり栄誉であった。

「そのうち、來梨さまにも招待の知らせが届くはずだ。皇帝陛下は芸術に強い関心を持っておられる。品評会では、一つ芸が終わるたびに、周りの者に感想を求めるのが常だ。そこで、主上を唸らせるようなことを言えれば、目をかけてもらうきっかけになると思うがな」

「……なるほど。教養や感性が試されるというわけですね」

「七芸とは演劇、演舞、歌奏、絵画、陶工、細工、服飾のことだ。それぞれの分野で優れたものたちが集まる。來梨さまはどういった芸術が得意だ？」

「いちおう、絵は嗜《たしな》んでおられるようですが」

明羽は頭の中で、他の貴妃たちの舎殿にあった芸術品の数々を思い出す。

無理だべぇ。

思わず、心の中で、同僚の訛りで叫んでしまった。

來梨は絵が上手だといっても、本物の絵師に比べれば見劣りする。そして、他の貴妃は、生まれながらに帝王学を叩き込まれた生粋の貴族の娘ばかりだ。

「そう落ち込むな。品評会に出てくるものはすでに決まっている。すべての芸術に精通している必要はない。すぐに品評会の目録と、関連する書物を未明宮に届けよう。それに目を通しておけば、一通りの知識は得られるはずだ。これが、今回、お前が調査を引き受けたことへの礼だ」

願ってもない情報だった。ただ、それだけの情報に見合うものを返せるかわからない。明羽はちらりと白眉を見てから、予防線を張っておく。

「それは、ありがとうございます。ですが、私は一介の侍女にすぎません。もし調査の結果、なにもわからなくともご容赦ください」

「その心配はしていない。俺は、お前のことを一介の侍女などとは思っておらぬ」

李鷗はそう告げると、身を屈めるようにして顔を近づける。三品位の体から香っている白梅の匂いが、ふわりと明羽を包んだ。

すぐ目の前に、吸い込まれそうな天藍石の瞳がやってくる。

今までなら、男に至近距離で見つめられるなど、震えて息ができなくなってしまうはずだった。

だが、明羽の体はわずかに呼吸が速くなっただけだ。

「では、どのような侍女ですか？」

「決まっている。利用価値のある侍女だ」

からかうように笑いながら、李鷗は体を離す。そのまま、さっと背を向けて竹藪の中に去っていった。

……まったく。なんなんだ、いったい。

皮肉っぽく笑ったかと思えば、侍女に深く頭を下げたりする。心を許しそうになった次の瞬間には、気に障ることを言って苛立たせる。

けれど、これまで関わってきた男たちとは違って、どこか憎めない気がしていた。

「……ねぇ、もしかして私、後宮にいたおかげで、男嫌いがましになったかも」

白眉に話しかけると『こうなる気がしたから、僕はあいつと君を近づけたくなかったんだ』と面白くなさそうな呟きが返ってきた。

そこで、背後から遠ざかっていったはずの足音が近づいてくるのが聞こえる。

「まだなにか？　調査は引き受けるとお伝えしたはずです」

明羽がそう言いながら振り向く。

そこに立っていたのは、李鷗ではなかった。

衛士であることを示す緑袍。だが、その男が纏っているのは、後宮の衛士とは比べ物にならない圧倒的な武の気配だった。

筋骨逞しい体つき、巌《いわお》のような彫りの深い顔立ち、相手を威嚇《いかく》するような鷲鼻《わしばな》に鋭い眼光。歳は、三十路を過ぎた頃だろうか。李鷗とはまた違った方面で、侍女たちの噂になりそうな男ぶりではある。

明羽は、先ほど男嫌いがましになったかもしれない、と考えたのを撤回する。

離れて立っていても漂ってくるような男の臭いに、心が震えるのを止められなかった。

「今の、俺を李鷗のやつと勘違いしての言葉遣いだろ。あいつに、そんな口の利き方をする侍女はいないぜ。位が高いからじゃねぇ、あの色男の前では、普通の女は、顔を赤くしてもっとおどおどするもんだぜ」

「大変失礼しました。未明宮の侍女、明羽です。あなたさまは？」

怯えを悟られないように、冷静を装って膝をつく。

「禁軍右将軍の烈舜《れつしゅん》だ。李鷗とは古い馴染みでな。珍しくあいつが、妙に気にかけてる女がいると聞いたから、おもしれぇと思って様子を見に来た」

その名には覚えがあった。

小夏が持っていた『後宮恥美譚』に出てきた李鷗の相方であり、実際に恋仲の関係と噂されている男だ。

怯えながらも、納得する。この男の隣にいれば、李鷗は女人にしか見えないだろう。

「なんだ、俺の名前に覚えありって顔だな。あぁ、もしかして、あれか。李鷗と恋仲の武官がいるって噂を聞いてたか？」

烈舜は豪快に笑いながら、髭面《ひげづら》をがしがしと掻く。

「ご名答だよ。俺の恋人にちょっかい出してる女ってのが、どんなやつか見ておこうと思ってな」

「私はそのような間柄ではありません。たかが一介の侍女には、考えも及ばないことです」

「そいつは、俺が決めることだぜ」

そう言いながら、無遠慮に見つめてくる。

明羽は耐えきれなくなって、逃げるための言い訳を口にする。

「仕事がありますので、これにて失礼します」

「まぁ、待てよ。拳法が得意だそうじゃねぇか。一つ、手合わせしてもらおうか」

「烈舜さまとですか？　私などとても相手になりませんよ」

「そりゃあそうだ。喧嘩じゃぁ俺の右にでるやつはいねぇ。今はわけあって宮城で官吏どもの御守なんかしてるがよ、戦場では軍神って言われたもんだぜ。でだ、新参者を連れてきた。こいつと手合わせしてみろ」

烈舜が顎を右に向ける。そこに、おまけのように若い男が立っていた。

目の前の男の存在が強烈すぎて気づけなかったらしい。細い体つきに気弱そうな顔つき、武官の恰好をしてはいるが、宦官の黒袍《こくほう》の方が似合いそうだ。

「永青《えいせい》という。後宮の警護衛士は身分が確かじゃねぇとなれねぇからな、どいつもこいつも使えねぇ貴族の坊ちゃんばっかりだ。でも、こいつは違うぜ。こんな見かけだが、幼いころから拳法寺に弟子入りしててな、多少は心得がある」

「烈舜さま。私の役目というのは、この侍女の相手ですか？　勘弁してください」

永青が、見かけ通りのか細い声を出す。

「なめてかかるな。この嬢ちゃんは、飛鳥拳の使い手なんだとよ」

「そんな、まさか」

「いいから構えろ。上官命令だ」

そう言うと、烈舜は後ろに下がり、余興を楽しむように笑みを浮かべて腕組みする。

『右将軍っていえば禁軍の最高位、大物だ。それに化物みたいに強い。言うことを聞いた方がいいよ。とりあえず相手をするんだ、あの手の男はどうせすぐに飽きるさ』

白眉の言葉に、覚悟が決まった。頷いて、構えを取る。

体を半身にし、拳は握らず右の掌を相手に見せるように前へ。反対の手は腰にぴたりとつける。飛鳥拳の基本の型だ。

明羽が構えたのを見て、永青も諦めたようだった。

「申し訳ありません。武官である以上、命令には逆らえません。あとで死ぬほど謝罪しますので、どうかお許しください」

永青の構えは、華信国で最も広く伝わる七影拳《しちえいけん》の型だった。

『なるほどね。こっちの武官もそこそこ強いけど、達人じゃない。君の敵じゃないよ』

武人英雄・王武《おうぶ》の持ち物でもあった白眉は、確かに相手の力量を見極める目を持っている。

相棒がそう言うならば、もう迷うことはなかった。

明羽は呼吸を緩やかにして、気を整える。

永青が踏み込み、拳を突き出してくる。相手が女だからと手加減された拳だ。避《よ》けるのは容易い。背後で烈舜の笑い声が響く。

明羽の動きに実力を悟ったのか、永青の動きから躊躇いが消え、淀みない拳に切り替わる。

だが、明羽にはまだ余裕があった。

正拳、体を半身にしてかわす。下からの打ち上げ、体を仰《の》け反《ぞ》らせてかわす。意表をついた裏拳、下をくぐるように体を回転させてすり抜ける。

触れさせず、掠《かす》らせもせずに避け続ける。これが飛鳥拳の極意だった。気を静め、風を読み、相手の動きの先を知って翻弄《ほんろう》する。

攻撃に転じることができる瞬間はいくつもあったが、明羽はひたすら避けることに専念した。このまま、烈舜が飽きて止めるまで避け続ければいい。

明羽が、そう考えたときだった。

永青が体を崩した。踏み込んだ足が滑ったらしい。

達人ならばあり得ない失敗。だが、それが明羽に致命的な隙を生んだ。

均衡を失った永青の体が、明羽にそのまま倒れ掛かり、両手で抱き留められそうな距離に迫る。

避ける余裕は十分にあった。けれど、明羽の体は急に震えだした。息ができない。手足が思うように動かない。男に近づかれたことによる恐怖が、体を硬直させる。

動きが止まったところに、倒れてきた永青の肘が飛んでくる。

明羽は、肘打ちを顔面に受けてひっくり返った。永青もそのまま倒れ、二人して石畳に転がる。

笑い声が響き渡った。

後ろで、烈舜が手を叩いて笑っている。

「す、すみませんっ、あんまり綺麗に避けるからむきになってしまって」

永青が慌てて立ち上がり、すぐ傍にしゃがみ込む。

伸ばされた手は摑まず、自分で立ち上がった。鼻に鈍い痛みが走る。血は出てないが、きっと真っ赤になっているだろう。

「途中までは、なかなか見事だったぜ。けど、その拳は道場で鍛えたもんだろ。実戦経験が足りてねぇ。だから、あんな予定外のことで動きを止めちまうんだ」

烈舜が近づいてくる。明羽は痛みを堪えて拱手をする。

「私は、ただの侍女ですので」

「試すようなことをして悪かった。李鷗のやつが、女に入れあげるなんてよ。もしかしたら悪い術で誑かされてるんじゃないかと思ったんだが、違ったな」

なんだ、その理由。いったい人をなんだと思っているんだ、と明羽は呆れる。

「詫びに、いいことを教えてやるぜ。李鷗は別に、男色じゃねぇし、俺と恋仲でもねぇ。ただ、あいつは女嫌いなんだよ」

「……女嫌い、ですか？」

「あぁ。それなのに、あの外見だろう。黙っていたら女の方からひっきりなしに声をかけてくる。俺と噂になる前は、陛下の妃嬪から褥に誘われたこともあったそうだぜ。そういうやっかいな事態になるのを防ぐために、男色だとか、俺と恋仲だとかいう噂をそのままにしてんだよ」

男が好きなわけではなく、女が嫌いだったのか。

女が嫌いな男と、男が嫌いな女。

明羽は、自分と李鷗に似た部分があったことを知って、ほんの一瞬だけ、心がむずむずと痒くなるのを感じる。

「今日は悪かったな。鼻、よく冷やしとけよ」

烈舜は笑いながら立ち去っていく。永青も「本当に申し訳ありませんでした。鼻、早く冷やした方がいいですよ」と言って後を追っていった。

そんなに酷いことになっているのだろうかと、そっと鼻に触れてみる。焼き鏝《やごて》でも押し付けられたような痛みに、ぎゃ、と悲鳴を上げた。

◆◇◆◇◆

それは、夢幻のように遠い日の記憶だった。

莉家が町外れに持っている離宮は、家の中に居場所のない幼い來梨にとって、恰好の逃げ込み先だった。

來梨が離宮を気に入った理由は、美しい庭園があったからだ。四季折々の花が咲き、鳥が渡りにやってくる。それらを眺めるのが好きだった。

離宮は、本来は迎賓《げいひん》のための館であったが、両親は來梨の離宮通いを咎めなかった。興味がなかったのかもしれないし、家の中をうろつかれるよりはいいと考えたのかもしれない。

來梨が七歳になり、帝都から皇位継承権を持つ若者がやってきてからは、むしろ歓迎さえしていた。

莉家は兎閣の境遇に対して同情的であったけれど、世継ぎを巡って国が割れようとしていた最中、帝都から逃れて北狼州へやってきた若者に積極的に関わる気もなかった。

娘が若者に懐いているのを知り、せめてもの慰みになってくれれば、そう考えたようだった。

当時はまだ誰も、この若者が皇帝になるなどとは予期していなかった。

歳は十歳ほど離れていたが、來梨は出会ったその日から、彼に好意を覚えていた。柔らかな風のように穏やかな声、広く深く世界のことを憂えているような眼差し、そして、來梨を見つけたときに見せる、両手で掬い上げた水の中で跳ねる光の粒のような眩しい笑顔。

離宮の庭園で初めて出会った日のことは、今もはっきりと覚えている。

「おや、そなたは?」

見知らぬ先客がいたのに驚いて固まった少女に対して、兎闍は静かに歩み寄ると、身を屈めて語りかけてくれた。

「もしかして、芙蓉《ふよう》の精かな?」

季節は初夏。離宮の庭園には芙蓉が咲き乱れていた。

來梨は顔を真っ赤にして頷き、それ以来、兎闍は來梨を、芙蓉と呼ぶようになった。

兎闍は、いつも書物を読んでいた。そして、來梨が離宮にやってくると、様々なことを教えてくれた。国の成り立ちについて、溥天の神話について、帝都で流行っている演劇や料理について。代わりに來梨は、北狼州の御伽噺《おとぎばなし》や、離宮の庭園に咲く草花や、時折やってくる鳥のことを伝えた。

「母上さまは、私のことを穴兎と呼ぶのですよ」

時折、來梨は、日々の困りごとを兎閣に話した。

子供の相談にも、後に皇帝となる若者は、真摯に向き合ってくれた。

「なにかあると部屋に引き籠って、逃げてばかりでなにもできない娘だと、お姉さまたちと比べて笑うのです」

「兎は嫌いか？」

「嫌いではありません。ですが、穴兎は、北狼州では、臆病者を指す言葉です。兎と呼ばれるのは恥ずかしいです」

「ならば、俺も恥ずかしい名前だということだな」

幼い少女は、この若者の名前の中に兎の文字があるのを思い出し、赤面した。

慌てて謝ろうとする少女に、兎閣は笑いかける。

「兄上たちも、さんざん俺の名を馬鹿にしたものだよ。けれど、誰が何と言おうが、俺はこの名前が気に入っている。母が俺に、兎の字を与えたのは、皇位に就くつもりがないことを示すため、俺を皇位争いで害されることから守るためだからな。華信国の皇帝は、獣の王の二つ名を持つ。獣の王を狙う者の名が兎では物笑いの種だろう」

來梨はその話を聞いて、悔しい気持ちになった。

北狼州の貴族たちが今の話を聞いたら、やはり、臆病者の考えそうなことだと笑うだろう。ただでさえ、皇位継承争いを避けて北狼州に逃れてきた皇子を嘲笑っているのだから。

けれど、兎閣はそんなことは承知だというように優しく微笑《ほほえ》む。

「言わせておけばよいのだ。穴兎が穴を掘るのは、それが狼から逃れ、自らを生かす道だと知っているからだろう？　ならば、それも一つの戦い方なのだ。すべての穴兎が、穴の中に完璧に逃げ遂《おお》せる術を覚えたら、狼たちは飢えて苦しむだろう」

兎閣は、机の上に飾ってあった芙蓉の花を取ると、そっと幼い少女の髪に差す。

少女が少し恥ずかしそうに俯くのを目を細めて眺めながら続けた。

「狼が飢えて死に絶えた後、その場所に兎が栄えれば、兎の勝ちだと思わないか？」

穴兎だけが暮らす平和な兎の楽園を想像し、來梨はたちまち笑顔になる。

楽園にはきっと、芙蓉の花が咲き乱れていることだろう。

兎閣の言葉に、どれだけ救われたかわからない。

それだけでは、なかった。

兎閣はその言葉通り、後継者争いから逃れ続けた末に、皇帝になった。

父親であった先々帝は、異民族との国境争いに勝ち続けたことで越境帝《えっきょうてい》と呼ばれていた。

だが、兎閣にはまだ、一つも武勲がない。その前の代も、その前の前の代の皇帝も、戦場での様々な逸話を残している。

兎閣の代になってから十年、大きな戦乱が起きていないからだ。

それは、戦に勝ち続けることよりも、よほど難しいことに違いない。


來梨は、昔を思い出しながら、そっと筆をおく。

手元にある紙には、薄紅色の芙蓉が描かれていた。來梨が芙蓉を描くのは、離宮で過ごした幼い日が、今も胸の中に美しい思い出として在るからだ。

けれど、ずっと懐かしんで描いていた芙蓉の花が、今では違う心持ちを連れてくる。

それは、許せぬものへの怒り。それからもう一つ、奪われたくないという気持ちだ。

「私は、兎閣さまの言葉に救われ、ずっと穴の中に隠れて生きてきました。けれど、やはり穴に隠れてばかりではいけないときもあるのです」

自らが騙され笑いものにされるのはいい。けれど、慈宇が後宮を追放になったこと。

それどころか、明羽が動いてくれなければ処刑されるところだったことは、許せない。

なにより許せないのは、大切な人が殺されそうになったというのに、怯えて穴の中に逃げ隠れ、なにもできなかった自分自身だ。

明羽も小夏も、こんな自分に愛想をつかさずに、よく仕えてくれている。

これ以上、大切な者を奪われたくない。

「慈宇、兎閣さま、見ていてください。穴に隠れるのは、もう終わりです。私は、戦います」

芙蓉の絵を見つめながら、呟く。

皇帝が自分に与えてくれた言葉も、今思えば、逃げ続けろという意味ではなかったのだろう。兎には兎の戦い方があると言っていたのだ。

覚悟は、決めた。

ただ、問題は、戦う術が見つからないことだ。

そこで、騒々しい足音が近づいてくるのが聞こえた。

すぐに小夏だとわかる。もし慈宇がいたら、侍女の歩き方ではないと叱りつけただろう。

「來梨さま、すごいものが届きました！」

部屋に入ってきた小夏は、困惑した表情で予想外のことを告げた。

◆◇◆◇◆

明羽が未明宮に戻ると、小夏と女官たちが慌ただしく大量に書物を運んでいた。

戻ってきたのを見つけて、小夏が近寄ってくる。

「大変なの。帝都の商人から本が大量に――その鼻っ、どうしたんだべぇ⁉」

よっぽど酷いらしい。鼻は大丈夫だから、と言って話の続きを促す。

「なんでも、北狼州には所縁があるから進呈したいとかで」

「もう、届いたんだ。手回しのいいこと」

「これ、どういうことか知ってるのですか？」

商人の名を騙《かた》ったのは、李鷗が貴妃に肩入れしたと思われるのを避けるためだろう。外に声が漏れない場所で事情を話そうと部屋に入り、呆然とする。

書物の量は、明羽の想像をはるかに超えていた。長机の上には、今にも崩れ落ちそうなほど大量の本が積み上げられている。ざっと見積もっても五百冊はありそうだ。

「こんなにあるの⁉」

声を上げた明羽の心に同意するように、書物の後ろから困惑した様子の來梨が顔を出す。

「これはいったい、なんなの？　説明してもらえる？」

明羽は、真っ赤になっていた鼻を冷やしながら、來梨と小夏に子細を報告した。

秩宗尉の李鷗から、水晶宮の侍女が襲われた真相を調べる依頼を受けたこと。それと引き換えに、七芸品評会の情報を得たこと。

李鷗との関わりをこれまで全く話していなかったため、來梨は驚いたように何度も声を上げていた。

「……それで、この書物の山なのね」

「はい。こちらが、品評会の目録です」

來梨は、明羽から手渡された巻物を開く。

十日後の七芸品評会に提出される芸の一覧。演劇や歌曲については劇団や楽団の名前と演目、細工や陶工については作家と銘などが記載されていた。

「残りの書物は、芸事に関する指南書です。七芸品評会では、皇族方に妃嬪、各地の有力貴族も出席します。皇帝陛下は、芸を鑑賞するごとに、周りに意見を求めるそうです。そこで陛下が感心するような意見を言うことができれば、きっとご興味を持たれる、李鷗さまはそうおっしゃっていました」

「こんなにも、読まないといけないの？」

「他の貴妃の皆さまが、芸術に関して高い教養をお持ちなのはご存じの通りです。それと競うには、これくらい覚えていただかないと、ということでしょう」

明羽は、不満や弱気な言葉が返ってくるのを予想していた。たった十日でこんな量が読めるわけない、今さら学んだところで他の貴妃に笑われるだけ。

けれど、來梨の返答は予想と違うものだった。

「わかったわ。まずは、これを全部読んで、覚えればいいのね」

「……はい。その通りですが、できますか？」

「やるしかないでしょう。私には、他になにもないのですから」

來梨の瞳には、これまで一度も感じたことのなかった強さがあった。

「もう慈宇のように大切な人を奪われるのはたくさん。それにね、悔しくて仕方ないの。慈宇が罠に嵌められたことも、せっかく明羽が真相を解き明かしたのに他の貴妃たちにいいようにやられたことも、それを止めようとしなかった私自身も、なにもかも」

來梨は立ち上がり、いつもの弱気な、けれど確かな意思を感じさせる声で続ける。

「誰も、私が百花皇妃になるとは思ってない。私だってそうよ。でも、北狼州の意地を見せてあげましょう」

今まで一度も巣から出ようとしなかった雛鳥《ひなどり》が、羽を広げるのを見た気分だった。

呆気にとられる明羽と小夏を他所に、來梨は、拳を縦にして静かに机に置く。

「〝雪を知る者だけが、真の春を知る〟」

北狼州の州訓だった。

二人の侍女は、主の置いた拳の上に自分たちの拳をのせる。

明羽は今の言葉を聞いて、改めて決心した。

この人を、この負け皇妃を、百花皇妃にする。

それが慈宇との約束であり、私のささやかな幸せを守るたった一つの方法だ。

品評会の相談をした後、明羽は李鷗に頼まれた調査のため未明宮を出た。

「心配しなくても、大丈夫よ。あなたに睨まれてなくても、ちゃんと勉強するから」

「私も、しっかりお手伝いしますの。調べ物がんばってください」

未明宮を出るとき、主人と同僚の心強い言葉が背中を押してくれた。

衛士寮に着くと応接間に通される。そこで明羽を待っていたのは、つい先ほど拳を交えたばかりの相手、永青だった。

「いやはや、仕事があると秩宗尉さまに呼ばれたかと思えば、あなたのお手伝いとは。いやはや、あなたは奇妙な人だ」

口癖なのだろう。永青は、いやはや、と繰り返しながら気まずそうな笑みを浮かべる。

気まずいのは明羽も同じだったけれど、一応は顔見知りであったことと、衛士とは思えない華奢《きゃしゃ》な雰囲気のおかげで、男と二人きりで調査を行うことに嫌悪は湧いてこなかった。

「李鷗さまから、事情は伺っています。この調査は他言無用だということも。さて、なにから調べましょう？　月影から話をお聞きになりますか？　今は侍医院で預かってもらっています。本人はなにも見ていないと言っていますので収穫はないと思いますが」

「まずは、衛士の調査でわかっていることを全て教えてください。同じことを私が調べたところで、なにも出てきませんので。それからもう一つ、月影さんが身に着けていたものを見せていただくことはできますか？」

「もちろんです。この衛士寮に保管されているので、すぐに用意しましょう」

明羽には、十分な自覚があった。自分が他人より優れているのは〝声詠み〟で古い物の声が聞けることと、白眉がいることだけだ。調査だけなら、衛士や宦官が行った方がさまざまな情報が見つかる。

若い衛士は、これまでに調べたことを教えてくれた。


水晶妃・灰麗が後宮入りしたのは、一ヶ月前だった。

灰麗に付き従って後宮入りした三人の侍女のうちの一人が月影であり、溥天廟にいたころからの側仕えだったという。

水晶妃は、他の宮の貴妃たちと違って、後宮の他の妃嬪や官吏たちと関わり合いを持つことはほとんどなかった。後宮勤めの女官を舎殿に入れることもなく、普段は護衛のための数人の衛士を門前に立たせているくらいだ。

つまり、月影が何者かに恨みを買っていたとは考えにくい。

明羽は、衛士寮で待っているあいだ、永青から聞いた情報を頭の中で整理していた。

あの時、桃源殿付近にいたのは明羽と水晶妃の他には、灰麗を探していた水晶宮の侍女たちと数人の女官だけだった。明羽が応急処置をしているあいだに、辺りに集まっていた人たちで全てだそうだ。

よく考えれば、不思議なことばかりだった。

薬で相手の意識を失わせるのは、それなりの知識があればできるだろう。けれど、どうして人目につく日中の桃源殿で事に及んだのか。

なにより納得いかないのが――

『なんで、指なんだろうね』

明羽が考えていたのと同じ疑問が、頭の中で響く。

考え事をしながら、白眉を握り締めていた。永青は月影が身に着けていたものを取りにいっており、応接間には明羽だけ。辺りに人がいないのを確かめてから、聞こえてきた声に答える。

「……殺すつもりはなかった、ってことかな。侍女として働けなくすればよかった」

そう考えると、やはり怪しいのは、百花輪の貴妃の中の誰かということだ。

「水晶宮は、皇帝がもっとも多く訪宮をしていた。焦った貴妃やその取り巻きが、強引な手に出たってことかな」

『だとしてもだよ。指を切るのって大変だよね？　時間もかかるし、面倒だよ？　それも五本のうち三本だけを切るなんてさ』

「言われてみれば、そうね」

指には骨がある。それを三本切るとすれば、まな板のような平らな物の上に置いて刃物を押し付けるような行為が必要だ。侍女として働けなくするのが目的なら、体や足を切りつける方が容易いはずだ。意識を失う薬を使ったのだから、もっと強い毒を与えたっていい。

「お待たせしました、明羽さん」

部屋の外から聞こえてきた声に、会話は中断された。

永青が、細長い盆を持って入ってくる。その視線は「こんなの見て、なにがわかるんです？」と言いたげだった。

机に置かれた盆には、月影が身に着けていた品が並べられていた。

倒れていた時に身に着けていた薄墨色の襦裙に靴、そして、頭に差していた螺鈿で月が描かれた櫛《くし》。

どれも、それほど古い物には見えない。月影の持ち物に、意思のある道具があればなにが起きたのか聞き出せたかもしれないが、どうやら望みは薄そうだ。

そう考えながら、螺鈿細工の櫛に触れた瞬間だった。

『……高陵《こうりょう》さま……高陵さま……高陵さま』

頭の中に、声が響いた。

ただひたすら、名前を繰り返すだけだ。明羽はそっと白眉に触れ、小さく囁く。

「聞こえた？　誰かの名前を呼んでるみたい」

『きっと、この道具の意思じゃないよ』

「どういうこと？」

『昨日、灰麗さまが言っていたのを覚えてるかい？　持ち主の情念が蓄積されて、道具に意思が生まれるって話。これはその前の段階。持ち主のたった一つの強い情念、それが刷り込まれている。つまり、この櫛の意思じゃなくて、月影の強い想いが記憶されているだけだよ』

明羽は、入口の傍に控えていた永青を振り向く。

「永青さん、高陵という名前の人物に心当たりはないですか？」

「高陵……あぁ、そういう名前の先輩がいましたね」

「その人に、話を聞けますか？」

「難しいですね。高陵さんは少し前に衛士を辞めました。親が重い病になったので、郷里へ戻って看病をすると言って」今頃は帝都を離れているでしょう」

「そう、ですか。では、もう一つ教えてください。「衛士は、後宮内の女人と恋仲になることはありますか？」

「そりゃあ、まぁ。私はまだここに来て日が浅いのでそんな相手もいませんが、同僚の中には、後宮の女官と文通をしたり、隠れて密会している者が何人かいますよ。後宮勤めを終えるのに合わせて婚姻《こんいん》した者もいると聞きます」

「警護衛士は、宮内で女人と関わりを持つのを禁じられていると聞きましたが」

「当たり前ですよ。密会といっても、会って話をするだけ。後宮は皇帝陛下のお住まいですから。そこで密通していることが露見すれば、首が飛びますよ」

それを聞いた明羽の頭の中に、一つの仮説が浮かぶ。桃源殿付近にいた誰が月影を襲ったのか、なぜ切られたのが指だったのか。これならば、すべて辻褄《つじつま》が合う。

明羽は、駄目押しの質問を口にする。

「高陵さんは、水晶宮の警備をしていましたか？」

永青は短い逡巡《しゅんじゅん》のあと、小さく頷いた。

「一つ、お願いがあります。月影さまのお体について、極秘で後宮医に調べていただきたいことがあります」

若い武官の明羽を見る視線は、先ほどまでとはまるで変わっていた。

◆◇◆◇◆

空に薄墨を流したような灰色の空だった。

風もなく、いつもは騒がしい竹の葉音も静まっている。

翌日、明羽は竹寂園の亭子で李鷗を待っていた。

そっと相棒に触れると、昨日から何度も聞いた言葉が頭に響く。

『本当にいいの？　たぶん、來梨さまを負け皇妃から押し上げるためには、三品位との繋がりは必要だよ。僕はあの男が嫌いだとは言ったけど、それとこれとは別の話だ』

「関係ないよ。私のせいで、誰かが命を落とすのは嫌なだけ」

明羽が辿りついた月影の真相は、水晶宮の自作自演だった。

月影は、高陵と恋仲にあった。それもあろうことか、後宮内の禁忌《きんき》を破り、密通していた。

後宮医に秘密裏に月影の体を確認してもらったところ、妊娠していることがわかった。

水晶妃がそれに気づいたきっかけも、おそらくは妊娠初期の体の不調だったのだろう。

百花輪の貴妃と共に後宮入りした三人の侍女、その中の一人が衛士と密通し、あまつさえ子をもうけるなど前代未聞だ。

露見すれば二人は死罪、灰麗の貴妃としての格も地に落ちる。

隠匿するには問題を起こした衛士と侍女を、後宮から目立たないように退去させる必要がある。だが、百花輪において、たった三人しかいない侍女を誰からも一片の疑いも抱かれずに退去させるには、それなりの理由が必要だった。

そこで水晶妃は、高陵を宮城から逃がし、月影を暴漢に襲われたようにみせて再起不能な傷を与えることで後宮から退去させることにした。さらに指であれば、体や足と違い、腹の子に害が及ぶ可能性も低い。

日中の桃源殿は人気はないが、必ず常駐の女官が数名いる。誰にも見られることなく事件を起こしつつ、女官の口を通じて噂を後宮中に行き渡らせるにはちょうどよかった。

灰麗が女官たちの前で怒り狂った姿を見せ、呪詛《じゅそ》儀式を理由に水晶宮から人を遠ざけたのも、水晶妃とその侍女に余計な詮索の目が向かないようにするには効果的だった。

灰麗の本当の狙いが、水晶妃としての立場を守るためだけだったのかはわからない。月影と高陵の二人を救おうとしたのかもしれない。

一つはっきりわかっていることは、この真相が明るみに出れば、水晶宮の企みはすべて無駄になり、月影と高陵の二人は処刑されるということだ。

竹林の向こうから李鷗が現れる。

近づくと、ふわりと辺りに白梅の香りが漂った。

明羽は片膝をついて、拱手をする。

「申し訳ありません。昨日の調査の件ですが、やはり丸一日調べましたがなにも摑めませんでした。これ以上、私にできることはございません」

李鷗は、仮面の三品と言われる冷たい表情で明羽を見つめる。

「たった一日で、音《ね》を上げるのか？　対価はもう払っているのだぞ」

「李鷗さまは私を買いかぶりすぎです。どうかご容赦ください」

三品位はしばらく、天藍石の瞳を揺らしながら明羽を見つめた。

「俺は、この地位になるまで数多くの人間を見てきた。そう簡単に謀《たばか》れると思うな――だが、お前がそう言うということは、事情があるということだな」

幼い頃から愛想がないと言われ続けており、感情を隠すことには自信があった。それが一瞬で見透かされたことに、明羽は静かな驚きを覚える。

李鷗はため息をついてから、亭子の椅子に腰を下ろす。

それから、手ぶりで明羽にも隣の席につくように勧める。

「答えろ。いったい、なにを恐れている」

「恐れてなど、いません」

「そうか。こちらの心を見せねば、心を開いてくれぬ、か」

李鷗は、椅子の背に体重をあずけるように体を倒した。その仕草は、高貴な三品位の衣を脱ぎ捨てたように見えた。

「今のは、皇帝陛下から賜ったお言葉だよ。俺はどうも、他人を遠ざけすぎる。それゆえに、どれほど誠実に仕事をしても、信用されないことがあるそうだ」

それから、李鷗は姿勢を崩したまま、真っすぐに明羽を見る。天藍石の瞳はいつもの冷たい光を失くし、星が逃げ出した夜空のように寂しそうに見えた。

「後宮に流れる血を一滴でも少なくしたいと言ったのを覚えているか？　それには、理由がある。俺の妹は、十五のときに後宮に入った。十三年前、先々帝の御代のことだ」

李鷗はそれから、宮城内でほとんど誰にも告げたことのない過去を語った。


李鷗の生家は、皇領と東鳳州の境にある雲礼《うんれい》郡の郡主だった。

雲礼郡の中心都市・雲礼は帝都から一日の旅程の途中にあったため、皇族が東鳳州に出向くときの滞在場所となっていた。そして、そのたびに、歓迎の宴を催していた。

その席で、まだ十五だった李鷗の妹が、先々帝の目に留まった。

下級妃として後宮入りするよう宮城から文《ふみ》が届いたのは、皇帝が去ってから五日後のことだった。

李鷗の妹・梅雪には許婚《いいなずけ》がいたが、皇帝の意に反することを恐れた両親は後宮入りを勧めた。

当時の李鷗は、科挙に合格して宮城に上がることが決まったばかりだった。

李鷗は両親に頼まれ「すぐ近くにいる、なにかあれば俺が守る」と妹を説得した。

だが実際は、下級妃といえども、後宮の妃嬪と一介の官吏では身分が違い過ぎた。同じ宮城内にいても、言葉を交わすどころか文を送ることさえ許されなかった。

後宮に上った妹は、すぐに先々帝の寵愛を受けた。

そして、その分だけ、他の妃嬪たちの妬《ねた》みを買った。

両親と兄に守られながら育ち、素直で心優しい少女だった梅雪には、後宮で生き残る術など一つもなかった。皇帝の目の届かぬところで、壮絶な嫌がらせを受け続けた。

上級妃からできもしない舞や歌を強要され笑いものにされたり、挨拶の作法や服の着こなしを咎められ手足に熱湯をかけられたり、目つきが悪いと言いがかりをつけられ日が暮れるまで謝罪をさせられたり、そのようなことが日常的に行われていた。

仲良くした女官は次々といわれもない罪で処刑され、後宮外に遣いに出した侍女は悪漢に襲われ無残な姿で戻ってきた。次第に梅雪の味方をする者はいなくなり、広い後宮でたった一人孤立していった。

嫌がらせは次第に酷くなり、舎殿内に鼠《ねずみ》や蛇の死骸が投げ込まれたり、呪詛の類を送り付けられたりした。食事にはたびたび毒が仕込まれ、毒見役の侍女たちが何人も体を壊した。

先々帝も、後宮の宦官たちも事態には気づいていたが、誰も皇后や上級妃たちの行いに口を挟もうとはしなかった。李鷗が後宮でなにが起きていたのかを知ったのは、三品位の地位を手に入れてからのことだった。

李鷗が梅雪を最後に見たのは、彼女が自刃《じじん》する前日だった。

後宮の宣武門の前を通ったとき、開いた門の向こう、遠巻きに侍女を連れて歩く梅雪が見えた。

ひどく窶れているようだった。けれど、李鷗の耳に入っていたのは、皇帝の寵愛を受けているということだけだった。

門は閉まり、梅雪はすぐに見えなくなった。

梅雪が自ら喉に小刀を刺して死んだのは、翌朝のことだった。

「俺は、今でも夢に見る。最後に、宣武門であいつを見た時のことだ——あいつも俺に気づいていた。あの時、あいつの口が微かに動いたのを見たんだ。あいつは俺になにを言おうとしたのだろうな――助けて、だったのか。嘘つき、だったのか」

李鷗の瞳に浮かぶのは、深い後悔だった。妹の最後の言葉が、呪いのように魂に深々と突き刺さっているのだろう。

「俺は優秀だったからな、試験のたびに地位が上がった。そして、四年前に今の秩宗尉になった。そこでやっと、妹の身に起きていたことを知ったのだ」

明羽には、返す言葉が一つも見つからなかった。

ただ、悲しみだけが、聞こえてくる言葉と共に胸に流れ込んでくるのを感じた。

「この後宮では、梅雪の身に起きたのと同じことが、当たり前に繰り返されている。妹は、死者の名簿に載って忘れ去られる名もなき妃嬪の一人にすぎなかった。後宮での女たちの諍いで、惨《むご》たらしく死人が出るのを何度も目にしてきた――そこにきて、百花輪の儀だ。過去の記録を紐解くと、百花輪が開かれるたび、数多くの血が流れている」

「……李鷗さまがいつも、白梅の香をつけていらっしゃるのは、妹君を偲《しの》んでのことですか？」

「お前は本物の鼻も利くのだな。白梅香は、梅雪の好きな香だった。ただ、偲んでいるわけではない。呪いのようなものだよ、己の過ちを片時も忘れぬためのな」

明羽は、慈宇が追放されたあと三品位に頭を下げられたことを思い出す。きっと、守り切れなかったことへの悔いがそうさせたのだろう。

「後宮に流れる血を、一滴でも少なくすることが、俺の使命だと思っている。罪は正しく調べられ、正しく律令の下で裁かれるべきだ。だが、後宮には独自の力が働きそれを阻んでいる。陛下でさえ、手が出せない領域がある。俺はそれを、変えたい」

李鷗は真っすぐに明羽を見つめた。その表情の奥には、普段は帳《とばり》の向こうに隠されている強い意志が見えた。

「俺は、後宮の中で起きたことを正しく知るための優秀な目を求めている。これ以上、無駄な血は流したくない。頼む、力を貸してくれ」

天藍石が跳ね返す光は、暗く冷たい色を帯びるという。明羽はなぜ、この男の瞳を天藍石のようだと思ったのかわかった気がした。

男はみんな肥溜めだと思っていた。だが、肥溜めの中で光るものもあった。

明羽は、当たり前のことに気づく。奴隷のように扱われる妹を見ない振りした兄も、武術家であることに固執し家族を残して死んだ父も、明羽が幼いころは優しかった。権力や貧しさや怪我が、そういったものが人を変えてしまったのだ。

男である前に、一人の人間だった。その痛みや悲しみにもっと寄り添うことができれば、変わっていたかもしれない。男は苦手だと一括りにして嫌っていたことは、なんて愚かなことだったのだろう。

李鷗は悲しみの中で、この毒と棘《とげ》に覆われた世界の中で、変わらずに自分を貫いている。女は苦手と口にしつつも、目を逸らさずに救おうと力を尽くしている。それは強く、尊いことのように思えた。

この男は、信じるに足る。

いや。性別は関係ない。一人の人間として、信頼できる気がした。

明羽は、氷のような表情をした三品位に問いかける。

「正しく律令の下に、というのは、たとえそれで傷つく者がいないとしても、罪を犯せば裁かれるべきとお考えですか?」

「お前が、なにを恐れているのかが見えてきたな。わかった、言い直そう。血を流さずに済む方法があるのであれば、俺はそれを第一是とするつもりだ」

礼を返すように、明羽はその場で拱手する。

「お話しいたします。どうか、寛大なご判断を」

そして、自ら突き止めた真相を告げた。

◆◇◆◇◆

『そうだ……そこ……おお。往年の輝きが』

頭の中に響く気持ちよさそうな声に、明羽は堪《たま》らず顔を顰めた。

仕事の合間に、桃源殿を訪れていた。

この前、途中でやめてしまった花瓶磨きを再開するためだ。今日は、飛燕宮の女官からもらった汚れがよく落ちるという薬液を持参しており、雲雀の花瓶も満足そうだった。

「綺麗になったら、ちゃんと、面白い話をしてよ」

『……あぁ。もちろんだ……だが、そうさなぁ……花が欲しい』

「ん？　なに？」

『小娘、お前もそろそろ気づいていると思うが……儂《わし》な、そこそこ名のある花瓶だったのだ……美しい花を……活けてくれれば話す気にもなるな』

「そんなの、このあいだは言ってなかったでしょっ」

白眉に触れると、相変わらず道具側の意見が返ってきた。

『そりゃあ、花瓶なんだから当然だよ。ついでだし、やってあげれば』

「……わかったよ、今度持ってくる。これで、つまんない情報だったら許さないからね」

そう言いながら、最後の仕上げに底面を磨く。

「なんじゃ、そなたは花瓶を磨くだけでなく、花瓶と語り合う趣味もあるのか？」

背後からの声に振り向くと、灰麗が立っていた。明羽は慌てて片膝をついて拱手する。

相変わらず、幽鬼のように存在感が希薄だった。

灰麗は顔を寄せるようにしゃがむと、囁くように語り始める。

「先日、三品が水晶宮にきて、月影のことを報告しに来よった。後宮に忍び込んだ賊の仕業だったそうだ。後宮の警護が悪かったと謝りおったわ」

それは、明羽の耳にも届いていた。

月影を襲った犯人は、宦官に化けて後宮内に忍び込んだ賊ということで片が付けられ、罪人は捕まり処刑された。衛士寮にも責を問う声が上がったが、秩宗尉が皇后に謝罪し、監視をさらに強化することで落ち着いたらしい。

すべて、後宮に血を流さないために李鷗が作り上げた話だ。処刑された賊も、他の罪状ですでに処刑が決まっていたならず者だった。

「月影のこと、世話をかけたな」

明羽は、はっとして水晶妃の顔を見つめる。李鷗がどこまで話したかはわからないが、すべてを知っているらしい。

「月影さんは、どうされたのですか？」

「知らぬ。わしの元からは追い払った。その身に罰は受けたしな。どこぞで、好き合った男とでも添い遂げているのではないか？」

「そうですか。もしそうであれば、よいですね」

静かに灰麗が笑う。それは、幽鬼が想いを果たして成仏する瞬間に見せるという微笑のように見えた。

「それにしても、そなたも物好きよの。わしとそなたの主は、百花輪の貴妃として諍いをしている間柄だというのに。水晶宮を助けたこと、後悔しても知らぬぞ」

「そうならないように、來梨さまは私が精一杯お支えします。でも、少し意外ですね。灰麗さまは、百花皇妃にはご興味がないのかと思っておりました」

皇后が開いた宴にも出なかった。他の貴妃のように、貴族や下級妃を取り込むような動きもない。灰麗は、元々は天帝溥天に仕える神官貴族の出自だ。皇后などに興味がないのではないか、その噂は後宮中に広まっていた。

「確かに、皇后になることには興味などない。だが、ならねばならぬのじゃ」

灰麗は立ち上がると、その身に、またしても幽鬼のような気配を纏っていく。

「夢の中で託宣を聞いた。わしが皇后にならなければ、この国に大きな災いが降り注ぐ。よいか、わしは皇后になってなにかを成したいわけではない。ただ、多くの人命を救うために、皇后にならねばならぬ。それが、わしが溥天より与えられた役割じゃ」

「皇帝陛下に、そのことはお伝えしたのですか？」

「あぁ、もちろんじゃ。だが、あの男はなかなかの曲者《くせもの》でな。わしの占いを完全に信じているわけではない」

「あれほど、お渡りをされているのに？」

「あの男がわしの元を訪れるのは、占いが好きなだけじゃ。わしの助言通りに政を判断しているわけではない。あの男は、自分しか信じておらぬからな」

遠目に見た、紫色の龍袍に身を包んだ皇帝の姿を思い出す。

來梨が話した若い日の皇帝は、心優しい青年だった。やはり皇帝の地位と十年の歳月は、人を変えるのだろうか。

「他の貴妃とてそうじゃろう。わしの託宣を聞いて、百花輪を降りるような貴妃はおるまい。わしは、この国の民を守るために皇后の座を手に入れなければならぬ」

「そのような大事なこと、私などにお話しいただき、ありがとうございます」

「よい。そなたは恩人じゃ。それからもう一つ、よいことを教えてやろう。つい先ほど、琥珀宮より七芸品評会とやらの招きがきよった。それで占ったのじゃ――貴妃の一人の顔が、血に塗れるのが見えた。あれに出たら、ただではすまぬぞ」

灰麗の声は淡々と見たままを呟いているようで、それが、すでに決められた事実のように錯覚させる。

「灰麗さまは、出席されるのですか?」

「出るわけなかろう。わしは、他の貴妃どもと同じように競ったりせぬ。水晶宮には、水晶宮のやり方がある。そなたの主にも伝えておけ。七芸品評会には出ぬ方がよいとな」

灰麗はするりと身を翻すと、足音もなく歩き去っていく。
遠ざかる白髪の貴妃の腕に嵌められた玉の数珠《じゅず》が光を受けて、てらてらと光っていた。

第五話　七芸品評会

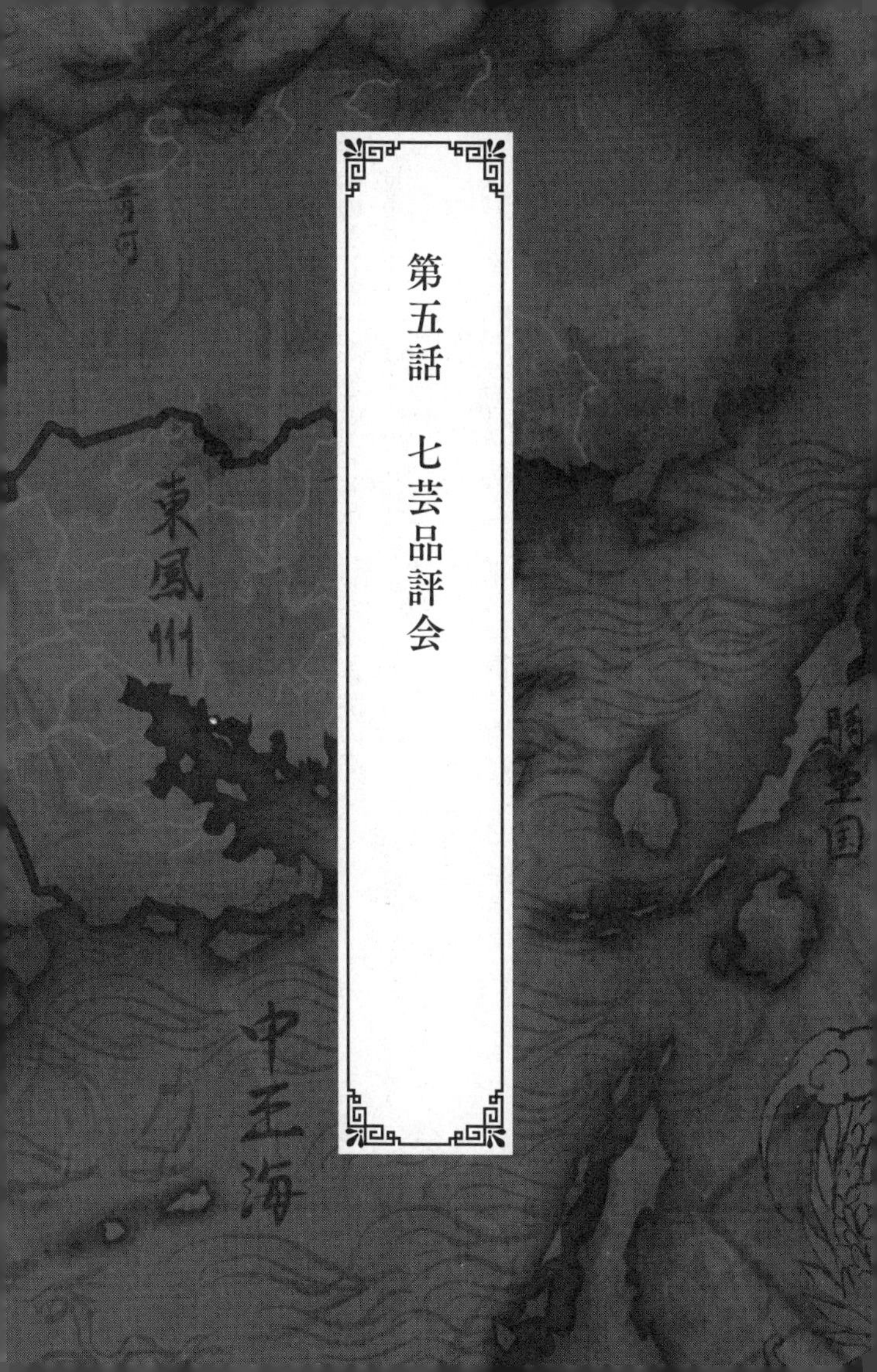

「では、來梨《らいり》さま。陶磁器を許するために作られた五評とはなんでしょう？」

「五評ね、覚えているわよ。原料の良さ、形の正しさ、それから――」

「その調子ですの」

「文様の美しさ、彩色の美しさ、そして、格調の高さ」

「お見事です。では、その五評のうち三つを用いて、こちらの瓶子《へいし》を評してくださいませ」

「よいしょ。これですの」

「……白磁、ですね。原料は西鹿州の武名《ぶめい》のものです、でなければこのような青みがかった白さはでませんから。二段の絞りは伝統的な月宝窯《げっぽうがま》の特徴ですが飲み口の形が斬新ですね。なにより目をひくのは、文様の細やかで見事なこと。描かれた山桜が今にも花を散らしてしまいそうで、思わず見とれてしまいました。まさに品評会に上るに相応しい一品かと」

すでに夜は更け、月が天上高くに輝いている。

未明宮は、その名に反して、夜深くまで明かりが灯り続けていた。それも今夜に限ったことではない。大量の書物が届いてから毎日だった。

來梨は、昼夜問わず、芸術の勉強を続けていた。

努力のかいもあり、七芸品評会の目録に書かれていた芸事の多くについて、商人顔負けの知識を習得していた。決して才人ではなかったけれど、慈宇《じう》が言い残した通り、誰よりも強い忍耐力の持ち主だった。

「これで、一通りは覚えられました。明日の品評会までにぎりぎり間に合いましたね」

「すごいですの。私、ぜったい無理だと思ってました」

侍女二人の声に、來梨は嬉しそうに笑う。

「あなたたちが付き合ってくれたおかげよ。私がもっと利発であればよかったのだけれど、手間をかけさせたわね」

「とんでもない。それが私たち侍女の務めですから」

「でも、なんとか覚えはしたけれど、これでちゃんと批評なんてできるのか不安だわ」

「大事なのは知識ではなく、來梨さまがどう感じたかです。知識は、それを表現するための道具にすぎません。思うままを述べれば良いのです」

「そうね。ありがとう。今日は、もう寝ることにするわ」

「それがいいですの。明日の本番で寝てたら、目も当てられないです」

三人とも頭に鉛《なまり》が詰まっているような疲労を感じていたが、心は晴れやかだった。

來梨が寝所に入るのを見届けてから、侍女たちも自室に引き上げる。

二人きりになったあとで、小夏《シャオシイ》は囁くように明羽《めいう》に打ち明けた。

「あの人が皇后になれるとは思えないですし、初恋のために後宮入りしたなんて聞いた時は頭を抱えたりもしましたけど……いつの間にか、あの人のことを好きになったみたいだべ」

明羽にも、その気持ちがよくわかった。

確かに、他の貴妃と比べられると、負け皇妃と呼ばれるのは仕方ない。けれど、來梨は少しずつ変わろうとしている。

「初めて会った時はびっくりしたね。押し入れに引き籠っててさ」

「なんだか、ずうっと昔のことのような気がしますの」

今回の書物の山を前に、來梨は二人の想像以上に必死に学んだ。灰麗《はいれい》から教えられた不吉な占いを告げた時も「皇帝陛下が気にされていないのなら、私も信じないわ。せっかくの機会をそんなものでふいにするのはもったいないでしょ」と笑ってみせた。

強くなられたのだろうと、思う。

非才だし後ろ盾もないけれど、なぜか応援したいと思わせるものが芽生えている。

自らの州のためでなく、初恋のために後宮入りした皇妃。もしかしたら、この人が皇后になったら、意外と民衆から人気が出るかもしれない。

開いた戸の隙間からのぞく月には、いつの間にか薄雲がかかっていた。

朧《おぼろ》な月の光は、この未明宮の未来を暗示しているようにも見えた。

◆◇◆◇◆

桃源殿を囲む庭園には、さまざまな花が咲き誇っていた。

舎殿の名の由来となった桃の花が庭を囲み、今や盛りと薄紅色の花を散らしている。桃を盛り立てるように、白木蓮などの背の高い花木が空を覆い、色合い豊かな牡丹や蘭が膝元を彩っていた。

七芸品評会の朝、明羽は主より先に桃源殿に出かけた。

品評会が開かれるのは、桃源殿の中央にある石舞台と呼ばれる中庭だった。

石畳で作られた舞台を囲むように舎殿が建てられており、品評会では、演者や芸術品が次々と舞台に上る。舎殿には皇族や貴族たちが居並び品評するという趣向だった。

明羽の役目は、來梨が座る場所を整えておくことだったが、石舞台にいく前に少しだけ寄り道をする。

花園に咲いていた白と薄紅の蘭を、生意気な花瓶に活けてやるつもりだった。

『これで……花瓶だ。儂はどこから見ても、花瓶だ！』

蘭を飾り廊下の棚の上に移動させてやると、花瓶は上機嫌で叫んだ。

「はいはい、花瓶です。よかったね。で、面白い話っていうのは？」

明羽がどうでもよさそうに呟く。

『不愛想な娘よ、それが人に頼む態度か』

「うるさいなぁ。これ以上、いろいろ言うなら割るよ？」

『すまん。調子に乗り過ぎた』

花瓶はわざとらしく咳払いをすると、告げた。

『日輪の腕章をつけた緑袍の男が、皇帝暗殺の算段を話しているのを聞いた。それも、今日執り行われる、七芸品評会の席上でだ』

日輪は右将軍を示す文様、つまり烈舜《れつしゅん》のことだった。豪快に笑う大男を思い浮かべ、思わず顔を顰める。

「烈舜さまが、そのようなことを？」

『信じるかどうかは、好きにせい。きゃつらが、もしあの席上で殺害するならどうすればよいか、と話しているのを聞いただけだ』

「きゃつらというと、他に誰かいたの？」

『あぁ。衛士にしては気弱そうな若造じゃった。永青《えいせい》と呼ばれておったな』

烈舜と永青、あの二人が皇帝暗殺の算段を？

そんなことあるわけない、と笑い飛ばしたいけれど、明羽は、灰麗に聞いた占いが引っかかっていた。

烈舜は、豪気で何を考えているのかわからない部分があったけれど、少なくとも武官らしく忠義には篤《あつ》いように見えた。永青もそんな大胆なことを企《たくら》むようには思えない。

とにかく、今は考えても仕方ない。

「また、話を聞きにくるから」

そう花瓶に告げると、石舞台に向かった。


桃源殿の中央、石舞台の周りでは、数多くの女官や宦官が準備に追われていた。

石舞台には朱と黄で彩られた絨毯《じゆうたん》が敷かれ、四隅には桃の切り枝が飾られている。舞台を囲む舎殿には椅子と机が並び、玻璃《はり》細工の燭台《しよくだい》や金銀の糸で編まれた上敷など煌びやかな装飾に彩られている。

豪奢さはまるで違うが、村祭りの前の賑わいを思い出し、明羽は懐かしくなった。

舞台の正面には、皇帝が座する金色の椅子がある。両隣には皇后と皇太后の椅子。さらに皇族や重臣が並ぶ。

百花輪の貴妃たちの席は、石舞台を右側面から眺める位置だった。

残りの石舞台を囲む二面には、特別に後宮内に招かれた貴族や妃嬪たちが座る。

明羽は、來梨が座る場所を確かめ、卓上に金糸の織物を敷いたり、机に蘭灯を並べたりと貴妃が座る場所として相応しいように整える。

品評会は昼前から夕方まで開かれるが食事は出ないので、途中でつまめるように菓子や甘瓜を置いて、果物用の包丁を添える。

「また、あんたなの」

背後から声がする。

振り向くと、朱波《しゅは》が立っていた。相変わらず猫っぽい目で見つめてくる。

來梨の席は百花輪の貴妃の中で一番左端、その隣が孔雀妃の席だった。

「未明宮は侍女が二人しかいないんだから、どっちかに決まってるでしょ」

「あぁ、そうね。すぐに誰もいなくなるかもしれないけど」

「いちいちつっかからないでよ」

朱波はからかうように笑いながら、孔雀妃の座る机や椅子を飾り始める。一つ一つの装飾品は、未明宮の物よりもよほど高価に見えた。

「でも、本当に心配して言ってんのよ。このあいだの顔合わせの宴の件で、あんたは賢いところを見せた。慈宇って侍女長は、皇后さまと旧知だったから真っ先に狙われたのよ。やっかいな侍女だと目を付けられたら、次はあんたが狙われる」

「それは、正しい忠告みたいね」

「根に持たないでよ。まぁ、あたしが言えたことじゃなかったか」

そこで、遠くから男たちの声が響いてきた。

後宮内で、男たちが大声で話す声が響き渡ることはない。だから、二人の耳には違和感を伴って届いた。

顔を上げると、高貴な身分であることがひと目でわかる長袍《ちょうほう》に冠を纏った男たちが列をなし、石舞台の周りに入ってくるところだった。

「貴族連中ね。南虎州からも、わざわざこのために有力貴族や郡主たちが上洛したってさ。例年は、当主が品評会に出るなんてのは稀《まれ》で、代理を寄こしたり、病気で欠席したりする家がほとんどだったのに」

「北狼州から上洛する貴族はいないと聞いてるけど」

「あんたの州は、百花輪に興味がないからでしょ。今回は、北を除けば、どの州からも有力貴族が集まっている。すごい盛り上がりだそうだよ」

「そんなに、百花輪の貴妃が見たいのかな」

「そりゃあ、見たいでしょ。どの貴妃が選ばれるかに州の命運がかかってる。皇后になる人物を見極め、早めに取り入っておきたいって輩《やから》も大勢いる」

急に、朱波が片膝をついて拱手する。背後から高貴な身分の人物が近づいてくるのに気づき、明羽も遅れてそれに倣った。

「おやおや、随分と若くて可愛らしい侍女たちじゃの」

わざわざ立ち止まって声をかけてきたのは、柔らかな雰囲気を纏った老女だった。

優しげな笑みを浮かべる顔は、老いてなお、かつての美貌を感じさせる。

装飾がほとんどない白い長衣は、普段の百花輪の貴妃たちと比べても質素に見えた。身に纏う指輪や首飾りも控えめで、髻もあまり持ち上げずに後頭部でまとめているだけ。それだけで、明羽は不思議な親しみを覚えてしまう。背後には十人ほどの侍女が連なっており、特別な地位にある女性であるのは明らかだった。

「もったいないお言葉です、皇太后さま」

朱波が答えるのを聞いて、やっぱり、と心の中で頷く。

皇太后。後宮でもっとも権力を持つと言われている人物だった。後宮最奥の鳳凰宮《ほうおう》に居を構えており、その宮の名より、凰太后《おうたいごう》とも呼ばれる。

皇太后は背後を振り向くと、侍女に指示を出す。侍女の一人が、手にした盆の上にあった菓子を、膝をついたままの明羽と朱波の前に差し出す。

小窩頭《シャオウオトウ》と呼ばれる貴族たちの間で流行っている饅頭菓子だった。目の前に差し出されただけで、金木犀《きんもくせい》の蜜と栗の香りが広がる。

「これは、妾《わらわ》が気に入っている菓子じゃ。落ち着いたら、ゆっくり食べるがよい」

明羽と朱波が一つずつ受け取ると、皇太后は満足したように頷いて立ち去った。

緊張していたらしく、朱波が大きく息を吐く。

「まさか、皇太后さまに話しかけられるとはね——これ、あげる」

朱波が猫のような目を吊り上げて、もらったばかりの菓子をそっと突き出してくる。

「いらないの？　こんな高級なお菓子、滅多に食べられないよ」

「これまでは、後宮内の行事はすべてあの方が中心だった。それが、百花輪の儀が布告されたから、今年は誰もが百花輪の貴妃に注目している。さらにこの盛り上がりだ。穏やかに笑っていても、腹の中は煮えくり返ってると思うわ。そんなお方からいただいた菓子なんて、怖くて食べられないわよ」

明羽は、少し迷ったけれど受け取る。二つあれば、小夏と一つずつ分けられる。皇太后がどんな人物であれ、お菓子に罪はない。

朱波は先に席を整え終えると「せいぜい気をつけて」と、赤毛を揺らしながら立ち去って行った。

違う貴妃に仕える者同士で、後宮入りしたばかりの時に騙されたりもしたけど、明羽はやっぱり、どうにも嫌いになれないと感じた。

舞台の正面に顔を向ける。皇太后は、まだ他の皇族は誰も来ていないというのに、一人で自分の席に座り、背後に控える侍女と朗らかに談笑している。

後宮を三十年に渡って支配しているのだから、並大抵の人物であるはずがない。けれど、人の好い老女のようにしか見えなかった。

菓子を紙に包んで小袋に入れ襦裙の中に仕舞うと、残りの仕事を片付ける。

皇族や重臣たちの席は埋まりかけているが、百花輪の貴妃はまだ誰も来ていない。來梨を迎えに未明宮に戻ろうかと考えた時だった。

視線の端、奇妙な場所に人影が見えた。

桃源殿の屋根の上に、烈舜が身を隠すようにしゃがんでいた。手には、弓を持っている。

あんなところで、なにを。まさか。

他に、烈舜に気づいている者はいないようだった。明羽が見つめていると、烈舜はおもむろに矢をつがえ、まだ誰も座っていない皇帝の椅子を狙うように構えた。

その瞬間が来た時の、事前確認をしているようだった。

「書物は役に立ったか？」

背後から、冷たい声をかけられる。

振り向かなくとも、相手が誰かわかる。膝をついて拱手をする。そこにいたのは、李《り》鷗《おう》だった。

「このような場所で、侍女に話しかけてよろしいのですか？」

「構わん。貴妃の侍女だ、話しかけるのはおかしなことではないだろう。それにお前は、先ほど、もっと高貴な御方より話しかけられていたしな」

「見られていたのですね。お菓子をいただきました」

お菓子と聞いて、李鷗は朱波と同じように顔を顰めるけれど、なにも言ってこなかった。

「それよりも、あちらで烈舜さまはなにをなさっているのでしょう？」

情報の出元が言えない以上、花瓶から聞いた皇帝暗殺の密談を話すわけにはいかない。

それが、明羽にできる精一杯の警告だった。

けれど、明羽の心配は杞憂《きゆう》だったように李鷗が答える。

「またやってるのか、あいつは」

「また、とは？」

「警備はあいつの仕事だからな。暗殺を企てる側の立場になって考えるそうだ。当日も、あぁやって、どこからだと陛下を殺せるか、警備に穴はないかと考えながら歩き回るそうだよ。まぁ、不敬この上ない行動に見えるが、あいつなりに真剣なのだ」

どうやら、雲雀の花瓶が聞いたのも、その相談だったのだろう。桃源殿の下見をしながら、暗殺する側だとすればどうするか、などと話している二人が想像できた。

「なにか、気になることでもあるのか？」

「いえ、なにもございません。來梨さまが他の貴妃さまに負けないように芸術を愛《め》でることができるか、心配しているだけです」

「お前も、不敬なやつだな」

ここが竹寂園であれば皮肉っぽく笑っただろうが、周囲の目を気にしてか、仮面の三品はほとんど表情を変えなかった。口の端にだけ微かな笑みを浮かべて立ち去っていく。

そこで、桃源殿の入口に來梨が姿を見せた。明羽も合流し、小夏と並んで後ろにつく。

関所で役人に足止めされた村娘のように不安そうな顔をしているだろうと思っていた。

いくら覚悟を決めたと本人が口にしても、こんな大舞台に出るのは初めてなのだ。

けれど、北狼州伝統の柄を用いた長衣を纏い、胸を張って歩く來梨の背からは、強い気迫が感じられた。

小夏に「なにかあった？」と小声で尋ねる。

「桃源殿に向かう途中で、黄金妃と孔雀妃に会いましたの」

同僚は苛立ったような声で、桃源殿に来る途中の出来事を教えてくれた。

未明宮を出たばかりの來梨は、明羽の予想通り不安そうな顔をしていたらしい。覚悟を決め、必死で準備をしたといっても、根っこは表舞台に出たことのない箱入り娘だ。

そして、桃源殿へ向かう途中で黄金宮の一行と鉢合わせした。

星沙《シンシャ》は今日も黄金を纏っているような長衣だった。この宴のために誂《あつら》えたようで、白と黄の濃淡に染め上げられた布地に金糸で描かれているのは桃の花だった。その上にかかる薄絹の披帛は、花びらを揺らす風を表しているかのようだ。

頭上で輪を描くように結い上げられた髪には七宝の簪。金と螺鈿であしらわれた耳飾り。美しく豪華な衣裳に身を包んだ幼さを残す貴妃は、誰もが見とれて溜息をつく、美しい人形のようだった。

黄金妃の背後には、三人の侍女が控えている。

來梨の後ろに控えるのが小夏だけなのを認めて、すぐに可愛らしい笑みを浮かべた。

「あら、侍女はもう一人だけになったのでしたっけ？」

「いえ。もう一人は、桃源殿の方で準備を――」

「冗談ですわ。ただ、いつまでも冗談ですむかしらね」

星沙はひらひらと手を振り、後ろの侍女たちも口に手を当てて笑う。

「それより、書物をずいぶんたくさん運び入れていたようですわね」

「ええ。浅学なものですので七芸について学んでおこうかと」

「私は、生まれた時からたくさんの芸術に触れてきましたわ。そんな付け焼刃のような知識で、陛下の前で芸術を語るのは冒瀆《ぼうとく》だとしか思えませんけれど」

「陛下がお聞きになりたいのは、どう感じたかということだと思っています。知識はあくまで、それを表現するための手段にすぎないかと」

來梨がこれまでのように怯えて黙り込まずに言い返したことに、年下の貴妃は不快そうな顔をした。すぐに挑戦を受けるように笑ってから続ける。

「本物に触れていない人間は、その心根さえ育たないと言っているの。もしそうではないと証明したければ、なにも学ばずに来るべきだったわ。ちがうかしら？」

來梨が返答を考えているあいだに、黄金妃は言葉を重ねる。

「知識もなく語るのも、本物を見ずに書物だけで取り繕おうとするのも同じ。厚かましいを通り越して、さもしいとしか思えません。そのような批評など、皇帝陛下はおろか、この場に上るまでに血の滲むような修練を重ねてきた芸術家への侮辱に等しい。芸術を嗜む者の一人としても聞きたくありませんわね」

会話は機転と教養によって生まれる。つまりは、それも才覚だ。返答に窮した時点で、來梨の敗北だった。

星沙はなにも言い返せなくなった來梨に、羽虫でも払うような冷たい視線を投げると「ではお先に」と告げて去っていった。

來梨はしばらく、拳を握り締めるようにして黄金妃の背中を見つめていた。

それを嘲笑うように、背後から豪快な笑い声が響く。

振り向かずともわかる。大股の足音で近づいてきたのは紅花《ホンファ》だった。

赤を基調とした襦裙。華信国の伝統的な長衣よりも丈が短く、胸元もゆったりとしている。南虎州の意匠を取り入れた衣服は、色香と豪胆さを併せ持つ孔雀妃の魅力を十分に引き出していた。紅玉を埋め込んだ腕輪に、同じく紅玉をあしらった耳飾り。髪には手をいれず、炎のように波打つ赤毛をそのまま背中に流している。

背後には、星沙と同じく三人の侍女を引き連れていた。

「ずいぶんな言われっぷりじゃねぇか。ほんと、可愛くない小娘だよなぁ」

紅花は隣に並ぶと、波打つ赤髪を大げさにかき上げる。それだけで、辺りには孔雀宮の中にいるように、伽羅の匂いが香った。

「でも、あいつの言うことももっともだな。いいこと教えてやる。芸の披露が終わった後、自信がなければ下を向きな。皇帝陛下は、下を向いているやつには意見を求めないそうだ――ずっと下を向いてりゃ、恥をかくこともねぇぜ」

紅花はそう笑うと、颯爽《さっそう》と追い抜いていった。

一人残された來梨は、先を歩く二人の貴妃を睨みつけている。

両の手は、着付けたばかりの長衣を強く握り締めていた。

小夏はその姿に、主が変わりつつあるのを感じた。今までの來梨であれば、怯えて黙りこくったり、へらりと媚びるように笑ってその場をやり過ごしていたはずだ。

長衣を握り締める來梨の手に、そっと自らの手を添える。

「來梨さま、そんなに強く握っては、せっかくの衣裳が皺になってしまいますの」

優しく解《ほど》くように、からみついた指を離す。

「さぁ、これで大丈夫。参りましょう」

來梨は目を瞑り、大きく息を吐いてから告げた。

「小夏、おかげで落ち着いたわ。一泡吹かせてやりましょう」

もう、未明宮を出た時の不安に押しつぶされそうな箱入り娘はどこにもいなかった。


話を聞いて、明羽は思わず吹き出した。

どうやら臆病風に吹かれていた穴兎を大声で急き立て、火を翳《せ》して追い立ててくれたらしい。貴妃たちがどんなつもりで声をかけたのかは知らないが、感謝したいくらいだった。

石舞台に着いた時には、他の貴妃たちは揃っていた。

來梨の席は貴妃たちの中で一番端、そこから紅花、星沙、玉蘭《ぎょくらん》の順に座っている。

灰麗は宣言通り欠席だった。それぞれの貴妃の後ろには侍女が控えている。

舞台の正面には、まだ来ていない皇帝の空座を中心に右に皇后・蓮葉《れんよう》、左に皇太后、その両脇に皇族が並んでいた。李鷗をはじめとする高官や太監《たいかん》たちは皇族の後ろに並んでいる。

銅鑼の音が鳴り響く。

天礼門から後宮入りする時と同じ、皇帝の到着を示す合図だった。聞き慣れたはずの音に、明羽は全身が強張《こわば》るのを感じる。

いよいよ、始まるのだ。

やがて、紫色の龍袍に身を包んだ男が、咲き誇る桃の庭園を通り抜け、石舞台を横切るように歩み出てくる。

明羽は、初めてその姿を間近に見た。

十二代皇帝・兎閣《とかく》。天帝に選ばれし華信の頂点。

威厳と風格に満ちた人物を想像していた。けれど、目の前に現れたのは、気品はあるが、ただそれだけの朴訥《ぼくとつ》とした雰囲気の男だった。

端整な顔立ちだが、李鷗のように人の心を捉えるほど美しいわけでも、烈舜のように一度会えば忘れない迫力があるわけでもない。龍袍を着ていなければ重臣たちに埋もれてしまいそうだ。

石舞台を渡る足取りは軽く、ふらりと散策しにきたように気負う様子がない。誰もが傅《かしず》く、皇族も貴妃も頭を下げる。背後には大勢の家臣を引き連れている。けれど、皇帝からは覇者の迫力をまるで感じない。

太平を保ち善政を敷いているというのに、現皇帝の市井の人気は高くない。それは、皇帝自身の逸話や武勇伝が広まっていないのが要因だと聞く。明羽はその理由がわかった気がした。目の前の男の容姿や立ち振る舞いには、物語の主役になる要素が見つからない。

だが、それゆえに異様に見えた。

華信国の頂点を、軽い足取りで、線の細い双肩で、飄々《ひょうひょう》と背負っているのだ。

「すまぬ。桃が美しかったゆえ、しばし庭を歩いていた」

皇帝が口を開く。声も気品に溢れているけれど、威厳や迫力は皆無だった。

「……兎閣さま」

來梨が、積年の想いを滲ませるように呟く。

初恋を胸に秘める貴妃の目には、明羽が感じた異様さは全く映らなかったようだ。

「よき日だ、始めるとしよう」

皇帝が座につき、小さく呟く。それを合図に、進行役である宰相が大声で宣言した。

「それでは、これより七芸品評会を開催する。まずは演劇である。第一演目は、東鳳州は甲羅《こうら》郡より来たる黎明《れいめい》歌劇の一座である」

黎明歌劇団。東鳳州でもっとも権威ある劇場・千客万来閣《せんきゃくばんらいかく》にて十年連続で正月演目を務め、華信国一の劇団と謳われている。

演目は『瑠璃《るり》の恋歌《こいうた》』、身分の異なる家に生まれた男女が、その運命に抗おうと命を燃やし尽くすまでを描いた悲恋劇だ。

基になっているのは東鳳州の御伽噺であり、誰もが知る物語に、誰も聞いたことのない美しい歌をのせた、劇団の看板演目だった。

明羽は心の中で、劇団に関わる蘊蓄《うんちく》を諳《そら》んじる。來梨と一緒に学んでいるあいだに、明羽もいつの間にか様々な教養を身に付けていた。

「演目は――『明帝《めいてい》の初陣《ういじん》』」

……え?

聞こえてきた言葉が、耳にざらりとした感触を残す。

李鷗から届いた目録とは異なる演目だった。

來梨も気づいたようで、青ざめた顔をする。

歌が始まる。本来なら素晴らしい舞台だったのだろうけれど、明羽は、まるで集中できなかった。

品評会のために短くまとめられた歌劇が終わり、舞台を囲んでいた官僚や貴族たちの喝采が辺りを包む。

皇帝が手を上げると、喝采は、鳥が飛び立つように消えた。

静けさに包まれた舎殿に、宮城の主の声が響く。

「素晴らしい歌だった。さて、せっかくだ。貴妃たちの意見を聞いてみたいな」

明羽は、自分の主を見つめる。

黎明歌劇といえば『瑠璃の恋歌』が人気、そのことを交えて感想を言えば、さりげなく教養を示せる。むしろ、來梨がなにか言えるならそれだけだった。だが。

「『黎明歌劇』といえば『瑠璃の恋歌』が有名だ。てっきりそっちをやると思っていたんだけどな」

紅花が先に口にする。それに続いたのは、星沙だった。

「私が、演目を変えた方がよいのではと提案したのです。その歌劇は、娘の父親が無理やり娘を後宮に入れようとしたことで起きた悲劇です。この世に陛下の妃嬪となることを拒む女などいないでしょうが、この後宮で演じるには、いささか不敬かと思いましたので」

「私は気になどしないのだがな。だが、明帝は、私が尊敬している希代の英雄の一人だ。こうして歌劇でその初陣を観られたのは楽しい時間であった」

「陛下が明帝を尊ばれているのは存じておりましたので。それを演目に選ぶのがよいと考えました。歌も踊りも、こちらの方が『瑠璃の恋歌』よりも格式高《たこ》うございます」

「さすが東鳳州の貴妃だ。今の演目も存じていたか」

皇帝と星沙の間で会話が続く。

注目を浴びるために、他の貴妃は知らないであろう歌劇に差し替えたのだろう。特に、目録を基に知識を詰め込んでいた來梨にとっては致命的だった。

そして、黄金妃の企みはそれだけではなかった。

「そういえば、明帝は北狼州の英雄でしたわね」

そう、呟く。

皇帝の視線が、來梨に向けられる。

「そうであったな。では、北狼州の貴妃として、今の歌劇に思うところはあるかい？」

明帝は確かに、六王国時代の北狼州の英雄だ。けれどそれは、天狼山脈から北狼州東部の大雪原にあった国を支配した人物であり、北狼州西方にある邯尾郡には馴染みが薄い。名前は知っていても、なにを成した人物か、來梨はあまり知らなかった。

桃源殿にいる全員の視線が來梨に集まる。

「………とても勇ましく、美しい歌声でした」

來梨が絞り出せたのは、それだけだった。

「まるで、童《わらべ》のような可愛らしい批評ですな」

西側の席に控えていた東鳳州の貴族が言い、その周りで笑い声が起きる。

明羽はちらりと小夏を見た。彼女は天狼山脈の出自なので、明帝について多少は知識があるはずだ。小夏は小さく頷くと、來梨に耳打ちしようと身を乗り出す。

侍女が背後に控えているのは給仕のためであり、公の場で貴妃に助言するのは良い印象を与えないが、このままなにも言えないよりはいいだろうという判断だった。

だが、間に合わなかった。

來梨は無理やり作った笑顔を浮かべると、自らを嘲笑した貴族たちに言い返すように言葉を付け足す。

「明帝は北狼州の英雄です。のびやかな演奏に、思わず郷里の白く混じり気のない雪原が目に浮かびました」

「それ、ちがうべっ」

來梨の言葉に、その後ろに控える小夏の声が重なった。

しかも、咄嗟のことで、北狼州の訛りが隠せていない。

失態だった。

先ほどよりも大きな笑い声が周囲を包む。貴妃を嘲笑するのはいかがなものかと遠慮していた貴族たちも、侍女にならばと笑い声を上げる。

駄目押しに、星沙が付け足す。

「お言葉を返すようですが、來梨さま。この歌劇に描かれた明帝の初陣は夏の盛り、場所は東鳳州との国境付近の山岳地帯ですわ。詩にも詠われていますわね。炎威強く天見守る中、明帝の騎馬は灼けた地を蹴り進軍す。そこに雪原を見るなんて――なかなか面白い解釈ですわね」

さらに大きな笑い声が、場内を包む。

東鳳州だけではなく他の州の貴族たちも、來梨を蔑《さげす》むように笑っていた。礼を欠いた行為ではあるが、後ろ盾のない負け皇妃であることは誰もが知っているのだろう。

來梨が知ったかぶりをしたのも悪手だったが、小夏の訛りが、芸術を理解しない田舎育ちの貴妃であるとさらに印象づけてしまった。

來梨は屈辱を堪えるように、それでも顔だけは下げずに哄笑《こうしょう》に耐え続けた。

「今の演奏、笙を違う楽器に見立てて使っていますね」

場内の笑い声を打ち消すように、翡翠妃の天から降りてくるような美しい声音が響いた。

全員の視線が、玉蘭に集まる。

淡緑色の長衣のうえから七色に染めた披帛を掛けた姿は、まさに天女のようだった。その卓越した美しさは貴妃の中でもっとも際立っている。

「一つ一つの音をゆっくりと伸ばし、音同士を繋げる演奏。これは北狼州の伝統楽器、胡笙《こしょう》の音色を模したものですね？」

玉蘭の問いは、演奏を終え、舞台の上に片膝をついていた劇団員に向けられていた。

座長の男が代表し「その通りでございます」と答える。

「明帝は胡笙を愛し、皇后の夏《か》妃は胡笙を奏でれば当代随一だったと聞いております。この演目には相応しい音ですが、急な演目変更を告げられ胡笙の用意がなかったのでしょう。苦労をかけましたね。演奏の素晴らしさはもちろん、その機転と知慮《ちりょ》にも感服いたしました」

座長は恐縮したように、低頭しながら涙を流していた。

「さすが、玉蘭だ。そなたも七絃琴の名手であったな。今度、翡翠宮を訪れたときには、ぜひとも聞かせてもらいたいものだ」

「ええ、お待ちしております、陛下」

皇帝とのやり取りに、周囲に玉蘭を称賛するようなざわめきが起きる。

やがて宰相から、黎明歌劇団に紫勲章《しくんしょう》の授与が告げられる。品評会へ上った演者や芸術品は、皇族や皇妃に批評された後、皇帝によって褒賞《ほうしょう》が決められる。紫勲章は、特に優れていると認められた時にだけ与えられる褒賞だった。その判断に、玉蘭の言葉が大きく寄与しているのは言うまでもなかった。

星沙と紅花も、芸術を純粋に楽しんでいるように微笑んでいるが、内心では玉蘭に先を越されたことを悔やんでいるのだろう。

「來梨さま、まだこれからです」

明羽は、気落ちしているであろう主の背中に声をかける。

「わかっているわ。まだ、これからよ」

その声からは、力強さは失われていなかった。


七芸品評会は進み、演舞、歌奏に続いて絵画へと題目が移っていく。

昼日中《ひるひなか》を過ぎ、石舞台を囲う舎殿の西側から影が伸びるようになっていた。

けれど、來梨はまだ一つも皇帝の印象に残るような批評を口にできていなかった。目録の内容から変更されているものは、最初の演劇以外にもいくつかあった。あらかじめ学んでいた芸術品についても、他の貴妃に先を越されたり、口にした批評の揚げ足を取られたりして、恥をかくことばかりだった。

だが、來梨はそれでも、一度も下を向くことはなかった。皇帝から意見を求められるたび、精一杯に胸を張って自分の言葉を口にする。

それは、後宮入りしたばかりの頃の箱入り娘だった來梨からは想像できない姿だった。

……この來梨さまを、慈宇さんに見てもらいたいな。

明羽は膝の上で拳を握りながら、そんなことを思った。

「お願い。水をもらってきてくれるかしら」

來梨が口にする。

緊張しっぱなしで、喉が渇くのだろう。

小夏はさっきの失敗を悔やんでいるのか、膝頭を見つめるように俯いている。

私がいきます、と告げて立ち上がる。明羽は主の気丈な横顔を見つめながら、水差しを持って石舞台を後にした。

桃源殿へは何度も通っているので、厨房への道は覚えている。

厨房では女官たちが慌ただしく行き来していた。貴妃たちの飲み物や食べ物は自ら用意しているが、皇族への給仕は飛燕宮の女官たちの仕事だった。

女官たちに「水もらいます」と声をかけて水瓶に近づく。

柄杓で水差しに水を汲んでいると、頭の中に声が響いた。


『……こわい、こわいよ』


思わず、水差しを落としそうになる。

声が聞こえたのは、指先が古びた水瓶に触れた瞬間だった。

柄杓と水差しを脇に置くと、左手で白眉《はくび》を握り、右手の指先に意識を集中させながら水瓶の側面に触れる。

『七芸品の青花の大壺、すごい邪気……こわいよ、こわいよ。あの中に、なにかいる。大変なことになるよ』

それだけ呟くと、水瓶は黙りこくってしまった。

明羽は腰に下げている白眉に、周りに聞こえないように囁いた。

「どう思う、今の？」

『青花の壺っていえば、目録の中にあったよね』

言われて、思い出す。まだ品評会には登場していないが、陶工の品目の中に、青花磁器の大壺があった。

「もしそうだとして、邪気ってなんだろ。呪いでもかけられた壺があるのかな？」

『確かに怪しいけど、君が気にすることじゃないよ。今、すべきことは他にあるだろ』

「そう、だね」

脇に置いた水差しを見る。今は、來梨を助けるのが自分の役割なのはよくわかってる。けれど、灰麗が告げた不吉な予言、お喋りな花瓶から聞いた皇帝暗殺の密談。

嫌な予感が、立ち上る雨雲のように心を埋めていくのがわかった。

……兎閣さま。

來梨が呟いた、積年の想いが溢れるような声が、明羽の耳の奥に蘇る。

万が一、皇帝が害されるようなことになれば、來梨は傷つくだろう。それを防ぐために情報を集めるのも、主のために尽くすことには違いないはずだ。

「でも、ちょっとだけ、遠回りして戻ろう」

明羽は、小さく呟く。

返答はなかったが、白眉がため息をつくのが聞こえた気がした。

厨房を出て石舞台とは逆方向に進むと、七芸品評会の舞台に上がるために、国中から集められた芸術品が並ぶ広間に出る。その光景は、壮観の一言だった。

手前には小物類が経机に並べられている。今にも動き出しそうな翡翠の鵲《かささぎ》の彫物、煌めく瑠璃の数珠、螺鈿の大菊が埋め込まれた鏡。

部屋の中央には水墨画や書が置かれ、奥には男数人で抱えるような大物が並んでいた。背もたれに繊細な花模様が彫り込まれた黒檀の椅子、四州の獣が透かし彫りにされた巨木の幹、皇家の象徴である龍を迫力のある描金《びょうきん》で描いた大屏風。

石舞台へと運び入れるのは宦官たちが行っており、品評が終わった物も戻されるらしい。

いずれも国宝級のような品なので、広間は大勢の衛士が警護していた。目当ての青花磁器の大壺も広間の奥に置かれていたが、簡単には近づけそうにない。

時折、女官たちがやってきては衛士と一緒に広間に入っていく。品評が終わった品に褒賞が書かれた札を付けているようだった。それに紛れて広間に入れないかと考えたけれど、女官たちは部屋に入るときに衛士に許可証のようなものを見せていた。誤魔化すのは無理だろう。

佩玉を握り締めると、ほら見たことか、と言いたげな声が頭の中に響く。

『これで諦めついた？　青花磁器の大壺を調べるのは、諦めるしかなさそうだね』

明羽は頷きつつも、先ほどの嫌な予感はなかなか拭えなかった。他になにか手立てはないかと辺りを見回す。

「どうしました、明羽さん？」

振り向くと、永青が立っていた。

気弱そうな物腰に柔らかい笑み。細い体躯《たいく》には、相変わらず緑衣は似合っていない。

「こんにちは。永青さんも、ここの警備をしているのですか？」

「他になにしてるように見えます？」

「あの、一つだけ、近くで見たいものがあるのですけれど、駄目でしょうか？」

明羽は言いながら、鼻をさわってみせた。

永青には、顔面に肘打ちをされた貸しがある。

「……いやはや、仕方ないですね。駄目と言っても、あなたは簡単に諦めてくれなそうだ。それで、どれですか？」

「一番奥にある、青花磁器の大壺なんですけど」

「……いやはや、よりによってあれですか。私についてきてください」

明羽は礼を言うと、永青に続いて部屋の中に入る。

他の女官たちのように、ちゃんと許可をもらって入ってますよ、という顔で堂々と歩いていく。

誰に見咎められることもなく、青花磁器の前までたどり着いた。

首が大きく括《くび》れた一抱えほどもある大壺で、取っ手の部分には蔓薔薇《つる》のような細工がされていた。滑らかな乳白色の表面には、鮮やかな青色で風景が描かれている。

磁器に描かれる風景といえば、山水画か園林がほとんどだった。だが、この大壺に描かれているのは、庶民の市場だった。

買い物客で賑わう大通りには茣蓙《ござ》を敷いただけの店が並び、町人や露天商が魚や穀物を販売している。粥《かゆ》や焼き魚を売る屋台、肩から草鞋《わらじ》を下げている子供の物売りの姿も見える。その絵は明羽に、後宮に入ってからしばらく遠ざかっていた下町の喧噪《けんそう》を思い出させた。

「……すごい。まるで、町の熱気が伝わるみたいだ」

そう呟きながら、そっと白眉を握り締める。

『中になにかいる。気をつけて』

頭の中に声が響いた。明羽はなにげなく背伸びをして、壺の中を覗き込む。

赤い瞳と、目があった。

壺の底に、大きな白蛇がとぐろを巻いて居座っているのが見えた。

邪気。邪《よこしま》なもの。

厨房の水瓶が怯えていたのがわかる気がした。

睨まれた瞬間、体の芯が震えるような恐怖を感じる。

蛇は微動だにしない。じっと明羽を見つめるだけ。まるで、なにか明確な意思によってそこに潜んでおり、余計なことを喋るなと脅しているかのようだ。

明羽はそっと身を引くと、大きく息を吐く。

それから、震えそうになる声を抑えつけながら告げた。

「永青さん、この中に――」

「それ以上、喋らないでください。両手は、ゆっくり後ろに」

固いものが、背中に押し付けられる気配があった。

すぐに、小刀の刃先だとわかる。

辺りを見回す。衛士や女官たちが慌ただしく働いているが、刃をうまく隠しているのだろう、誰も異変には気づいていなかった。

『言う通りにした方がいい。この男の力を見誤ってた。絶対に、一人では戦おうとしないで』

頭の中に、これまで聞いたことのないくらい強張った声が響く。明羽はそっと白眉から手を離し、相棒の助言に従って両手を背後に回す。

「物わかりがよくて助かります。壺からゆっくり離れて、私の言う通りに歩いてください。じゃないと、うっかり刺してしまいますよ」

永青は、これまでと変わらない、気弱そうで穏やかな声で言った。


背中で刃先を感じながら、明羽は指示されるまま歩く。

後宮の人の流れを熟知しているのか、広間を出てからは誰ともすれ違わなかった。桃源殿を出て、石舞台の賑わいが届かなくなるほど歩かされる。

「ここです。扉を開けて、中に入ってください」

永青が次に口を開いたのは、人気のない倉庫の入口に着いた時だった。

言われるままに中に入る。倉庫の中は壁際に空の棚が並んでいるだけだった。かつては穀物の貯蔵庫だったのか、床には微かに白い粉が残っている。

背中に押し付けられていた刃の感触が消える。

明羽が振り向くと、永青が扉を後ろ手に閉めるところだった。倉庫には、天井に明かり取りの小窓があるだけ。薄暗い闇の中で、衛士の恰好をした若者は、広間にいた時と変わらない微笑を浮かべていた。

「さて、ここならゆっくり話ができますね」

永青は笑いながら、さっきまで背に突き付けていた小刀の切っ先を明羽へ向ける。

行動とは相容《あいい》れない優しそうな笑みは、不気味さを余計に掻き立てる。明羽は心の底から、永青というよりも、男そのものへの恐怖と嫌悪が湧き上がってくるのを感じた。

怯えを悟られないように、慎重に尋ねる。

「あなたは、何者？」

「衛士の永青ですよ。ついでに暗殺も請け負っていますけれど。どちらかというと、後者の方が本職ですね」

つまり目の前の男は、暗殺者として何者かに雇われて後宮に侵入してきたのだ。

明羽は、これまで永青と交わしてきた言葉を思い出して、後宮にきてからもう何度目かの痛みを味わう。また、騙されていたわけか。

「さっきの蛇は、いったいなに？」

「私の相棒であり仕事道具です。時がくれば勝手に動き出し標的を咬み殺す、そういう風に躾《しつ》けられています。さぁ、今度はこちらの問いに答えてください。壺のことを、誰に聞きました？」

「……誰にも聞いてない。ただ、なんとなく気になっただけ。中にあんなものがいるなんて、知らなかった」

「嘘では、ないようですね。いやはや、本当に、あなたの勘の良さは大したものです。私を利用してくれてよかった。あの場で騒がれでもしたら、せっかくの仕込みが台無しになるところでした」

永青は微笑を浮かべたまま、小刀を手の中で弄びながら近づいてくる。

「その様子だと、他に知っている者はいないようですね。うん、これで知りたいことは聞けました。あなたが慎重ではなくて、よかった」

言い終わるのと同時に、刃を突き出した。

一切の躊躇いのない、相手の命を最短距離で奪う動きだった。

だが、それは明羽の読み通りだった。

伸びてきた右腕、刃を握っている手を下から掌底で跳ね上げ、反対の手で摑む。毎日繰り返し訓練した型、考えるより先に体が動いた。

手首を捻り握力を奪う。永青が顔を一瞬だけ歪め、小刀が床に落ちた。

すかさず蹴って、刃物を棚の下に滑らせる。

さらに、背後に跳んで間合いを取った。

「また女だからって、油断したな」

明羽は、大きく息を吐いて暗殺者を睨みつけた。

背後からずっと刃を突き付けられていたら抵抗のしようがなかった。目の前の殺し屋は、明羽の技量を甘く見ていた。そこに付け入る隙があった。

永青の顔から微笑が消える。

その身に纏う気配が、途端に暗く冷たいものに変わった。

「なにか勘違いをしているようですが——料理人が鶏を一刀で殺し損ねたのを、油断とは言いませんよ。ただ、そのつもりなら、いいでしょう。特別に遊んであげます」

永青はそう告げると、静かに拳を構える。

構えを見た瞬間、白眉が、一人では戦うな、と告げたわけを知る。

烈舜に無理やり手合わせさせられたときと同じ七影拳の構え。だが、そこから伝わる武の気配は別格だった。明らかに、達人の域に達している。

「鼻はまだ痛むか？　今度はあんなものでは済まないぞ」

言われなくともわかっていた。

力の差は歴然だ。まともに戦えば、数回拳を交えただけで命を奪われる。

けれど、明羽は腰に下げていた白眉を外し、型の稽古をしている時と同じように指に引っ掛けるようにして右手に括りつけると、相対するように構える。

明羽が達人の域に達するのに欠けているのは、技量ではなかった。

実戦での経験が足りない。どれだけ技を磨いても、刹那の判断ができなければ無力だ。

それは一朝一夕では身に付かない、ただひたすらに血を流し、相手との命のやり取りを繰り返した先にしかないものだ。

しかし、明羽にはそれを補う方法が一つだけあった。

囁くように声を出す。

「白眉、力を貸して」

『やるしかないね。ちゃんと、ついてきてよ』

相棒からの答えを聞いて、明羽は小さく笑う。

永青は不審そうに睨むが、なにも言わず、代わりに一足で間合いを詰める。

『蓮雀《れんじゃく》の型、後ろに』

飛鳥拳の型の名前が頭に響く。それと同時、明羽の体は間髪を容れずに背後に跳び、突き出された拳をかわして距離を取り直す。

永青に動揺はなかった。磨き抜かれた七影拳の技は、すべてが次の攻撃への起点となる。一瞬も動きを止めず、蹴りを放つ。

『白鳥の型、右周りに回転』

再び頭に響く声。明羽はその通りに体を動かす。右足を軸に、体を低くして回る。永青の爪先が、髪を擦るようにして頭上を通過する。

明羽の心は、凪《な》いだ水面のように静かだった。

恐怖も闘争本能も、男も女もない。

ただ、相棒の声の通りに動くだけだ。

白眉の三番目の持ち主は、歴史に名を残す武人英雄・王武《おうぶ》だった。彼の戦いをずっと傍で見てきた白眉にも、その経験は受け継がれている。百戦錬磨の英雄の予測は、明羽の実戦不足を補って余りあるものだった。

もちろん、そう簡単なことではない。

頭の中に聞こえた声に瞬時に反応する敏捷《びんしょう》さと技の精度が必要だ。長年の稽古で培われた明羽の型の技量があってこそだった。

永青は続けざまに攻撃を繰り出すが、明羽はそれを流れるようにかわし続ける。

薄氷の上を歩いて湖を渡り切るような行為だった。少しでも反応が遅れれば、氷は砕かれ命を奪われる。

けれど、明羽の表情には恐怖も焦りも浮かばない。

さすがに、永青の顔に戸惑いが浮かぶ。

突き出された拳がわずかに芯を外れる。白眉はそれを見逃さなかった。

『大鷲の型、真っすぐ前』

白眉が告げたのは、飛鳥拳の中でも数少ない、攻撃を行う型だった。

体を半身にして攻撃を避けつつ、両手を重ねるように前へ。向かってくる相手の勢いを利用して威力を倍増させる。

永青の鳩尾《みぞおち》に掌底が突き刺さった。

所詮は女の拳、倒すほどの威力はない。だが、暗殺者に片膝をつかせるには十分だった。

『今だ、真っすぐ走れっ』

明羽は、弾かれたように駆け出す。

倒しきれないのはわかっていた。体力の削り合いになったら勝機はない。明羽にとっての唯一の勝機は、初めから相手に隙を作って逃げ出すこと。外に助けを呼び、皇帝暗殺の計画を阻止することができれば勝ちだ。

桃源殿までの戻り方は覚えている。

近くまで辿りついて大声を出せば、衛士が気づくはずだ。

だが、扉を開け、外に飛び出そうとした瞬間だった。

足に焼けるような痛みが走る。

そのまま、前のめりに転倒した。

明羽が体を起こすと、太腿《ふともも》に細身の刃が刺さっていた。

振り向くと、永青の手には投刀が握られていた。緑袍の中に隠し持っていたらしい。

「言ったはずだ、遊んでやるとな。殺そうと思えば、いつでも殺せた」

戦っていたのは、拳法家ではなく暗殺者なのだと思い出す。

『明羽、しっかり！　立って、走っ――』

相棒の声が途切れる。

転んだ拍子に、手に括りつけていた佩玉の彩紐が千切れたらしい。白眉は石畳の上に落ち、手の届かない場所へと転がっていく。

逃げなければ。最後の相棒の言葉が頭に響く。けれど、足が震えてうまく立ち上がれない。傷のせいか、恐怖のせいか、追い詰められた明羽にはそれすらわからなかった。

「さっきのはどういう術かは知らんが、まさか、膝をつかされるとは思わなかったぞ――褒美だ、楽に殺してやる」

永青が次の投刀を振りかぶる。

今度は確実に、急所を狙っているのがわかった。

後宮に来てからの日々が、頭を過ぎる。

ずっと憧れた場所だった。

ここなら美味しいご飯が食べられて、温かい布団で眠れて、一生懸命に仕事ができる。

けれど、思っていた場所とは違った。
この世界はどこにいっても男がいて、嘘と裏切りがついてまわる。

それでも――後宮に来ることが決まってから、出会った人たちを思い出す。

來梨は、はじめは頼りない主だと思った。大切な人が捕まっても引き籠って泣くことしかできない負け皇妃だと思った。けれど、少しずつ変わっていった。仕えているうちに、こういう貴妃がいてもいいんじゃないかと思うようになった。
慈宇には、この場所で働くためのすべてを教えてもらった。いつも隣にいてくれた小夏の明るさには何度も救われた。色んな人に支えられていたのが、今になってわかる。

ここは、血に塗れて、嘘に塗れて、諍いに明け暮れて、どうしようもない場所だ。
もう憧れの場所なんかじゃない。
だけど――まだ、ここで働きたい。死にたくない。

助けて。
叫びそうになった言葉が、喉の奥で引っかかる。

これまで、何度この言葉を胸に浮かべただろう。だけど、誰も助けてなどくれなかった。いま、この状況で、いったい誰が助けてくれるというのだ。

ふと、天藍石の瞳をした男の顔が浮かぶ。

助けて……李鷗さま。

それも、声には出せなかった。ただ、祈るように、頭の中で呟いた。

永青が手を翻し、投刀を投げる。

明羽は、目を瞑った。

次の瞬間、体が、白梅の香りに包まれる。

わずかに遅れて、誰かに抱きしめられていることを理解する。

そのまま、勢いよく真横に転がる。

抱きしめられたというよりは、横から押し倒されたという風だった。

石畳を転がって完全に止まってから、明羽はそっと目を開けた。

間近に、天藍石の瞳があった。

「死にかけているときくらい、素直に助けてと叫んだらどうだ」

いつもの抑揚のない声で言うと、李鷗は体を離す。

明羽はそこで、自分がさっきまで膝をついていた場所に、二本目の投刀が転がっているのに気づく。李鷗が横から攫うようにして、守ってくれたことを知る。

「これはこれは、李鷗さま。侍女ごときに体を張るとは、ずいぶん大切にされているようですね」

半身を起こした李鷗は、暗殺者に向き直っていた。

永青の手には、すでに次の投刀が準備されている。

「こんなところにお一人でお越しになるなんて、危ないですよ。あなたはこの国の大事な柱の一つなのに。もっとも、私には関係ないですが」

「一人で来ると思うか？」

次の瞬間、横から獣の雄叫《おたけ》びのような声が聞こえた。

どこから現れたのか、烈舜が刀を振りかぶって暗殺者に迫っていた。

巨軀で剛腕、軍神と称えられる武人でありながら、気配を殺す技も卓越していた。永青には、なにもない場所から急に獅子が飛び出してきたように見えただろう。

暗殺者は咄嗟に飛び退く。

だが、完全にはかわしきれなかった。

烈舜の狙いは、投刀を握った右腕。逃げ遅れた指数本が切断され、噴き出した血と共に宙を舞う。

「馬鹿やろぅ。俺より早く飛び出していくやつがあるかっ。お前の命は、安くねぇんだぞ」

李鷗に向けて叫びながら、烈舜は暗殺者の目前に立ち塞がる。

もちろん、李鷗が飛び出さなければ明羽は殺されていた。それでも李鷗は飛び出すべきではなかった、そう言っているのだ。

「永青ぇ。まったく、うまい具合に騙されたぜ」

「いやはや、よりによってあなたですか」

永青が、無事な左腕で投刀を握り直す。

「でも、これは私にとって朗報です。もう間に合わない。あなたが皇帝の傍にいなければ、あとは愚図の衛士だけだ。計画は必ず成功する」

「なんだぁ、計画ってのは」

「今さら手遅──」

喋っている途中で、永青の体が奇妙な角度で曲がる。

いつの間に間合いを詰めたのか、烈舜の拳が腹にめり込んでいた。

永青は悲鳴一つ上げず、白目を剝いてその場に崩れ落ちる。

「いけねぇ、話が長くなりそうで、思わず殴っちまった」

烈舜はそう言いながら、豪快に顎を掻く。

永青はかなりの使い手だった。それを、たった一撃。

明羽は、呆けたように烈舜を見つめていた。

だが、すぐに我に返って、声を上げる。

「烈舜さま、李鷗さま、早くお戻りください。皇帝陛下の御身《おんみ》に危険が──」

明羽は痛みを堪え、自分が見たものを伝えた。青花磁器の大壺に隠された蛇。永青はそれについて時がくれば勝手に動き出すと語っていたこと。

「あの壺か──まずい、皇后さまは、あれに必ず興味を示されるはずだ。今は、なにが品評されている？」

「お前が飛び出してった時には、もう陶工に入っていたぜ──今から戻っても」

烈舜は、半ば諦めたように口にする。広間にあった陶芸品は三つだけだった。ここまでの時間を勘案すれば、すでに石舞台に運ばれていてもおかしくない。

けれど、李鷗はその言葉を遮るように告げた。

「いけ、とにかく走れっ」

烈舜は頷くと、桃源殿に駆け出す。

その背中を見送ってから、明羽はやっと自分の置かれているありえない状況に気づく。

三品位である李鷗に抱き留められ、地面の上に転がったのだ。

「……どうして」

心臓が、やたらと速く脈打っていた。

明羽にはそれが恐怖のためか、命が助かった安堵のためか、わからなかった。

「痛むぞ、少し喋るな」

李鷗はそう言うと、明羽の太腿に刺さっていた投刀を引き抜く。それから、腰に巻いていた帯を刃で切ると、慣れた手つきで足に巻き付けて止血の処置を始める。

「とりあえずの応急処置だ。早く後宮医に診てもらわないと——なんだ、その顔は。そんなに俺がここにいることが不快か？」

「……この顔は、生まれつきです。それより、どうしてここに？」

「お前は不思議と鼻が利く娘だ。あの場でなにかが起こるとすれば、真っ先に気づく。そう思って見張っていたのだ」

「私は、犬かなにかですか？」

「現にこうして気づいただろう。焦ったぞ、お前が水差しを持って厨房にいったきり戻ってきていないと知ったときはな」

それで、烈舜を連れてわざわざ、探しに来たというわけらしい。

明羽はそこまで聞いても、納得できなかった。

「でも、どうして？」

「わけなら、今、話しただろう」

「どうして、私なんかを身を挺《てい》して庇おうとしたのですか。ただの、侍女を」

永青が投げた投刀から、明羽を守った。

それは、一歩間違えば、李鷗が命を落としていたということだ。

「他の侍女でも同じようにするかは、俺にもわからない。ただ、お前が狙われるのを見た時、体が自然と動いていた」

李鷗は太腿を帯できつく結びながら、相変わらず抑揚のない声で告げる。その手も高貴な長袍の裾も血で汚れていくが、まるで気にした様子はない。

「それは、いったいどういう意味でしょう」

「だから、わからんと言っているだろう」

いつも冷静な三品位はわずかに声を荒らげ、明羽から顔を背ける。

その耳は、雪遊びをした童のように赤くなっていた。

「それよりも、俺たちも桃源殿に戻るぞ、陛下が心配だ。暗殺者は、烈舜に殴られたのだ、そう簡単には目を覚まさないだろう。舎殿に戻ったらすぐに衛士を向かわせよう」

李鷗はそう言うと、明羽を横抱きに抱えるようにして立ち上がる。

明羽の体を、再び白梅の香りが包んだ。

「え、ちょっと。これは、李鷗さまっ、恥ずかしいです」

「その足では歩けまい。我慢しろ」

……まだだ。

明羽は、自分の身に起きた変化に気づく。

横から抱えられ、仮面の三品と呼ばれる美しい顔を間近に見上げている。

こんなに近くに男がいるというのに、まるで怖くない。

視線を前に向けると、余計な感情はたちまち隅に追いやられた。

桃源殿はどうなっているだろう。

貴妃の一人が顔を血に染めるのを見たという、灰麗の予言が頭の中を過ぎる。

來梨さま、小夏、どうか無事でいてください。

桃源殿では、陶工の品評が始まっていた。

最初に運び込まれたのは、今にも動き出しそうなほど精巧に造形された獣の置物だった。耳が翼のように広がり、長い鼻が前に飛び出している。大きさは子犬ほどで、白地の上に赤青緑で染め分けられていた。目録では、南虎州に住んでいる獣と記載されていた。

來梨はほんの一瞬だけ品評会のことを忘れ、その珍しい生き物の造形に見とれた。それは、皇帝に自らを印象づけなければと張り詰めていたものが緩んだ一瞬だった。

「なにか思うところがあるか、北狼州の貴妃」

気が緩んだのを見透かしたように、皇帝の澄んだ声が飛んできた。

來梨の体が強張る。作品に見とれてしまい、なにを発言するか考えていなかった。舎殿にいる全員の視線が集まっている。

せっかく、兎閣さまが声をかけてくれたのに。

來梨は気持ちを奮い立たせ、まだ考えがまとまらない中で口を開いた。

「あまりにも見事で、見とれてしまいました。南虎には、可愛らしい生き物がいるのですね。舎殿に持ち帰って共に暮らしてみたいです。こうして三彩《さんさい》で精巧に作ることができるのであれば、遠い場所にいる珍しい生き物を、町を離れることができない市井の人々にも見せることができる。素晴らしいことですね」

横で笑い声が響く。紅花が、杯を片手に哄笑を上げていた。

「なんだ、北狼州の貴妃は象も知らないのか。本当なら、この舎殿を突き破るくらいの大きさだ。戦に使うことだってある。共に暮らしたら踏みつぶされるだけだぞ」

紅花が大げさに手を広げてみせると、舎殿の中に忍び笑いが広がった。

さらに追い打ちをかけるように、星沙がわざとらしく不思議そうな声で付け足す。

「可愛らしい品評ですわね。けれど、これは三彩陶器ではなく、五彩と呼ばれる磁器ですわ。彩色は似ているかもしれませんが、陶器と磁器の見わけもつかないのはさすがに。莉《り》家では陶器を使用していたのですか？」

陶器は陶土を主原料として低温で焼いたもの、磁器は石粉を主原料として高温で焼いたもの。華信国では陶器は庶民が使う器、磁器は高貴な身分の者が使う器として広まっていた。

「ですが、目録には三彩陶器と」

「あら、それは誤りですわね。磁器か陶器の違いくらい、見ればわかるでしょう？」

星沙の呆れた声に、貴族たちや下級妃たちの笑い声は大きくなる。

兎閣に視線を向けると、顔を背け近くにいる宰相となにやら話していた。それが來梨には、皇帝さえも自分のことを笑っているように見えた。

水を飲もうとして、机に水差しがないのに気づく。

明羽はなにをしているの……喉が、渇いているのに。

それにしても、遅すぎる。他の貴妃の侍女に嫌がらせをされていなければよいけれど。

來梨が侍女を視線で探しているあいだに、次の陶芸品が運ばれてくる。

今度は見間違いようのない、青花磁器の大壺だった。

乳白色の滑らかな表面に、蔓薔薇のような細工の取っ手。なにより目をひくのは、側面に描かれている風景だった。磁器には山河や園林が描かれるものが多いが、この大壺には庶民の市場が、賑やかな喧噪が聞こえてきそうなほど活き活きと描かれている。

皇帝が意見を求める前に、皇后・蓮葉が立ち上がった。

「陛下、舞台に降りて近くで見てもいいかしら？」

「あぁ、そうか。この光景は、庄毘丹《しょうびたん》の市場だな。そなたの想い入れ深い場所ということか」

「えぇ。まさか、こんな形で目にするとは思いませんでした」

蓮葉は懐かしそうな表情で頷き、舎殿から石舞台へ降り立つ。

皇帝も、供をするようにその後ろに続いた。

庄毘丹は、東鳳州の西端にある商業都市だ。蓮葉が幼い頃、父親が政争に敗れ、一時期、家族と共に身を寄せていた場所でもあった。

陶芸家がそれを知って描いたのか、偶然なのかはわからない。ただ、その風景は、蓮葉の心を深く捉えたようだった。

「あの町の喧噪が聞こえてくるようね。幼い頃、慎ましくも楽しかった日々を思い出します」

蓮葉が大壺に近づく。

來梨の視線は、その隣に付き添う兎閣に奪われていた。

皇后に付き添って石舞台に降りた兎閣は、來梨のすぐ目の前に立っていた。これほど、手を伸ばせば触れられそうなほど近くで顔を見るのは、幼い日以来のことだった。

十年という歳月が流れた。

その歳月は兎閣を遠い世界へと連れ去り、もう二度と会うことはないと思っていた。

それが今、百花輪の貴妃に選ばれ、後宮に入り、今こうして、名前を呼べば振り向いてもらえる場所にいる。

兎閣の横顔は、あの頃と変わっていなかった。

気品があり知性に満ち、どこか寂しげな眼差しも同じだ。霞のように消えてしまいそうに儚《はかな》げで、それでいて雷雲のように不思議な強さも感じる。

來梨は、自らの鼓動の高鳴りと共に確信した。

……あぁ、私は、やはり。

ずっと、この方を、愛していたのだ。

その時だった。

來梨の目に、奇妙なものが映った。

大壺の中から、真っ白い大蛇が鎌首をもたげていた。

蓮葉は、屈みこんで絵を眺めているため気づいていない。

一拍遅れて、悲鳴が上がる。

女官か、下級妃の誰かだろう。それがきっかけで、白蛇の存在に全員が気づく。

そこからの刹那の出来事は、來梨には時の流れが緩やかになったように見えた。

皇帝が、蓮葉を庇うように身を翻す。

蛇が口を開き、皇帝に向かって飛び掛かる。

護衛の衛士たちは、兎閣の傍にはいない。駆け寄ろうとするが、間に合わない。

一番近くにいるのは、來梨だった。

兎閣さまが、あぶない。

お助けしなければ。

その思考には、恐怖が生まれる隙さえなかった。

咄嗟に叫ぶ。

「小夏っ！」

背後に控えていた狩人の娘は、瞬時に主の意思を汲み取ったようだった。

「はいなっ！」

叫ぶと同時、來梨の横を駆け抜け、石舞台へ向かって跳躍する。

軽業師のような身のこなしで、皇帝に襲い掛かろうとした蛇の首を素手で掴む。そのまま着地と同時に、地面に叩きつけた。

小夏を追いかけて、來梨も石舞台に飛び降りる。

その手には、机に置かれていた果物用の包丁が握られていた。

「來梨さま、頭をっ」

小夏が叫ぶ。両手で白蛇の首を石畳に押し付けているが、蛇の力は強く、今にも振りほどかれそうだった。獰猛《どうもう》に体をくねらせながら、隙あらば飛び掛かろうと皇帝に牙を剝く。

大蛇の力は、人間の骨を簡単に砕く。ほんの一瞬でも躊躇えば、小夏は長い胴で縊《くび》り殺され、皇帝に飛び掛かって、その玉体を毒牙にかけただろう。

だが、來梨は一瞬も躊躇わなかった。

愛する者を救うこと以外、なにも考えなかった。

蛇への恐れも、石舞台へ飛び降りた痛みも、自らの命が脅かされていることさえも。

來梨は、包丁を蛇の頭蓋めがけて振り下ろす。

噴き出した血が、全身に降りかかる。

だが、手を緩めない。蛇は頭を貫かれても、巨大な体をくねらせていた。來梨は体重をかけ、包丁をさらに深く押し込む。

遅れて駆けつけた衛士たちが皇帝を下がらせ、蛇の首に刃を振り下ろす。

胴が切り離され、白蛇は体をゆっくり横たえて動かなくなった。

來梨は大きく息を吐いてから、愛する人に向き直る。

「兎閣さま、お怪我は、ありませんでしたか?」

「あぁ、そなたのおかげだ」

兎閣が微笑む。それだけで、周りの景色が、芙蓉の花が咲き乱れる懐かしい縁側に変わった気がした。

胸の中に安堵が広がった瞬間、はっと我に返って、血に塗れた包丁を地面に落とす。

自分が今、血に塗れた服で、石舞台の真ん中に立っているのに気づく。

辺りを見回す。貴妃たちも、皇族たちや下級妃たちも、皆が來梨を見つめていた。

怯えている者もいた。称賛の表情を浮かべている者もいた。紅花は口惜しそうに睨んでいる。星沙は上辺だけは貴妃のすることではないと冷めた目をしている。

ただ、さっきまで來梨に向けられていた嘲りの表情を浮かべる者はいなかった。

大勢の視線にさらされ、來梨を無我夢中で突き動かした力は霧のように消える。

体が震え出し、途端にこの場から逃げ出したくなる。

どうしよう、ここから、どうすればいいの。

助けを求めていた來梨の背後から、落ち着き払った侍女の声がする。

「來梨さま、お召し物に血がついています。この場には相応しくない装いかと」

訛りを笑われた小夏にも、全員が一目置くような視線を向ける。

來梨は、今にも逃げ出したい心を奮い立たせ、未明宮に帰ったら自室に明日の朝まで引き籠ろうと誓い、これで最後だと自らに言い聞かせて姿勢を正す。

「そうね。陛下、申し訳ありませんが、このような恰好になってしまいましたので、ここで失礼いたします」

丁寧に一揖すると、返り血で染まった顔で微笑む。

それから、背を向けて立ち去る。

誰もが無言で、その背中を見送っていた。

遅れて駆けつけてきた禁軍の将軍が、跪《ひざま》いて「万謝《ばんしゃ》！」と声を上げる。

この場にいる貴族や官僚、宮城の女官たちまでが、このあとで來梨を話題にするだろうことは、間違いなかった。

初めての百花輪の貴妃が一堂に会する行事、七芸品評会にて、北狼州の貴妃は、もっとも強く印象を残したのだった。

◆◇◆◇◆

翌日、明羽は皇后・蓮葉から呼び出しを受け、琥珀宮を訪れた。

皇后が他宮の侍女を名指しで呼び出すのは滅多なことではないが、明羽にはおおよその推測ができていた。

痛む足を庇うようにして歩きながら、案内の侍女に続いて歩く。

通されたのは、丸い机の置かれた客庁だった。正面には皇后・蓮葉が、そして隣には、予想していた通り李鷗がいた。

二人に拱手し、勧められるまま席につく。

皇后は切れ長の目で値踏みするように見つめてから、透き通る声で言った。

「あなたの噂は聞いているわ。鼻が、利くそうね」

「それほどでも、ございません」

明羽は、内心でため息をつきながら、無礼のないように答える。

ここに呼ばれたのは、使える駒かどうかを試すためらしい。つまり、李鷗と皇后は繋がっている、少なくともなんらかの協力関係にあるということだ。

椅子に座っているので、二人から手元は見えない。明羽は堂々と佩玉を握り締めた。

『最初は皇妃と目を合わせるだけで怯えてたのに、君もずいぶんと図太くなったね』

相棒の声が響き、まったくその通りだと笑いたくなるのを堪える。

「李鷗、この娘に話しなさい」

「畏まりました。昨日の七芸品評会で捕えた暗殺者だが――」

李鷗は、明羽と二人きりのときとは違う、官僚然とした冷たい表情で話し出す。

「死んだ。牢の奥で、隠し持っていた毒を飲んでな」

え？　と、思わず口にする。

同情は一欠片も浮かばないが、それでも、この場所では人の命は軽いのだと、改めて思い知らされる。

「だが、調査の結果、わかったこともある。蛇を用いた暗殺術は九蛇《くじゃ》と呼ばれる組織のものだ。あの蛇は沈丁花の匂いに反応して動き出し、相手を襲うように躾けられていた」

その言葉に、明羽はまた言葉を失う。

沈丁花の香りは、今も周りに漂っている。蓮葉が、好んでいる香だった。

白眉の声が、頭の中に響く。

『つまり、暗殺者の狙いは皇帝じゃなく皇后だったたってことか』

「……いったい、誰がそんなこと」

「まだ、わかっていない」

「いいえ、わかってるわ――この後宮の最奥に住んでいる女よ」

李鷗の言葉を遮り、蓮葉が確信を持った声で答える。

後宮の最奥にあるのは鳳凰宮。皇太后が住まう舎殿だった。

「皇后さま、証拠はございません」

「あの女がやったのよっ！　決まっているでしょっ！」

蓮葉は机の上にあった水差しを勢いよく摑むと、横に払うようにして投げつけた。

砕け散った水差しの破片が、床一面にまき散らされる。

「あの婆《ばば》ぁ、また性懲りもなく、この私の命を狙ってきやがって！　くそっ、死ねっ、さっさとくたばれっ」

感情を叩きつけるような叫び声が部屋中に響く。それは、獣にでも憑《つ》かれたような豹変ぶりだった。

「皇后さま、声が少々、大きいです」

李鷗は皇后の変貌を見ても表情を変えなかった。三品位が囁くように告げると、蓮葉は我に返ったように動きを止める。

「……皇太后さまが皇后さまを狙う理由が、なにかあるのですか？」

「決まってるでしょ、嫌がらせよ。あの婆ぁはね、私が死ななくてもよかったの。嫌がらせができればね――あの馬鹿げた噂を、まだ真に受けてるんだわ」

皇太后は、現皇帝・兎閣の実母ではない。即位から一年と持たず病で崩御した先帝・万飛《まんひ》の母だった。皇太后は皇帝といえども忽《ゆるが》せにできない権力を持ち、後宮の頂点に居座り続けている。それが、今のような歪んだ宮城を生んでいる。

馬鹿げた噂というのは、明羽も女官たちから聞いていた。それはあまりに荒唐無稽なもので、万飛は病死ではなく、兎閣によって暗殺されたというものだった。

蓮葉はさっきよりは落ち着いた声で、絞り出すように続ける。

「後宮に入ってから、ずっと嫌がらせをされ続けてきたわ。陛下の目の届かないところで笑いものにされ、嘲られ、そして、私が皇后になってからは何度となく命を狙われた。あいつのせいで、何人の侍女や女官たちが犠牲になったことか」

「でも、今回のように注目を集める場で、お命を狙うようなことはありませんでした」

李鷗が言うと、蓮葉はいい気味だというように首を軽く振ってみせた。

「ええ、かなり苛立っているようね。今まで、後宮の行事はすべてあいつが中心だった。

けれど、今では後宮の注目は百花輪の貴妃たちに集まっている。それが、面白くないの」

「百花輪の儀を布告したのは、お世継ぎの問題だけでなく、皇太后さまの権力を削《そ》ぐ狙いもあったのですね」

「その通りよ。でも、それだけじゃないわ——正直に言うと、疲れたのよ」

蓮葉はちらりと視線を逸らす。その先には、粉々になった水差しが転がっていた。琥珀宮の侍女たちが割れた破片を片付けようとしている。

水差しに自分を重ねるかのように薄く笑いながら、掠れた声で続ける。

「あの女の相手をするの、もう限界なの。誰かに代わって欲しいの。早く、誰でもいいから百花皇妃に選ばれてちょうだい。化物の相手は、その子に任せるわ」

そこには、初めて見た時に感じた、気高く強い皇后はいなかった。親睦の宴で、曲者揃いの貴妃たちを牽制した手腕を思い出す。彼女も並みの女性ではないはずだ。それがここまで追い込まれるとは、よほど過酷な目にあわされてきたのだろう。

けれど、明羽にはどうしても違和感が拭えなかった。

七芸品評会で言葉を交わした皇太后が、そこまで悪い人には見えなかったからだ。働いていた侍女に声をかけ、労ってくれた優しい老女の印象しかない。

その時だった。

臍《へそ》の辺りで、なにかが動く。

驚いて見ると、帯に挟み込んでいた小袋がもぞもぞと動いていた。

明羽は悲鳴を上げて、机の上に落とす。

机の上に、袋の中身が転がり出る。

動いていたのは、皇太后からもらった小窩頭の菓子を包んでいた紙だった。色々なことがあったせいで、すっかり取り出すのを忘れていたのだ。

紙が勝手に開くように、小窩頭の皮を内側から破って、真っ黒い蜘蛛《くも》が這い出ようとしてくる。

「毒蜘蛛よ。潰しなさいっ、早くっ」

蓮葉の鋭い声。李鷗の手が横から伸びてくる。

蜘蛛が紙の外に出る前に、紙を丸めるようにして潰した。

呆然としている明羽に、皇后の声が降ってくる。

「それ、あいつからもらったのでしょう。仮死状態にした毒蜘蛛を中に入れて作っているのよ。滋養があると言って配り歩いてるわ。私ももらったことがある――あいつが食べているところは、見たことないけれど」

目の前で起きた出来事に、さっきまで胸の中にあった違和感は溶けてなくなる。

後宮には、数多くの魔物が住んでいるというが、あの人の好さそうな老女が一番の化物かもしれない。

「さて、明羽、ここからが、あなたにわざわざ琥珀宮まで来てもらった本題よ。このたびの働きに応じて褒美をあげるわ。立場を考えたうえで、好きなものを言いなさい」

立場を考えろ、というのは、あまり大それたものを口にするな、ということだろう。

咄嗟に、皇后に願うことなど思いつくはずもなかった。

断るのも無礼にあたるかもしれない。幾ばくかの金銭を受け取るのが無難だろうか。

そんなことを考えていると、ふと思いつくことがあった。

胸に仕舞っていた短冊を取り出す。

「それでは、これを陛下にお渡しいただくことをお願いできますでしょうか？」

受け取ると、皇后は幼子の成長を見たような柔らかい笑みを浮かべる。

「たしかに、鼻は利くようね」

横から覗いていた李鷗も、面白い一手だというように目を細めた。

その絵は、主が描いては未明宮のあちこちにほったらかしにしていたものだった。

そこには、美しく咲き誇る芙蓉が描かれていた。

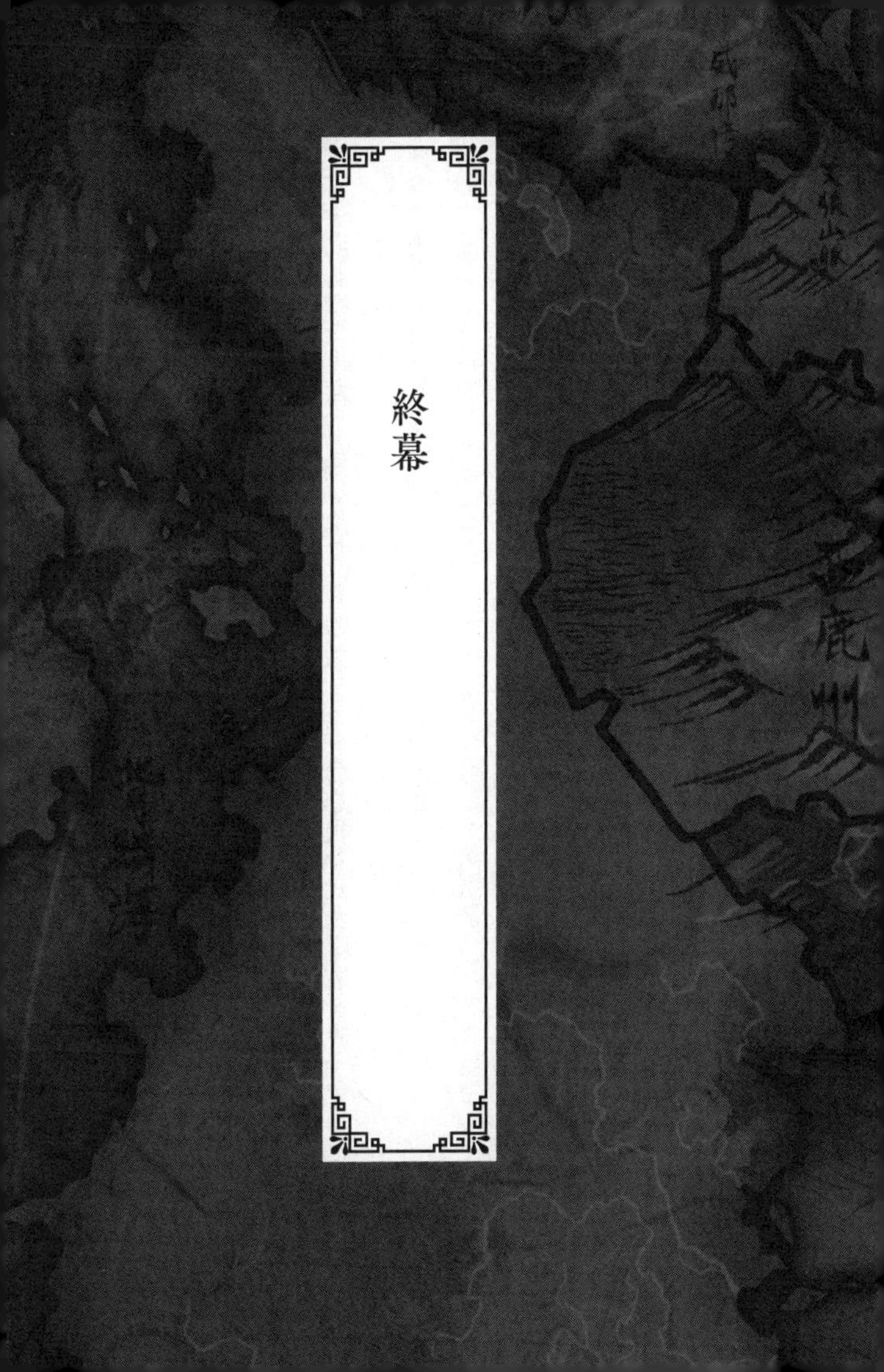

終幕

昼下がりの後宮に、銅鑼の音が鳴り響く。

皇帝が天礼門より後宮入りしたことを示す合図だった。

品評会の後、銅鑼の音が鳴ったことは何度かあったが、いずれも夜で、皇后・蓮葉《れんよう》の琥珀宮を訪れただけだった。女官たちの話だと、命を狙われた皇后を慮ってのことらしい。

日中に後宮を訪れるのは、品評会後、初めてのことだ。

「今日こそは、未明宮に来られるかもしれないですよ。なんたって來梨《らいり》さまは、陛下のお命をお守りしたのですから」

明羽《めいう》は励ますように、主に向けて囁く。

來梨と二人の侍女は、いつものように栄花泉が見える位置で膝をついて、皇帝が橋を渡ってくるのを見守っていた。

「でも、訪宮の連絡は受けてないですの」

「そうだけど」

「それに、來梨さまが他の女官たちになんて呼ばれているか知ってます?」

小夏《シャオシイ》の囁きに、明羽は思わず苦笑いを浮かべる。

品評会の後、來梨には、蛇殺しの貴妃、という勇ましい呼び名がつけられていた。未明宮は白蛇宮に名前を変名するべきなどと言われ、命を救われた皇帝陛下も恐れているという噂まで囁かれている。

狩人の娘は、初めてその噂を聞いた時は誇らしそうにしていたが、貴妃としては褒め言葉ではないと最近になってようやく気づいたらしい。

「よいのです、二人とも。兎閣《とかく》さまのご無事な姿を近くで見られるだけで、私はよいのです」

來梨は、橋の向こうに姿を見せた皇帝を見つめながら、憧れを抱く乙女のような甘い声で答える。

皇帝・兎閣の隣には、いつものように李鷗《りおう》が並び、背後には大勢の宦官と衛士を引き連れていた。

空は晴れ、栄花泉には天の青が映り込んでいた。

鳥が囀り、暖かい春の陽気が辺りを包む。

明羽はぼんやりと、愛する人が目の前を通り過ぎて違う女のところに行くのを、夢見心地で眺めている主を見つめる。男嫌いの自分が、この気持ちを理解する日はきっとこないだろう、そんなことを考えながら。

ふと、襦裙の袖が引っ張られる。

小夏が目を見開いていた。明羽も彼女の視線の先に顔を向ける。

兎閣の姿が、さっきよりも大きくなってきていた。

「あれ？　皇帝陛下、こちらに向かってきてませんか？」

「た、大変だべ」

皇帝は真っすぐに、未明宮を目指していた。

やがて、紫色の龍袍を纏った男が三人の目の前に立つ。二人の侍女は拱手し、皇帝の顔を見ないように深く頭を下げた。

「陛下は、貴妃さまと二人でお話をされたいそうだ。部屋は用意できるか？」

聞こえてきた声は、李鷗のものだった。

「はい、もちろんです」

明羽と小夏は声を合わせて言うと、立ち上がり、すぐさま未明宮の一番奥へ案内する。

皇帝陛下が訪宮の時にだけ使われる、宝玉の間の扉を開く。事前の知らせがなかったため夜伽の準備はしていないが、慈宇《じう》の言いつけで、毎日どの部屋よりも綺麗に掃除していた。

兎閣と來梨が宝玉の間へ入ると、明羽をはじめ他の従者たちはその入口で膝をつく。

皇帝が下がれと言うまで、こうして外に控えているのが仕来りだった。

中から、皇帝と來梨の声が漏れ聞こえてくる。

「このあいだは、助けられた。そなたの勇気に感謝を」

「もったいないお言葉です」

來梨の声は、幼い少女のように上ずっていた。

「それから、会いに来るのが遅くなったことを許してくれるか――芙蓉」

短い沈黙があった。

「覚えていてくださったのですね」

「初めてそなたを見た時から、もしかしたらあの時の娘ではないかと思っていた。けれど、俺はあの頃から変わってしまった。思い出は思い出のままにしておくべきか迷ってな、そのせいで、会いに来るのが遅れてしまった」

「どうして、訪宮するお気持ちになったのですか？」

「先日、そなたの侍女からこれを受け取った」

まぁ、と言って來梨が恥ずかしそうに笑うのが聞こえる。

「芙蓉――いや、來梨」

「これからも、陛下には芙蓉と呼んでいただきたく存じます」

「そうか。ならば、そのようにしよう」

來梨が顔を赤らめるのが、自然と頭に浮かぶ。

明羽は、侍女として仕えたのが來梨でよかったと思った。

負け皇妃と呼ばれ、後宮中から嘲笑われていた。他の貴妃と比べると、才能もなければ財力も後ろ盾も覚悟すらもない。なにも持っていない、負け皇妃のはずだった。

けれど、今になって思う。

自らの州の利益のためでも民族のためでもなく、ただ、初心《うぶ》な村娘のように、皇帝への恋心のために後宮にやってくるなんて、馬鹿もいいところだ。だけど、こういう貴妃が一人くらい、いたっていいじゃないか。

他の貴妃たちのやり方は、また次の百花輪への憎しみに繋がる。国はまとまるどころか、対立は深まっていく。

この諍いだらけの後宮には、來梨のような人こそ必要なのかもしれない。

「陛下――我々はそろそろ」

李鷗が声をかける。

皇帝からは、あぁ、と短い答えが返ってくる。

それが合図だったように、皇帝についていた宦官や衛士たちは、静かに立ち上がって宝玉の間を離れていった。小夏がすかさず、少し離れた応接間に案内する。

明羽も後に続こうとしたところで、声をかけられた。

「少し、話せるか？」

李鷗の天藍石の瞳が、惑うように明羽を見下ろしていた。

お付きの衛士や宦官の相手を小夏に任せ、明羽は別部屋に李鷗を案内した。

後宮に入ってすぐ、明羽が慈宇に片付けを任された倉庫のような部屋だった。今ではすっかり片付いていて、狭い空間に椅子と机が並び、部屋数の少ない未明宮で、少人数で話をするにはぴったりの場所になっている。

「あんなに楽しそうな陛下は、久しぶりだ」

「來梨さまも、すごく嬉しそうです――それで、お話とは？」

「このあいだは、皇后さまの手前、しっかりと礼を言えなかった。今回は本当に世話になった。あの暗殺者を逃していれば、さらにどれだけの血が流れていたかわからぬ」

李鷗は、急に真面目な声になって告げた。

言われるまで考えもしなかったが、確かに犯人の手がかりさえなければ、後宮内で様々な噂が流れ、疑心暗鬼が蔓延り、やがてそれは大勢の命を奪っただろう。

「やめてください、らしくないですよ。むしろ、命を救われたのは私の方ではないですか」

ぶっきらぼうに言いながら椅子を勧めるが、李鷗は座ろうとしない。

なにかを考えるように立ち尽くしている。

「らしくない、か。もう一つ、らしくないことをしてよいか？」

悪い物でも食べたのだろうか。それとも、激務で疲れているのだろうか。

今日の李鷗には、いつもの皮肉っぽさはなかった。

明羽は、黙って頷く。

次の瞬間、腕を摑まれ、引き寄せられていた。

あの時と同じ、白梅の香りに包まれる。

「……なに、を」

絞り出せた声は、それだけだった。

けれど、李鷗は明羽を離そうとはしなかった。

それどころか、両手で明羽の体を包むように両手を肩に回す。

男のことは、ずっと苦手だった。怖くて仕方なかった。近づかれると、震えが止まらなくなるはずだった。

でも、明羽の体はいつもの反応を示さず、ただ、頰だけがやたらと熱い。

ふっと、白梅の香りが遠ざかる。

李鷗は体を離し、正面から見つめてくる。

「お前が無事で、よかった」

そう言うと、照れ臭そうに顔を背けた。

「……ずっと、梅雪《ばいせつ》のことがあってから、女が苦手だった。触れたいとさえ思わなかった。それなのに、お前は——お前といると、落ち着く。あの時、もしお前が死んでいたらと想像するたび怖くなる。こうして、確かめたくなる」

「私は生きていますよ。確かめなくとも」

「そうだな。また、竹寂園で会おう。今のことは——忘れてくれ」

李鷗は都合のよいことを言うと、そのまま背を向けて部屋から出ていった。

……そう簡単に、忘れられるわけないだろ。

明羽は身勝手な背中を睨みながら、まだいつもより速い胸の鼓動に手を重ねる。

戯れだ。高貴な身分の者の遊びだ。

そうに決まってる。なにが可笑しくて、こんな無愛想な侍女をからかうんだ。

けれど、皮肉を言って笑うことはあっても、意味のない戯れなどしないことは知っている。

気持ちを落ち着けるように、腰に下げた眠り狐の佩玉に触れた。

『だから僕は、あの男と関わるのは嫌だったんだ』

不機嫌そうな相棒の声が聞こえてきた。

「李鷗さまのこと、まだ気に入らないの？」

『そんなんじゃない。言っただろ、僕は君のことを娘のようにも感じている。これは、どちらかというと――娘を手放したくない親の気持ちだ』

「わけわかんないこと言わないでよ。大丈夫だって、確かに変わった人だとは思うけど、白眉《はくび》が思ってるような感情じゃない」

『……だと、いいけどさ』

そこで、遠くから笑い声が聞こえてくる。

來梨と皇帝は、市井の子供たちが夏の川辺でふざけあっているかのように楽しそうに語り合っていた。

『ようやくこの宮にも名がつきそうだね』

「うん、やっとね」

いつか蓮葉に、名を付けるとは誰にどう呼ばれたいかを選ぶことだ、と言われた。來梨も、これしかないという名を見つけることができただろう。

その場所では、国中から集められた花が咲き乱れ、美しさを競っている――。

それは、明羽が憧れた、有名な後宮小説の書き出しの一文だった。

今では、後宮の花たちがただ美しいだけではないことを知っている。

栄花泉に浮かぶ蓮の花のように、目に見えない水面の下ではさまざまな策略や奸計《かんけい》が張り巡らされている。けれど、この場所で願いを叶えようとしたり、血が流れないように戦い続けている人がいることも知っている。

そして今日、後宮に新たな花が加わった。

來梨は後宮入りしてからずっと決められなかった舎殿の名を改めた。

芙蓉《ふよう》宮。

その名に相応しく、侍女たちによって舎殿を囲むように芙蓉の花が植えられ、廊下に芙蓉を象《かたど》った剪紙が飾られた。

百花輪の最後の貴妃、芙蓉妃が誕生したのだった。

◆この作品はフィクションです。実在の人物、団体等には一切関係ありません。
◆本書は双葉文庫のために書き下ろされました。

双葉文庫

せ-14-01

後宮《こうきゅう》の百花輪《ひやつかりん》❶

2021年9月12日　第1刷発行

【著者】
瀬那和章《せなかずあき》

【発行者】
箕浦克史
【発行所】
株式会社双葉社
〒162-8540 東京都新宿区東五軒町3番28号
［電話］03-5261-4818(営業)　03-5261-4833(編集)
www.futabasha.co.jp(双葉社の書籍・コミックが買えます)
【印刷所】
中央精版印刷株式会社
【製本所】
中央精版印刷株式会社

【フォーマット・デザイン】
日下潤一

ISBN978-4-575-52499-4 C0193
Printed in Japan

双葉文庫